곰

이 도서의 국립중앙도서관 출판예정도서목록(CIP)은 서지정보유통지원시스템 홈페이지(http://seoji.nl.go.kr)와
국가자료공동목록시스템(http://www.nl.go.kr/kolisnet)에서 이용하실 수 있습니다.
(CIP제어번호: CIP2012005967)

세계문학전집
104

William Faulkner : The Bear

곰

윌리엄 포크너 소설

민은영 옮김

문학동네

차례 ▌

1장

남자 하나가 있었다. 이번에는 개도 함께였다. 곰 올드벤까지 친다면 동물 두 마리, 분 호갠벡까지 친다면 남자 두 명이었다. 분 호갠벡의 몸에는 샘 파더스의 몸에 흐르는 것과 같은 피가 일부 흐르고 있었으나 분의 경우는 평범한 부족민 혈통이라는 점이 다른데다, 이들 중 때 묻지 않고 강의한 존재는 오직 샘과 올드벤과 잡종견 라이언뿐이었다.

　소년은 열여섯이었다. 지금까지 6년간 한 사람의 사냥꾼으로 성장해왔고, 지금까지 6년간 굉장한 이야기들을 들어왔다. 그것은 황야, 그 어떤 기록보다 오래된 거대한 숲에 관한 이야기, 그 땅 전부를 자기가 샀다고 믿을 만큼 어리석은 백인의 이야기이자 그 땅 전부가 자기 것이며 따라서 양도할 권리가 있다고 주장할 만큼 무자비한 인디언에 관한 이야기였다. 드 스페인 소령보다, 아닌 줄 알면서도 그가 자기 소유라 주장하는 땅뙈기보다 큰 황야에 관한 이야기이자, 안 되는 줄 알면서도 드 스페인 소령에게 그 땅을 판 토머스 서트펜 노인이나 역시 안 되는 줄 알면서도 서트펜 노인에게 그 땅을 판 치카소족 늙은 추장 이케모튜베가 태어나기도 전부터 존재했던 오래된 황야에 관한 이야기였다. 그것은 남자, 백인도 흑인도 인디언도 아닌 그저 남자, 불굴의 의지와 담대함으로 견뎌내고 겸허함과 노련함으로 생존하는 사냥꾼의 이야기, 또 그들과 함께 등장하지만 외려 그들보다 도드라져 보이는 개와 곰과 사슴의 이야기, 그리고 그들이 황야 안에서 황야의 질서에 따라 황야가 이끄는 대로, 그 어떤 후회도 자비도 없이 고대의 가혹한 규칙에 따라 벌이는, 고대로부터 간단없이 이어져온 시합, 즉 최고의 게임, 최고 경지의 숨쉬기와 최고 경지의 귀 기울이기에 관한 이야기였다. 도시 주택의 서재나 농장의 사무실 등에서 총가에 걸어놓은 총, 동물의 머리와 가죽 같은 실물 전리품에 둘러싸여, 아니 그보다 더 좋은 경우는 야영지 현장에서 아직도 온기가 남아 있는 사냥물의 고기를 통째로 매달아놓고 통나무에 불을 지핀 벽난로 앞에 앉아, 혹 오두막이나 벽난로가 없다면 방수포 천막 앞에서 연기를 피우며 타오르는 장작더미 주위에 둘러앉아, 조용하고 엄중하고 신중한 목소리로 회상하고 기억하고 꼼꼼하게 전모를 따져보는 사냥꾼들의 이야기였다. 그곳에는 항상 술병이 있었기에, 소년의 눈에는 심장과 두뇌와 용기와 기지와 민첩함이 어우러진 그 순도 높고 맹렬한 순간이, 여자 그리고 소년이나 아이 들은 마시지 못하고 사냥꾼만이 마시는 그 갈색 독주에 농축, 정제되어 있는 것처럼 보였다. 그 독

주는 그들이 흘린 피가 아니라 불멸의 야생이 농축된 음료, 수완과 강인함과 민첩함 같은 야생의 덕을 빨아들이려는 저열하고 근거 없는 이교도적 희망에서가 아니라, 그 덕을 우러르는 마음으로 겸허하게 마시는 음료인 것 같았다. 따라서 12월의 이날 아침, 위스키와 더불어 하루가 시작된 것은 단지 자연스러운 정도가 아니라 더없이 적절하게 느껴졌다.

그러나 이 모든 것이 그보다 훨씬 전에 시작되었다는 사실을 그는 나중에야 깨달았다. 그것은 그의 나이가 두 자릿수로 바뀐 지 얼마 지나지 않은 어느 날, 겸허한 자세로 인내하여 스스로 황야에서 사냥꾼이라는 이름과 지위를 얻어보라며 친척 형 매캐슬린이 처음으로 그를 사냥꾼 야영지가 있는 큰 숲으로 데려가주던 그날 이미 시작되었다. 그때 이미 그는 한 번도 보지는 못했지만, 260제곱킬로미터에 달하는 지역에서 마치 살아 있는 사람이라도 되는 양 분명한 이름으로 불리고 있는, 덫에 걸려 발 하나가 상한 거대한 늙은 곰의 이야기를 알고 있었다. 옥수수 저장고를 부수고 들어가 들쑤시고, 어미 돼지 새끼 돼지 할 것 없이 심지어는 송아지까지 숲으로 끌고 가 잡아먹고, 덫이며 함정이며 죄다 헤집어놓고, 개를 갈기갈기 찢어 죽였다는 이야기며, 엽총이나 심지어 소총으로 근거리에서 쏴도 마치 어린애가 대롱으로 콩알을 발사한 것만큼의 효과도 나지 않더라는 오랜 전설을 알고 있었다. 텁수룩하고 거대한 곰이 기관차처럼 거침없고 저항할 수 없는 기세로, 그러나 결코 급하지 않게 돌진해나가는 길을 따라 남겨진 파괴의 잔해는 소년이 태어나기도 전부터 이미 전설이 되어 있었다. 그가 눈으로 직접 보기 전부터 곰의 모습은 그의 머릿속에 있었다. 사람의 손을 타지 않은 숲에 나 있는 뒤틀린 발자국을 보기도 전에 곰은 그의 꿈에 거대한 모습으로 우뚝 솟았다. 텁수룩하고 어마어마한 몸집에 눈이 벌건 곰은 사악하다기보다는 그저 너무 거대했다. 개들의 으르렁거리는 위협도, 달려들어 짓밟으려는 말들의 시도도, 사냥꾼들이 쏘아대는 총알도 아무 소용이 없었다. 넓은 숲 자체가 답답하리만큼 협소하게 느껴질 정도로 압도적인 거대함이었다. 소년은 자신의 감각과 인지력이 아직 미치지 않은 무엇인가를 이미 헤아린 듯했다. 그것은 언젠가는 사라질 운명에 처한 황야였다. 그것이 황야라는 이유로 두려워한 인간들이 쟁기와 도끼를 들고 와 조금씩 끊임없이 가장자리를 갉아먹고 있었다. 그 땅에서 늙은 곰은 이름을 얻었건만, 수많은 인간들은 자기들끼리 이름조차 알지 못했다. 이 황야를 달리는 것은 언젠가는 생명이 다할 한 마리 짐승이 아니라 이미 사라지고 없는 시대로부터 때를 잘못 타고 나타난, 그 누구도 범접할 수 없는 존재였다. 황야는 지난 시대 야생의 환영, 전형, 극치였다. 이것을, 마치 졸고 있는 코끼리의 발목 근처에 모여든 피그미들처럼 인간들이 몰려와 혐오와 두려움에 찬 분노로 난도질하고 있었다. 그리고 짝도 잃고 새끼도 없이, 죽을 운명마저 벗어던진 고독하고 막강한 늙은 곰이 있었다. 늙은 아내를 잃고 아들이 모두 죽은 뒤까지 살아남은 늙은 프리아모스* 같은 곰이었다.

아직 어린아이여서 그 무리에 낄 수 있기까지는 앞으로 3년, 이제

---

* 그리스신화에 나오는 트로이의 왕. 아들 파리스가 스파르타의 왕비 헬레네를 빼앗은 후 그리스군과 10여 년 동안 벌인 트로이전쟁에서 아들 열셋을 잃는 비운을 겪고 자신도 살해되었다.

12

2년, 아직도 1년, 하면서 기다려야 했지만 소년은 11월만 되면 친척 형 매캐슬린과 테니 아들 짐, 샘 파더스가 짐마차에 사냥개 무리와 침구, 식료품, 총 등속을 싣고 거대한 숲 빅바텀을 향해 가는 모습을 지켜보곤 했다(언젠가 샘이 야영지로 거처를 옮기면서 이 행렬에서 샘의 모습은 보이지 않게 되었지만). 소년이 보기에 그들은 곰과 사슴을 사냥하러 간다기보다는 애초에 죽일 생각 따위는 없이 그저 해마다 곰과의 만남을 이어가기 위해 떠나는 것 같았다. 두 주가 지나면 그들은 아무런 전리품도 가죽도 없이 되돌아오고는 했다. 소년 역시 기대를 품지 않았다. 혹시 이번에는 곰이 다른 동물의 가죽이나 머리와 함께 짐마차에 실려 있는 건 아닐까 겁을 낸 적도 없었다. 소년은 3년만 지나면, 2년만 지나면, 또는 1년만 지나면, 나도 그 무리에 속해 있을 것이고, 심지어 내 총이 큰일을 낼지도 모른다는 혼자만의 생각조차 해보지 않았다. 소년은 숲에서 사냥 견습을 마쳐 스스로 사냥꾼이 될 자격이 있음을 증명한 후에야 곰의 뒤틀린 발자국을 발견할 기회를 얻을 것이며, 그때조차도 11월의 두 주 내내 늙은 곰의 치열한 불멸을 기념하는 연례의식에서 제 형님이나 드 스페인 소령이나 콤슨 장군이나 월터 유얼이나 분, 그리고 두려움 때문에 으르렁거리지도 못하는 사냥개나 곰의 피를 보지도 못하는 엽총, 소총 등과 더불어 자신 또한 그저 조역에 지나지 않을 것이라 믿고 있었다.

드디어 소년에게도 때가 왔다. 매캐슬린 형과 드 스페인 소령과 콤슨 장군과 함께 사륜마차를 타고, 빙점을 조금 넘긴 날씨에 가볍게 흩뿌리고 있는 11월의 가랑비 사이로 본 황야의 모습은 이후에도 언제나 눈앞에 보이는 듯, 항상 기억 속에 있는 듯했다. 한 해가 저물어가는 11월 황혼녘에 마주한 빽빽한 숲의 그 높고 끝없는 벽, 도저히 뚫고 지나갈 수 없을 것 같은 어둠침침한 숲을 보며 그 안에서 샘 파더스가 짐마차와 함께 기다리고 있으리라는 것을 알면서도, 어떻게 어디로 해서 숲에 들어갈 수 있을지 도무지 알 수가 없었다. 태고의 숲 옆구리를 인간이 야금야금 갉아먹은 흔적이 멈춘 곳, 숲이 시작되기 직전 마지막으로 펼쳐진 들판에 줄기만 앙상하게 남은 목화와 옥수수 사이로 움직이던 사륜마차는 곧 우스꽝스러울 만치 조그맣게 사라질 예감에 위축되어 (다음의 비유는 세월이 흐르고 소년이 어른이 되어 바다를 본 후에야 완전해지겠지만) 망망대해의 잔잔한 물결에 몸을 내맡기고 떠 있는 외로운 조각배처럼 잠시 움직임을 멈춘 듯했다. 바다는 넘실대고 저 멀리 눈에 띄지 않을 정도로 조금씩 가까워지고 있는 육지도 천천히 흔들리는데, 도저히 들어갈 수 없을 것 같던 그곳에 작은 만이 조금씩 열리며 조각배를 받아주는 것 같았다. 그는 숲으로 들어갔다. 샘은 짐마차 마부석에 앉아 담요로 몸을 감싼 채 기다리고 있었고 그 앞에서는 노새들이 콧김을 내뿜으며 참을성 있게 서 있었다. 토끼 같은 잔챙이들을 사냥하며 남자의 길에 들어서는 수습 과정을 샘의 곁에서 시작했듯이 소년은 진정한 황야와 대면하는 수련기 역시 샘과 함께 들어서고 있었다. 두 사람이 눅눅하고 따스하며 검둥이 냄새가 나는 담요를 두르고 마차에 앉아 앞으로 나아가자 소년을 들이기 위해 잠시 입구를 내주었던 황야는 다시 뒤에서 닫혔고, 그 뒤로도 나아가면 열리고 지나가면 닫히기를 반복했다. 마차는 이미 나 있는 길을 따라가는 것이 아니라, 10미터 앞쪽에 없던 길이 열리고 마차가 지나가면 10미터 뒤에서 닫혀버리는 물길을 따라가고 있는 듯했다. 마차는 자신의 의지에 의해서가 아니라 마차를 둘러싸고 있는 몽롱하고 소리도 없고 빛도 거의 없는 공간, 그러나 온전히 그들을 감싼 유동적인 공간을 소진시키며 앞으로 나아가고 있는 것 같았다.

그때 열 살 소년은 마치 자기 자신의 탄생을 지켜보고 있는 듯한 느낌이 들었다. 전혀 생소하지도 않았다. 모두 이전에 겪은 일, 꿈에서가 아니라 현실에서 겪은 일 같았다. 소년은 야영지를 보았다. 봄에 강물이 불어도 잠기지 않도록 기둥 위에 지은 방갈로가 서 있었다. 페인트를 칠하지 않은 방 여섯 개짜리 건물이었다. 하지만 소년은 야영지를 보기도 전에 이미 어떤 모습일지 알고 있었다. 그 나름의 질서 속에서 법석을 떨며 신속하게 여장을 푸는 동안에도 그 움직임이 왠지 익숙하고 미리 알고 있던 과정 같았다. 그 후 두 주 동안 그는 급조한 거친 음식, 그러니까 아무렇게나 빚은 시큼한 빵, 생소한 야생동물의 고기, 사슴, 곰, 칠면조, 너구리 등 예전에는 먹어보지 못한 음식, 남자들이 먹는 음식, 사냥꾼이기도 하고 요리사이기도 한 남자들이 만든 음식을 먹었다. 그는 사냥꾼들이 그러는 것처럼 홑이불도 없이 거친 담요를 그대로 덮고 잤다. 매일 새벽 어스름 속에서 소년은 샘 파더스와 함께 자신에게 할당된 감시대로 갔다. 짐승들이 지나다니는 길목이 있는 그곳은 가장 불리한 자리, 가장 수확을 얻기 힘든 자리였다. 그것도 그는 예기하고 있었다. 개들이 떼 지어 몰려가는 소리를 첫 사냥에서부터 들으리라고는 감히 마음속으로라도 꿈꾸지 않았다. 그러나 들을 수 있었다. 셋째 날 아침이었다. 수많은 개들이 동시에 달리는 소리를 한 번도 들어본 적 없으나 어디선가 희미한 웅성거림이 들리자 소년은 당장에 알아차렸다. 웅성거림이 커지고 좀더 분명한 소리로 분리되자 사냥개 무리에서 매캐슬린 형 소유의 개 다섯 마리가 짖는 소리를 분간해낼 수 있었다. 샘이 말했다. "이제 총 위로 약간 세우고, 공이치기 당기고, 꼼짝 말고 있어."

하지만 아직은 그의 몫이 아니었다. 겸손함을 잃지 말아야 함을 소년은 이미 알고 있었고 끈기도 터득하고 있었다. 소년은 열 살하고 겨우 일주일이 지난 나이였다. 그 순간은 지나갔다. 소년은 회갈색 수사슴이 몸을 길게 늘이고 질주하며 사라지는 모습과, 개 짖는 소리는 잦아들었지만 여전히 잿빛 고독으로 울리는 숲이 보이는 것만 같았다. 저 멀리 어두컴컴한 숲과 어둠이 반쯤 걷힌 어스레한 하늘을 가르며 두 발의 총소리가 들려왔다. 샘이 말했다. "자, 이제 공이치기 풀어."

소년은 샘이 시킨 대로 했다. "샘도 알았죠?" 소년이 말했다.

"그래. 제때 총 쏘지 못했을 때 어떡할지 배우라고 그랬어. 곰이든 사슴이든 이미 왔다 가버렸는데, 잘못하다간 사람이랑 사냥개가 죽어." 샘이 말했다.

"어쨌든 그놈은 아니었어요." 소년이 말했다. "곰도 아니고 그냥 사슴이었어요."

"그래. 그냥 사슴이었어." 샘이 말했다.

그 후, 둘째 주로 접어든 어느 날 아침 다시 개 짖는 소리가 들렸다. 이번에는 샘의 말이 떨어지기도 전에, 소년은 자신에게는 지나치게 길고 무거운 성인용 총을 배운 대로 준비했다. 비록 이번에는 개와 사슴이 이전보다 훨씬 먼 곳에 있어서 소리도 거의 들리지 않을 정도였지만 그는 여전히 준비 태세로 기다렸다. 개들이 달리는 소리가 이전과는 완전히 달랐다. 그때 옆을 보니, 무엇보다 먼저 총의 공이치기를 당기고 사방이 잘 보이는 곳에 자리를 잡은 후 절대 움직이지 말라고 가르쳤던 샘이 소년에게 다가와 있었다. "자, 들어봐." 샘이 말했다. 소년은 귀를 기울였지만 들리는 것은 공기중의 냄새를 쫓아 힘차고 날쌔게 달려가는 개들의 쩌렁쩌렁한 소리가 아니라, 한 옥타브 정도 높은 음으로 힘겹게 캥캥거리는 소리, 망설임이라 하기에도 비참함이라 하기에도 뭔가 부족한, 소년으로서는 아직 알아차릴 수 없는 그 무엇이 담긴 소리였다. 빨리 달리는 것 같지도 않았고 무언가 주저하는 듯 느껴졌으며 소리가 멀어져 사라질 때까지 시간도 많이 걸렸다. 개 짖는 소리가 더이상 들리지 않게 된 후에도 공기중에는 마치 인간의 히스테리, 흡사 비탄에 잠긴 신음과 같이 처절한 메아리가 가느다랗게 남아 있었다. 이번에는 개 짖는 소리에 앞서 흐릿한 잿빛 형체가 획 스쳐지나가는 느낌도 받지 못했던 터였다. 소년의 어깨 위로 샘의 숨소리가 들렸다. 숨을 들이쉬는 노인의 둥그렇게 벌어진 콧구멍이 올려다보였다.

"올드벤이에요!" 소년이 소리 죽여 외쳤다.

샘은 꼼짝도 하지 않은 채 소리가 잦아드는 방향으로 머리만 천천히 돌리면서 얕은 숨을 쉬며 콧구멍을 조금씩 빠르게 벌름거렸다. 노인이 말했다. "하! 달리지도 않네. 그냥 걷고 있어."

"하지만 여기까지 왔어요!" 소년은 소리쳤다. "바로 여기까지요!"

"매년 하는 짓이다." 샘이 말했다. "언젠가 애시하고 분이 말했어. 저놈 여기까지 오는 건 다른 곰들, 작은 곰들 도망시키기 위해서라고. 다른 곰들한테 여기서 당장 내빼라고, 사냥꾼들 갈 때까지 오지 말라고 알려주는 거라고 했어. 어쩌면 그럴지도 모르지." 소년의 귀에는 더이상 아무 소리도 들리지 않았지만 샘은 여전히 조금씩 고개를 돌려 결국 소년의 눈에는 노인의 뒤통수만 보이게 되었다. 그러고 나서 다시 고개를 돌려 소년을 처다보는 노인의 눈에서 좀 전까지 음산하고 맹렬하게 달아오르던 열렬하고 긍지에 찬 기색이 서서히 잦아들었다. 소년이 익히 보아온 진지하고 무표정한 얼굴로 돌아온 노인이 마침내 미소를 지었다. "그놈, 사냥개나 사람들한테 관심 없어. 마찬가지로 다른 곰들한테도 관심 없어. 그놈, 그냥 올해 야영지에 새로 온 사람 누군지 보러 온 거야. 총 쏠 수 있는지 아닌지, 계속 남을지 아닐지, 그리고 사람이 총 가지고 올 때까지 저한테 덤벼들면서 버틸 수 있는 개가 우리한테 있는지 없는지 보는 거야. 그놈, 곰 중에 최고이기 때문이다. 제일 센 놈." 잦아들던 기색이 완전히 사라지고, 소년이 늘 보아온 그 눈빛이 되돌아왔다. 샘이 말했다. "그놈, 개들이 강가까지 따라오도록 놔둘 거다. 그리고 돌려보낼 거야. 우리도 가보는 게 좋겠어. 야영지 돌아올 때 어떤 모습인지 보자."

야영지에는 개들이 먼저 도착해 있었다. 소년과 샘은 쪼그리고 앉아 부엌 밑 어두컴컴한 곳을 들여다보았다. 개 열 마리가 옹송그리고 있었다. 조용히 웅크리고 앉아 두리번거리는 개들의 눈에서 빛이 번쩍, 하더니 사라지고 아무 소리도 없는 가운데, 아직은 소년이 분간하지 못하는 어떤 냄새, 그냥 개가 아니라 개보다 강한 어떤 것, 단순히 동물이나 짐승이 아닌 어떤 것의 냄새만이 풍겼다. 오후 느지막이 열한번째 사냥개가 돌아왔고, 테니 아들 짐과 소년이 하릴없이 몸을 내맡긴 채 떨고 있는 그 암캐를 붙잡고 있는 동안 샘이 찢긴 귀와 할퀸 어깨에 테레빈유와 마차 바퀴용 윤활유를 발라주었다. 그토록 비참하고 힘겹게 짖어댈 때 눈앞에는 고독과 황야밖에 없었으므로 그 알 수 없는 어떤 것은 결국, 살아 있는 짐승이 아니라 잠시 다가와 개의 만용을 살짝 때리고 간 황야였을 것이다. "꼭 사람 같다." 샘이 말했다. "꼭 사람 같아. 용기를 내야 하지만 할 수 있는 데까지 미룬 거야. 머지않아 용기내야 하고 그렇지 않으면 개도 뭣도 아니란 걸 줄곧 알고 있었던 거다. 결국 그렇게 하면 어떤 일이 벌어질지도 미리 알았던 거야."

정확히 언제였는지 모르지만 샘이 자리를 떴다. 소년이 알아차렸을 때는 샘이 없어지고 난 후였다. 그 후 사흘 동안 잠에서 깨어 아침을 먹고 나와도 샘은 소년을 기다리고 있지 않았다. 소년은 홀로 감시대로 갔다. 이제는 다른 사람의 도움 없이 그곳에 찾아가 샘에게 배운 대로 자리를 잡았다. 사흘째 되던 날 아침 소년은 다시 사냥개 소리를 들었다. 진짜 냄새를 쫓아 힘차고 거침없이 달려가는 사냥개 소리가 들리자 소년은 배운 대로 총을 준비했고 이윽고 사냥꾼 무리가 휩쓸고 지나간 후 멀어지는 소리를 듣고만 있었다. 아직은 준비가 안 되었기 때문이었다. 이미 전 생애를 황야에 바치며 인내하고 겸손하기로 했는데 두 주라는 짧은 시간에 태도를 바꿀 수는 없었기 때문이었다. 얼마 후, 다시 총소리가 났다. 월터 유얼의 소총이 단발의 총성으로 상황을 알려주었다. 이제 안내 없이 제 감시대로 갔다가 스스로 야영지로 되돌아오는 일 말고도 소년이 할 수 있는 일이 있었다. 소년은 매캐슬린 형이 준 나침반에 의지해, 쓰러진 사슴 옆에서 기다리고 있는 월터와 던져놓은 내장을 억척스럽게 뜯고 있는 사냥개들을 찾아갈 수 있었다. 말을 탄 드 스페인 소령과 테니 아들 짐을 제외하고는 가장 먼저, 심지어는 피냄새를 꺼리지 않고 곰도 개의치 않는다는 외눈박이 짐마차 노새를 탄 애시 아저씨가 오기도 전에 현장에 먼저 도착해 있었다.

노새를 타고 나타난 이는 애시가 아니라 샘이었다. 샘이 돌아온 것이었다. 소년이 식사를 마치자 샘이 기다리고 있었다. 이번엔 소년이 외눈박이 노새를 타고 샘은 다른 짐마차 노새를 탄 채로 두 사람은 빠르게 저물어가는 어둠침침한 오후를 뚫고 세 시간 넘게 달렸다. 그리하여 제대로 된 길은 물론이고 오솔길조차 없어 보이는 곳을 지나 이전에 한 번도 와보지 못한 구역에 도착했다. 그제야 소년은 왜 샘이 자신을 피냄새, 들짐승 냄새에 겁먹지 않는 외눈박이 노새에 태웠는지 이해했다. 정상적인 다른 노새는 갑자기 멈춰 서더니 샘이 땅으로 내려서는 동안에도 빙글 돌아 달아나려 날뛰었다. 샘이 날뛰는 노새의 고삐를 잡은 채 어딘가에 매놓을 엄두도 내지 못하고 목소리로 구슬리며 앞으로 끌어당기자 이 겁먹은 짐승은 고삐 부분을 연신 당기고 비틀어대며 몸부림을 쳤다. 반면, 성하지 않은 노새는 잠자코 참아내며 서 있었기에 소년은 탈 없이 땅으로 내려섰다. 바로 그때, 저물어가는 겨울 오후, 어둡고 거대한 고대의 숲 그늘 속에서 샘의 옆에 서 있던 소년의 눈에 발톱 자국에 긁히고 속이 파인 썩은 통나무와 바로 옆 젖은 땅에 나 있는 거대한 발자국이 들어왔다. 소년은 그 발자국을 조용히 내려다보았다. 발가락이 두 개만 남아 뒤틀린 모양새였다. 그제야 그날 아침 숲에서 나던 사냥개 소리에서 느꼈던 것이 무엇인지, 개들이 옹송그리고 있던 부엌 밑을 들여다볼 때 맡았던 냄새가 무엇인지 알 수 있었다. 소년에게도 그런 느낌이 있었다. 개는 짐승이고 그는 사람이므로 약간 다를 수야 있겠지만 그 차이는 크지 않았다. 그것은 열망하지만 나서지 못하는 느낌, 의심이나 공포는 없지만, 시간을 초월한 숲을 보며 스스로 얼마나 약하고 무력한지 너무나 잘 알기 때문에 느껴지는 비참함이었다. 입에 갑자기 침이 고이면서 쇳맛 같은 것이 느껴지고 머릿속, 아니면 배 속이, 아니 정확히 어디인지 모르겠고 또 어디라도 상관 없는 어느 곳이, 갑자기 강하고 예리하게 조여드는 느낌도 다르지 않았으리라. 언제부터인지는 기억나지 않지만 소년의 귓전에서 내달리고 꿈속에서 우뚝 선 모습으로 나타나던 곰, 그러므로 매캐슬린 형과 드 스페인 소령과 심지어 나이 지긋한 콤슨 장군의 귓전에도 꿈속에도, 마찬가지로 기억할 수 없는 옛날부터 틀림없이 존재하고 있을 그 곰이 죽을 수도 있는 생명체라는 사실을 소년은 그날 처음으로 깨달았다. 그들이 매년 11월만 되면 사냥을 나가면서도 실제로 곰을 죽이겠다는 의도 따위가 전혀 없었던 것은, 그 곰이 죽지 않는 존재라서가 아니라 지금껏 곰을 정말 죽일 수 있을 거라고 기대하지 않아서였음을 처음으로 깨달은 것이다. "내일이에요." 소년은 말했다.

"내일 한번 시도해보자고?" 샘이 물었다. "우리, 아직 개 없다."

"열한 마리나 있잖아요." 소년이 말했다. "월요일에 그 녀석들이 곰을 뒤쫓았잖아요."

"너, 그때 소리 들었어." 샘이 말했다. "너, 그때 보기도 했어. 우리 아직 개 없다. 한 마리만 있으면 되는데, 우리 아직 없다. 어디에도 그런 개는 없는지도 몰라. 딱 하나 다른 방법은 그놈이 진짜로 총 쏠 줄 아는 사람과 딱 마주치는 것뿐이야."

"저는 아닐 거예요." 소년이 말했다. "월터 아저씨나 소령님이나—"

"그럴지도 모르지." 샘이 말했다. "내일 잘 지켜봐. 그놈, 영리하다. 그래서 이렇게 오래 살 수 있었어. 그놈, 만약 포위당해 누군가 덮쳐야 하면 너 고를 거다."

"왜요?" 소년이 물었다. "나를 어떻게 알고……" 소년은 잠시 말을 멈췄다. "곰이 저를 벌써 알고 있다는 말씀이에요? 제가 빅바텀에 처음 왔다는 걸, 아직 깨달을 만한 시간이…… 내가 과연 그럴 수 있을지 아직……" 그는 또 말을 멈추고 샘을 쳐다보더니, 놀란 기색도 없이 풀 죽은 목소리로 말했다. "곰이 지켜본 것이 나였구나. 그냥 한 번 척 봐도 알았겠네요."

"내일 지켜봐라." 샘이 말했다. "이제 돌아가는 게 좋아. 지금 가도 어두워지고 나서 한참 뒤에 도착한다."

다음날 아침, 일행은 다른 날보다 세 시간 일찍 길을 나섰다. 요리사 애시 아저씨까지 함께였다. 자기 직업이 야영지 요리사라 말하는 애시 아저씨는 드 스페인 소령의 사냥여행 일행에게 요리를 해주는 것 말고는 하는 일이 거의 없었지만, 그저 황야에서 지내온 것만으로도 황야의 일부가 되어 사냥개의 찢긴 귀와 어깨, 젖은 땅 한 곳에 찍힌 짐승의 뒤틀린 발자국에 다른 사람들과 다름없이 반응했다. 그리고 그것은 이곳에 처음 온 지 두 주밖에 안 된 소년도 마찬가지였다. 일행은 말을 타고 갔다. 걷기에는 너무 먼 거리였다. 소년과 샘, 애시 아저씨는 사냥개들과 함께 짐마차에 탔고 매캐슬린과 드 스페인 소령과 콤슨 장군, 분, 월터, 테니 아들 짐은 두 명씩 함께 말을 탔다. 두 주 전 첫날 아침처럼 역시 채 동이 트기도 전에 소년은 샘이 정해준 감시대에 자리를 잡았고 이어 샘은 다른 곳으로 갔다. 소년은 제 몸에 비해 너무 큰 총, 제 총도 아니고 드 스페인 소령 소유인 후장총을 들고 있었다. 숲에 온 첫날 나무등치에 딱 한 번 쏴보면서 총의 반동에 대해 배우고 종이총알로 장전하는 법을 연습했던 그 총을 들고 소년은 조그만 늪가에 있는 커다란 풍나무 옆에 서 있었다. 늪에 고인 시커먼 물이 눈에 띄지 않을 정도로 조금씩 대숲 쪽에서 밀려나와 조그만 빈터를 가로질러 다시 대숲 쪽으로 흘러들어갔고, 그 안쪽 안 보이는 곳에서는 검둥이들이 "하느님새"라고 부르는 커다란 딱따구리가 죽은 나무를 쪼아대는 소리가 들렸다. 그곳은 특이할 것이라고는 없는 감시대였고 소년이 지난 두 주 동안 아침마다 찾아갔던 감시대와도 사소한 차이를 빼면 다를 것이 없었다. 두 주가 지나 이제는 좀 익숙해진 그곳과 비록 주변 지형은 다르지만 더 생소할 것도 없었다. 혼자라는 점도, 외로운 느낌도 똑같았다. 연약하고 겁 많은 인간이 아무것도 바꾸지 못한 채, 아무런 자국이나 상처도 내지 못한 채 그저 왔다가 돌아간 자리, 샘 파더스의 치카소족 인디언의 시조가 처음 이곳으로 와 방망이나 돌도끼, 뿔화살 등을 겨눈 채 주변을 둘러봤을 때와 하나도 달라지지 않았을 장소였다. 다만 지금 그곳이 무언가 다르다면 그것은 소년이 부엌 가장자리에 쪼그리고 앉아 그 아래 웅크려 있던 개들의 냄새를 맡았기 때문이고, 샘의 말대로 진정 개의 본분을 다하기 위해 한 번은 용기를 내야 했던 암캐의 찢긴 귀와 어깨를 보았기 때문이며, 어제 속이 파인 통나무 옆 땅바닥에 찍힌 살아 있는 곰의 발자국을 발견했기 때문이었다. 소년은 개 짖는 소리를 전혀 듣지 못했다. 확실히 아무 소리도 듣지 못했다. 그저 나무를 쪼던 딱따구리

소리가 뚝 그쳤을 뿐이었다. 하지만 소년은 곰이 자신을 바라보고 있음을 깨달았다. 곰을 보지는 못했다. 곰이 앞쪽 대숲에서 이쪽을 보고 있는지 아니면 등 뒤에 있는지도 알 수 없었다. 소년은 꼼짝도 하지 않은 채, 곰을 향해 절대로 발사할 수 없으리라는 것을 알고 있는 쓸모없는 총을 들고 서 있었다. 입안의 침에서 일전에 부엌 아래 웅크린 개들에게서 감지했던 쇳맛이 느껴졌다.

그러고는 사라졌다. 멈출 때와 마찬가지로 갑작스럽게 딱따구리가 다시 나무를 쪼아대기 시작했고 좀 지나자 개 짖는 소리까지 들리는 것 같았다. 소리랄 것도 없는 아련한 웅성거림이 일이 분 정도 지속되었는데도 의식하지 못하다가 어느 순간 들리는 듯하더니 다시 잦아들었다. 개들이 근처까지 온 것은 아니었다. 들려온 소리가 개 짖는 소리였는지도 장담할 수 없었거니와 개들이 곰을 쫓고 있었다 해도 그것은 다른 곰이 틀림없었다. 그때 다름아닌 샘이 대숲에서 나타나 늪을 건너왔다. 지난번 다쳤던 암캐가 새잡이 사냥개처럼 납작 엎드린 채, 기듯이 그 뒤를 따라오고 있었다. 암캐는 몸을 떨면서 소년의 다리에 기대어 웅크렸다. "나는 곰을 못 봤어요." 소년이 말했다. "못 봤다고요, 샘."

"알고 있어." 샘이 말했다. "곰이 너를 본 거다. 너, 소리도 못 들었어, 그렇지?"

"예." 소년이 말했다. "저는—"

"그놈, 영리하다." 샘이 말했다. "너무 영리하다." 소년의 다리에 기대어 계속해서 바르르 떨고 있는 암캐를 내려다보는 샘의 눈이 다시 한번 지난번처럼 생각에 잠긴 어두운 빛을 띠었다. 할퀴인 개의 어깨에 새로 나온 핏방울 몇 개가 선홍색 산딸기처럼 맺혀 있었다. "너무 크다. 우리, 아직 개 없어. 하지만 언젠가는 생길지도 몰라."

다음, 그다음, 또 다음이 있을 것이기 때문이었다. 소년은 이제 겨우 열 살이었다. 소년은 둘의 모습을 그려볼 수 있었다. 시간이 생겨나 시간이 되는 곳, 여기에도 저기에도 속하지 않는 망각의 그늘 아래 죽음을 면제받은 늙은 곰과 죽음을 조금이나마 맛보게 된 자신이 서 있는 모습을. 이제는 웅크린 개들에게서 나던 냄새와 제 입안에서 느껴지던 맛을 알아차릴 수 있게 되었기 때문이었다. 마치 소년, 또는 청년이 많은 남자를 사랑하고 많은 남자에게 사랑받은 여자를 우연히 보거나 그녀의 침실에 들어가는 것만으로도 제 혈통에 이미 흐르고 있지만 아직 물려받지는 못한 사랑과 열정과 경험이 존재함을 깨닫게 되는 것처럼 그 또한 그 냄새와 맛의 경험을 통해 두려움이 무엇인지 알게 되었기 때문이었다. '이젠 나도 그놈을 만나야 해.' 소년은 공포도 아닌, 그렇다고 바람도 아닌 마음으로 생각했다. '이젠 나도 그놈을 봐야 해.' 그리고 다음 해 여름, 6월이 되었다. 그들은 드 스페인 소령과 콤슨 장군의 생일을 기념해 다시 야영지에 모였다. 한 명은 9월생이고 나머지 한 명은 그보다 거의 30년 전 한겨울에 태어났지만 매년 6월만 되면 그 두 사람은 매캐슬린과 분, 월터 유월과 함께 (그리고 이제부터는 소년도 함께), 두 주 동안 야영지에서 낚시를 하고 다람쥐와 칠면조를 사냥하고 밤에는 사냥개와 함께 너구리와 살쾡이 등을 쫓으며 여가를 즐겼다. 더 정확히 말하면, 분과 검둥이들이 (그리고 이제는 소년도 함께) 낚시를 하고 다람쥐와 칠면조를 사냥하고 너구리와 살쾡이 등을 쫓았다는 말이다. 왜냐하면 정식 사냥꾼들은 내기로, 아니면 명중률을 시험해보기 위해 권총으로 수컷 야생 칠면조를 쏴 맞히는 일을 제외하고는 그런 놀이들을 우습게 봤기 때문이다. 이런 태도는 두 주 내내 흔들의자에 앉아 브런즈윅 스튜*가 끓고 있는 육중한 주철 냄비를 앞에 놓고 이따금씩 젓거나 맛을 보며 애시 아저씨와 요리법을 놓고 티격태격하거나 테니 아들 짐이 양철 국자에 따라주는 위스키를 마시면서 지내는 것이 전부인 콤슨 장군도 마찬가지였고, 드 스페인 소령이나 아직은 한참 어린 매캐슬린과 월터 유얼도 다르지 않았다.

다시 말해, 매캐슬린과 그 외 사람들은 소년이 다람쥐를 사냥하러 다닌다고 생각했다는 뜻이다. 사흘째 되는 날 밤까지만 해도 소년은 샘 파더스 역시 그렇게 생각하고 있다고 믿었다. 그는 매일 아침식사를 마치자마자 야영지를 떠났다. 이제는 제 소유의 새 총도 생겼다. 소년은 크리스마스 선물로 받은 그 후장총을 그 후 거의 70년 동안, 총신과 발사 장치를 두 번, 개머리판을 한 번 교체하면서 결국 원래 총에서 남은 것이라고는 방아쇠울밖에 없을 때까지 사용하게 될 터였다. 방아쇠울에는 자신과 매캐슬린의 이름, 그리고 1878년의 어느 날짜가 은 상감으로 새겨 있었다. 소년은 지난가을 아침에 왔던 작은 늪과 그 옆에 서 있던 나무를 찾아냈다. 그는 그 지점에서부터 나침반을 이용해 주변을 이곳저곳 돌아다녔다. 스스로도 의식하지 못하는 사이, 노련한 숲 사람보다 더 능숙할 정도로 숲의 지리를 훤히 꿰고 있었다. 셋째 날에는 최초로 발자국을 보았던 속이 파인 통나무까지 찾

---

* 한두 가지 종류의 고기(정통식의 경우 다람쥐와 토끼)와 여러 가지 야채를 넣은 국물 요리.

아냈다. 그즈음 통나무는 완전히 바스러져, 믿기지 않을 정도로 급속한 치유와 더불어 눈에 보일 듯 열정적인 소멸을 통해 나무가 원래 생겨났던 흙으로 되돌아가고 있었다. 소년은 여름이 되어 녹음이 무성해진 어두컴컴한 숲을 돌아다녔다. 만물이 잿빛으로 사그라지던 11월보다 어쩌면 더 어둑어둑한 이 여름 숲에서는, 정오가 되어도, 햇빛이라고는 바람 한 점 없는 빽빽한 나뭇잎 사이로 땅에 내리꽂힌 얼룩덜룩한 무늬가 전부였고, 완전히 마르는 법이 없는 땅바닥에는 늪살모사, 물뱀, 방울뱀 등이 기어다녔다. 몸통의 얼룩덜룩한 무늬가 컴컴한 숲에 드리운 햇빛 조각들처럼 보여서 움직이기 전까지는 뱀인지 구분도 되지 않았다. 그렇게 숲을 쏘다니는 날이 하루 이틀 늘어날수록 야영지로 돌아오는 시간도 늦어졌다. 셋째 날에는 급기야 황혼녘이 되어 돌아왔다. 소년은 통나무 울타리를 둘러친 가축 우리를 지나다가 그 안에서 밤 시간에 대비해 동물들을 통나무 헛간으로 몰아넣고 있는 샘과 마주쳤다. "너, 아직도 제대로 된 모습 아니야." 샘이 말했다.

소년은 걸음을 멈추고 잠시 대답을 하지 않았다. 그러다가 조용히, 마치 조그만 개울에 애써 만들어놓은 둑이 우르르 무너져내리는 모습을 지켜보는 듯 조용히 터져나오는 목소리로 말했다. "맞아요. 그래요. 하지만 어떡하라고요? 그 늪에도 갔어요. 그 통나무도 다시 찾았어요. 저는—"

"그런 건 괜찮았을 거야. 아마 그놈, 너 지켜보고 있었어. 발자국 못 봤어?"

"저는……" 소년이 말했다. "보지를…… 미처 생각을……"

"총 때문이야." 샘이 말했다. 그는 울타리 옆에 미동도 없이 서 있었다. 검둥이 노예와 치카소족 추장의 아들로 태어난 이 노인은 닳고 색 바랜 멜빵바지를 입고, 예전에는 검둥이 노예의 표지였다가 이제는 해방의 훈장이 된, 차양이 너덜너덜해진 싸구려 밀짚모자를 쓰고 있었다. 빈터와 숙소, 헛간, 그리고 드 스페인 소령이 앞선 다른 지주들과 마찬가지로 황야의 한 귀퉁이를 부질없이 갉아내 확보한 헛간 앞 작은 부지까지, 야영지 전체가 땅거미 속에서 숲의 태곳적 어둠에 잠겨들고 있었다. '총 때문에.' 소년은 생각했다. '총 때문에.' "선택을 해야 돼." 샘이 말했다.

다음날 아침 소년은 동이 트기도 전에, 애시 아저씨가 부엌 바닥에 깔아놓은 이불 속에서 깨어나 불을 지피기도 한참 전에, 아침식사도 하지 않고 야영지를 떠났다. 손에 든 나침반과 뱀을 쫓을 막대기 외에는 아무것도 지니지 않았다. 1.5킬로미터 가까이는 나침반 없이도 길을 갈 수 있었다. 소년은 어두워 잘 보이지 않는 나침반을 손에 들고 통나무에 앉았다. 그가 움직이는 동안에는 멈춰 있던 비밀스러운 밤의 소리들이 다시 부산스레 움직이기 시작했다. 이윽고 밤의 소리가 잠잠해지고 부엉이 울음소리가 그치자 잠에서 깬 낮새 소리가 들리기 시작했고, 축축한 잿빛 숲이 밝아오면서 이제 나침반을 볼 수 있게 되었다. 소년은 여전히 조용하지만 빠른 걸음으로 나아갔다. 자신도 인식하지 못하는 사이, 그는 점차로 능란한 숲 사람이 되어가고 있었다. 눈에 보일 정도로 가까운 곳에서 그의 발소리에 놀란 어미 사슴과 새끼 사슴이 잠자리에서 뛰쳐나왔다—덤불이 요란하게 부스럭거리고 희고 짧은 꼬리가 보이더니 어미 사슴과 그 뒤에 바짝 붙은 새끼가 놀랍도록 빠른 속도로 질주해 도망쳤다. 샘이 가르쳐준 방법을 잘 따르며 바람을 안고 사냥감을 추적하고 있었지만 사실 이제는 별 상관도 없는 일이었다. 총을 두고 왔기 때문이었다. 스스로의 의지로 전략도 선택의 여지도 다 포기한 채, 사냥꾼과 사냥감 사이에 고대로부터 존재해온 규율과 균형마저 모두 파기하고 지금까지 도저히 파악할 수 없었던 곰의 존재를 드러내줄 조건만을 받아들였다. 소년은 두려워하지도 않을 것이었다. 공포가 자신을 완전히 사로잡는 순간, 그의 피와 가죽, 내장, 뼈, 그리고 기억이라는 것이 생기기 한참 전의 기억까지 모두 마비시키는 순간이 오더라도, 그 순간에 이 곰이나 앞으로 거의 70년 동안 그가 쫓게 될 다른 모든 곰, 모든 사슴과 그 자신 사이에 존재하는 유일한 차이가 될, 미약하지만 투명하고 흔들림 없는 명료한 정신만은 잃지 않을 것이었다. 샘도 이렇게 말한 적이 있었다. "무서워하는 건 괜찮아. 그건 어쩔 수 없어. 하지만 두려워하면 안 돼. 숲속 동물이 너 해치는 경우는 네가 그놈을 몰아붙일 때, 그리고 그놈이 네 두려움을 냄새 맡을 때 말고는 없어. 무서워하는 건 곰도 사슴도 겁쟁이 무서워할 수 있어. 용감한 사람이 겁쟁이 무서워하는 것과 똑같아."

정오가 될 때까지 소년은 작은 늪을 건너 훨씬 멀리, 한 번도 가보지 않은 새롭고 낯선 지역까지 나아갔고 이제는 나침반뿐 아니라 아버지에게서 물려받은 무겁고 두꺼운 헌 은시계까지 동원해 길을 가고 있었다. 아홉 시간 전에 야영지를 나섰으니 지금 다시 돌아간다 해도 아홉 시간 후면 이미 해가 지고도 한 시간이나 지나 있을 것이었다. 소년은 걸음을 멈추고 소매로 이마의 땀을 닦으며 주위를 둘러보았다. 새벽녘에 통나무 위에 앉아 나침반 바늘을 볼 수 있을 때까지 기다리다 일어선 이후 지금껏 멈추지 않고 걸어온 것이었다. 소년은 스스로의 의지와 필요에 의해, 겸허하고 평온한 마음으로 후회 없이 자기를 비운 채 길을 나섰다. 하지만 그것으로는, 총을 두고 온 것만으로는 충분하지 않은 것 같았다. 어디가 어디인지 구분이 안 되는 황야의 무성한 초록 그늘 속에서 소년은 낯선 곳에서 길을 잃은 아이처럼 잠시 그렇게 서 있었다. 그러고 나서 그는 더 비울 것이 있음을 깨달았다. 시계와 나침반이었다. 아직도 그는 오염된 존재였던 것이다. 소년은 입고 있던 멜빵바지에서 금속 줄에 연결된 시계와 가죽끈으로 달아놓은 나침반을 풀어 근처 나무 아래 있는 덤불에 매달아놓고 그 옆에 막대기를 세워놓은 다음 숲속으로 걸어들어갔다.

길을 잃었음을 깨달았을 때 소년은 샘이 가르쳐주고 연습시킨 대로, 오던 길을 찾아내기 위해 그 지점부터 한 방향으로 크게 원을 그리며 걸었다. 지난 두세 시간 동안에는 그리 빨리 걷지 않았고 나침반과 시계를 덤불에 두고 온 뒤로는 더욱 천천히 걸었다. 그래서 틀림없이 그 나무가 그리 멀지 않은 곳에 있을 거란 생각에 좀더 천천히 걸으며 찾아다녔다. 얼마 후 생각지도 않은 곳에서 나무를 찾아내자 돌아서 다가갔다. 그러나 나무 밑에는 덤불도, 나침반도, 시계도 없었다. 그래서 소년은 샘이 가르쳐주고 연습시킨 다음 방법에 따라, 아까와는 반대 방향으로 좀더 큰 원을 그리며 걸었다. 그렇게 하면 두 원이 그리는 경로 어느 지점에선가 오던 길을 가로지르게 되리라 기대했던 것이다. 그러나 아무리 가도 그 어떤 흔적도, 자기 발자국은커녕 그 어떤 발자국조차 찾을 수 없었다. 소년은 좀더 발걸음을 재촉하기 시작했다. 아직 공포에 질린 정도는 아니었고 그저 심장이 조금 더 빠르게, 하지만 충분히 힘차고 고르게 뛰는 상태였다. 나무 하나를 다시 발견했으나 한눈에 봐도 찾고 있던 나무는 아니었다. 그 옆에 한 번도 본 적 없는 통나무가 쓰러져 있었고 그 뒤로는 조그만 습지가 있었기 때문이다. 땅이라고도 물이라고도 하기 애매해서 그냥 땅에서 배어나오는 물기가 고인 곳이라 하면 적당할 그 습지 근처에서 다시 한번 샘이 가르쳐주고 연습시킨 마지막 방법을 쓰고 통나무에 앉으려는 순간이었다. 소년은 곰의 발자국을 보았다. 뒤틀린 모양 그대로 젖은 땅이 웅덩이처럼 움푹 파여 있었다. 소년이 바라보고 있는 그 순간에도 파인 발자국에는 계속 물이 차오르고 있었고 가장자리까지 물이 가득 차 넘치자 테두리가 허물어지기 시작했다. 고개를 드니 다음 발자국이 보였고 그 뒤를 따라가니 또 그다음 발자국이 보였다. 소년은 서두르거나 달리지 않고, 마치 땅바닥에 저절로 찍히고 있는 것 같은 발자국의 보조에 맞춰 따라갔다. 발자국이 영영 끊긴 듯한 순간마다, 저 자신마저 영영 길을 잃은 듯한 순간마다, 발자국은 계속 눈앞에 하나씩 나타났다. 소년은 의심도 공포도 없이, 빠르고 강하게 요동치는 심장박동 소리 위로 크게 숨을 몰아쉬며, 지치지 않고 열심히 발자국을 따라갔다. 그러다가 갑자기 조그만 풀밭이 나오고 이곳에서 황야는 하나가 되었다. 황야가 소리 없이 모여들어 하나로 합쳐진 그곳에 소년이 찾고 있던 나무와 덤불과 나침반, 그리고 햇빛을 받아 번쩍 빛나는 시계가 있었다. 그때 소년은 곰을 보았다. 어디선가 나타나거나 숨어 있다 모습을 드러낸 것은 아니었다. 그냥 거기, 꼼짝도 하지 않고, 바람 한 점 없는 정오의 뜨거운 햇살이 얼룩무늬를 그리며 내리꽂히는 풀밭에 서 있었다. 곰은 소년이 꿈에서 본 것만큼은 아니어도 기대했던 것만큼 컸다. 햇발로 얼룩진 그늘 속에서 소년을 바라보고 있으니 더욱 거대하고 무한해 보였다. 잠시 후 곰이 움직였다. 서두름 없이 숲속 풀밭을 가로질러 잠시 눈부신 햇빛 속으로 걸어들어가더니 다시 나와 잠시 멈추고는 어깨 너머로 또 한번 소년을 쳐다보았다. 그리고 곰은 갔다. 숲속으로 걸어들어간 것이 아니라 차츰 희미해지다가 사라졌다. 언젠가 거대한 농어가 지느러미 한 번 까딱하지 않은 채 연못의 깊은 어둠 속으로 빨려들듯 사라지는 모습을 봤을 때처럼 곰도 그렇게 아무런 움직임 없이 황야로 빨려들듯 사라졌다.

2장

바로 그래서 소년은 라이언을 미워하고 또 두려워했어야 했다. 그때 그는 열세 살이었다. 이미 수사슴을 잡아 첫 사냥의 관문을 넘었고 샘 파더스는 사슴의 뜨거운 피로 소년의 얼굴에 표시를 해주었다. 이듬해 11월에는 곰도 한 마리 사냥했다. 하지만 그런 빛나는 기록을 세우기 전에도 이미 소년은 비슷한 정도의 경험을 쌓은 어른 남자들 못지않게 숲 사정에 통달해 있었고, 지금은 경험이 더 많은 대부분의 어른 남자보다 더 노련한 숲 사람이 되어 있었다. 야영지에서 반경 40여 킬로미터 범위에 한해서는 늪이나 능선, 지표가 될 만한 나무나 길 등을 포함해 소년이 모르는 곳은 한 군데도 없었으며, 그 범위 안 어느 곳이든 전혀 헤매지 않고 길 안내를 할 수 있었다. 심지어는 샘 파더스도 본 적이 없는 동물들의 통행로도 알고 있었다. 3년째 되는 가을에는 혼자서 수사슴의 잠자리를 찾아낸 다음 매캐슬린 형 모르게 월터 유얼의 소총을 빌려서 샘이 말해준 치카소 인디언 선조들의 방식대로 새벽에 숨어서 기다리고 있다가 잠자리로 돌아오는 수사슴을 쏴 죽였다.

이제 소년은 늙은 곰의 발자국을 자기 발자국보다 더 잘 알게 되어 발가락이 상한 발뿐 아니라 온전한 쪽의 발자국까지 알아볼 수 있었다. 각기 다른 곰의 성한 발자국이 세 개 있더라도 어떤 것이 그 곰의 것인지 당장에 알 수 있었고, 그것은 단지 크기 때문만은 아니었다. 소년이 누비고 다니는 80킬로미터의 범위 내에 크기가 거의 같거나 나란히 두고 비교하지 않으면 차이를 구분할 수 없을 정도로 비슷한 발자국을 남기는 다른 곰들도 있었다. 하지만 크기 이상의 무언가가 있었다. 샘 파더스가 소년의 선생님이고 뒷마당에서 토끼와 다람쥐를 쫓던 시절이 소년의 유치원이었다면, 늙은 곰이 뛰어다니는 황야는 그의 대학이었고 긴 세월 짝도 새끼도 없이 살며 성별이 없는 스스로의 조상이 된 늙은 수곰은 그의 모교였다.

이제 소년은 야영지에서 16킬로미터, 8킬로미터, 때로는 그보다 더 가까운 곳에서도 원하기만 하면 늙은 곰의 뒤틀린 발자국을 찾아낼 수 있었다. 지난 3년 동안 곰의 흔적을 찾아낸 개들이 짖어대는 소리를 두 번이나 들었고, 한번은 우연히 곰과 마주친 사냥개들이 마치 히스테리를 부리는 인간의 목소리와 흡사한 높고 처절한 소리로 짖으며 달려드는 모습을 보기도 했다. 소년이 아직 월터 유얼의 소총으로 사냥하던 시기에 한번은 회오리바람이 휩쓸고 지난 후 흡사 긴 복도처럼 쓰러져 있는 통나무들을 건너가는 곰을 본 적도 있었다. 뒤얽힌 나무둥치들 사이로, 건너간다기보다는 기관차처럼 돌진한다는 표현이 더 정확할 만큼 저돌적인 모습이었고 상상했던 것보다 훨씬 빠른 속도였다. 나무를 헤치고 나아갈 필요 없이 공중에서 훌쩍 뛰어넘어갈 수도 있는 사슴과 비교하더라도 결코 느리지 않을 속도였다. 그 곰을 쫓아가 궁지에 몰아넣으려면 보통보다 훨씬 용감할 뿐만 아니라 몸집도 크고 달리기 속도까지 빠른 사냥개가 있어야 하는 이유를 그때 깨달았다. 소년이 집에서 키우는 개가 있었는데 검둥이들이 흔히 파이스라 부르는 종류의 자그마한 잡종견이었다. 쥐를 잡는 개인데도 쥐보다 크지 않은 몸집에, 용감하다 표현할 수 있는 단계를 진즉 넘어서 무모하다 해야 맞을 정도로 성격이 당찬 개였다. 6월의 어느 날 그는 개를 숲으로 데려왔다. 머리에 보자기를 씌워 개를 안은 소년과 사냥개 한 쌍을 줄에 매어 데리고 나온 샘 파더스는 마치 약속 시간에 사람을 만나러 오기라도 한 것처럼 바람이 불어오는 방향을 마주한 채 동물 통행로에 매복했다가 곰을 습격했다. 워낙 가까이에서 마주친지라 곰은 궁지에 몰려 돌아섰다. 하지만 나중에 생각해보니 그건 거리 때문이 아니라 개가 미친 듯이 짖어대는 날카로운 소리에 놀란 때문이라는 생각이 들었다. 궁지에 몰린 곰은 커다란 편백나무를 등지고 뒷발로 일어섰는데 소년의 눈에는 곰의 키가 조금씩 커지며 끝없이 솟아오를 것처럼 보였다. 사냥개 두 마리도 파이스를 보면서 될 대로 되라는 식의 체념 섞인 용기를 얻은 것 같았다. 소년은 개가 발악을 멈추지 않으리라는 것을 깨닫고는 총을 내려놓고 달려나갔다. 새된 소리로 짖어대며 바람개비처럼 미친 듯이 빙빙 돌고 있는 개를 앞질러가 붙잡았을 때 그는 곰이 바로 머리 위에 서 있는 듯한 느낌을 받았다. 강렬하고 뜨겁고 지독한 곰의 냄새가 풍겼다. 소년은 벌러덩 나자빠져 머리 위 저 높은 곳에 천둥처럼 솟아 있는 곰을 올려다보았다. 어디선가 많이 본 모습이라는 생각이 들었는데 잠시 후 기억이 되살아났다. 바로 어렸을 때 꿈에서 보던 곰의 모습이었다.

순간, 곰이 사라졌다. 소년은 곰이 가는 모습을 보지도 못했다. 그는 날뛰는 파이스를 양손으로 붙잡은 채 무릎을 꿇고 앉아 두 마리 사냥개의 모멸감 섞인 울부짖음이 멀어지는 소리를 듣고 있었다. 그때 샘이 다가와 들고 있던 총을 소년 옆에 조용히 내려놓고 서서 그를 내려다보았다. "너, 이제 그놈, 두 번이나 봤어. 손에 총도 들고." 샘이 말했다. "이번에는 다 잡은 거나 마찬가지였어."

소년은 일어섰다. 파이스를 붙든 채였다. 개는 소년의 팔에 꼼짝없이 안겨서도 정신없이 캥캥거렸고 멀어져가는 사냥개 소리를 향해 전기가 통하는 용수철처럼 튀어오르려다 움츠리기를 반복했다. 소년은 조금 헐떡이고 있었다. "샘도 못 쐈잖아요." 소년이 말했다. "총이 있었으면서 왜 못 쐈는데요?"

샘은 아무 말도 못 듣는 것 같았다. 샘은 손을 내밀어 사냥개 소리가 더이상 들리지 않는데도 소년의 팔에서 몸부림치며 여전히 캥캥 짖어대는 작은 개를 쓰다듬었다. "그놈, 갔어." 샘이 말했다. "긴장 풀고 쉬어, 다음번까지는." 쓰다듬는 샘의 손길에 조그만 개는 조용해지기 시작했다. "너, 우리 원하는 개, 거의 맞아." 샘이 말했다. "하지만 너무 작아. 아직 우리 그런 개, 없어. 영리해야겠지만 몸집이 큰 게 조금 더 중요해. 그런데 그 두 가지보다 더 필요한 건 용기야." 샘은 개의 머리를 쓰다듬던 손을 거두고 곰과 사냥개들이 사라진 숲 쪽을 보며 서 있었다. "언젠가, 누군가는 찾고 말 거야." 샘이 말했다.

"알아요." 소년이 말했다. "그래서 우리 둘 중 하나여야 하는 거잖아요. 저 곰이 이젠 모든 걸 끝내고 싶어질 때, 그때가 비로소 마지막 날이 될 수 있도록."

바로 그래서 소년은 라이언을 미워하고 두려워했어야 했다. 숲에서 4년째 맞는 여름, 드 스페인 소령과 콤슨 장군의 생일축하 행사에 소년이 네번째로 같이했을 때의 일이었다. 드 스페인 소령의 암말이 초봄에 낳은 수망아지가 있었다. 어느 날 저녁 말과 노새 들을 밤새 지낼 마구간으로 몰아넣다가 샘은 망아지가 없어졌다는 사실을 알게 되었다. 그러나 미친 듯 날뛰는 어미 말을 마구간 안으로 몰아넣는 일 말고는 할 수 있는 일이 없었다. 처음에는 어미를 야영지 밖으로 데리고 나가 망아지와 헤어지게 된 곳이 어디인지 알아보려고 했으나 암말은 말을 듣지 않았다. 숲 쪽으로는 어느 곳으로든 어느 방향이든 엉겹결에라도 고개를 돌리려 하지 않았다. 그냥 갑자기 앞을 못 보게 된 것처럼 공포에 질려 날뛰었다. 한번은 빙글빙글 돌더니 마치 자포자기 상태가 되어 공격이라도 하려는 듯 샘에게 달려들었다. 마치 샘이 사람이라는 것을, 그것도 오랫동안 친숙했던 사람이라는 것을 그 순간은 깨닫지 못하는 듯했다. 마침내 샘은 암말을 마구간으로 몰아넣었다. 암말이 분명 평소와는 다른 길로 간 것 같았는데 주위가 너무 어두워져 있어서 땅에 난 말 발자국을 되짚어 찾아갈 수가 없었다.

샘은 야영지 숙소로 드 스페인 소령을 찾아가 사실을 말했다. 분명 큰 동물의 짓이 틀림없고 망아지는 어디에 있건 지금쯤은 죽었을 것이라고 했다. 그것은 누구나 알 수 있는 사실이었다. 샘의 설명이 끝나자마자 콤슨 장군이 말했다. "표범이 틀림없어. 지난 3월에 암사슴과 새끼를 죽인 바로 그놈일 거야." 샘은 지난 3월에 가축들이 겨울을 잘 났는지 확인하려고 야영지에 정기 점검을 나온 분 호갠벡 편에 드 스페인 소령에게 사고 소식을 전한 적이 있었다. 어떤 짐승이 암사슴의 목을 물어뜯어놓고 어찌할 바 모르는 새끼 사슴까지 짓밟아 죽인 사고였다.

"샘은 표범이라고는 하지 않았어요." 드 스페인 소령이 말했다. 샘은 두 사람이 저녁식사를 하고 있는 식탁 언저리, 드 스페인 소령의 자리 뒤에서 알 수 없는 표정을 지으며 아무 말도 하지 않고 서 있었다. 집으로 돌아갈 수 있도록 두 사람이 말을 멈추기만을 기다리고 있는 것 같았다. 샘의 눈은 아무것도 보고 있지 않은 듯했다. "표범이었다면 암사슴을 공격했을 수는 있지만 그 뒤에 새끼 사슴까지 잡느라 애를 쓰지는 않았을 테지요. 게다가 표범이었다면 어미를 바로 옆에 두고 망아지를 공격했을 리가 없어요. 올드벤 짓이에요." 드 스페인 소령이 말했다. "실망스럽군. 이건 규칙 위반이야. 올드벤이 그런 짓을 하리라고는 생각도 못했어. 전에 내 개와 매캐슬린의 개도 죽인 적 있지만 그건 괜찮아. 그땐 우리가 개를 가지고 녀석과 도박을 한 것이고 양쪽 다 경고를 주고받았으니까. 하지만 지금은 올드벤이 내 집에 침입해 내 재산에 해를 입힌 거잖아. 게다가 사냥철도 아닌데 말이야. 규칙 위반이야. 올드벤의 짓이 맞아, 샘." 여전히 샘은 아무 말도 하지 않고 드 스페인 소령의 말이 끝날 때까지 그대로 서 있었다. "내일 말 발자국을 따라가보면 알게 되겠지." 드 스페인 소령이 말했다.

샘은 자리를 떴다. 그는 야영지에서 살지 않고 손수 지은 조그만 오두막에서 살고 있었다. 야영지에서 400미터쯤 떨어진 늪가에 조 베이커의 오두막과 비슷하지만 좀더 견고하고 짜임새 있는 오두막을 지어놓았고 바로 옆에는 통나무로 된 튼튼한 저장고를 지어 해마다 한 마리씩 기르는 새끼 돼지에게 줄 옥수수를 저장해두었다. 다음날 아침 일행이 잠에서 깼을 때 샘이 와서 기다리고 있었다. 이미 망아지를 찾아놓고 온 것이었다. 그 말에 일행은 아침도 먹지 않고 현장으로 갔다. 마구간에서 500미터도 떨어지지 않은 곳이었다. 생후 3개월 된 망아지는 목이 뜯기고 내장과 허벅지 일부가 먹힌 채 옆으로 누워 있었다. 망아지는 서 있다 쓰러진 것이 아니라 가격을 당했거나 내던져진 것 같은 모습이었다. 표범이라면 목을 찾아 물어뜯기 위해 발톱으로 찍어누른 자국이 있어야 했지만 망아지의 몸에서는 그런 고양잇과 동물의 흔적이 발견되지 않았다. 그들은 땅바닥에 난 발자국을 읽고, 어미 말이 미친 듯이 주위를 맴돌다가 마침내, 어제저녁 샘 파더스에게 돌진했을 때처럼 자포자기로 공격자에게 달려들었음을 간파했다. 또한 공포에 질려 달려가다 끊긴 발자국과, 돌진하는 어미 말에게 달려들기는커녕 단지 그쪽으로 서너 걸음 옮기는 행동만으로도 어미 말을 그 자리에 멈춰 서게 한 짐승의 발자국도 보였다. 콤슨 장군이 말했다. "세상에, 지독스러운 늑대로구먼!"

여전히 샘은 아무 말도 하지 않았다. 다른 사람들이 무릎을 꿇고 발자국의 크기를 가늠하고 있을 때 소년은 샘을 주시했다. 샘의 얼굴에 심상치 않은 기색이 나타났다. 의기양양함도 아니고 기쁨도 아니고 희망도 아닌 어떤 감정이었다. 나중에 성인이 된 이후에야 소년은 그것이 무엇인지 깨달았다. 샘은 그날 땅에 찍힌 발자국이 무엇의 것인지, 봄에 암사슴의 목을 찢고 새끼 사슴을 죽인 것이 무엇인지 내내 알고 있었던 것이다. 그날 아침 샘의 얼굴에 서린 것은 일종의 예지였다. '샘은 기뻤던 거야.' 그는 혼잣말로 중얼거렸다. '샘은 늙어 있었어. 자식도, 동족도, 이 세상에 다시 만날 수 있는 혈육 하나 없었어. 만난다 해도 절대 다가가지도 말을 걸지도 않았을 거야. 이미 70년을 검둥이로 살아온 뒤라 그럴 수 없었을 거야. 모든 것이 끝나가고 있었는데 샘은 그게 차라리 기뻤던 거야.'

그들은 야영지로 돌아가 아침식사를 한 다음 총과 사냥개를 준비해 망아지의 사체가 있는 곳으로 다시 갔다. 시간이 지나서야 소년은 다른 사람들도 더 깊이 생각했다면 망아지를 죽인 것이 무엇인지 샘 파더스처럼 잘 알 수도 있었다는 생각이 들었다. 하지만 사람들이 오해를 합리화하고 심지어 오해를 근거로 행동하는 모습을 소년이 목격한 것은 그때가 처음도 마지막도 아니었다. 다리를 넓게 벌리고 망아지 사체 위로 서 있던 분이 허리띠를 풀어 사체로 몰려든 사냥개들을 쫓아내자, 개들은 땅바닥에 난 발자국에 코를 박고 냄새를 맡았다. 그중, 아직 분별력이 생기지 않은 어린 사냥개 한 마리가 크게 한 번 짖자 다른 개들이 자취를 찾은 듯 1미터쯤 달려갔지만 이내 멈춰 서더니 사람들 쪽을 뒤돌아보았다. 의욕이 넘쳤고 당황한 기색은 없었지만, 미심쩍어했다. 마치 "이제 어떡하죠?" 하며 묻는 것 같았다. 잠시후 개들은 다시 망아지 사체가 있는 곳으로 돌아왔고 여전히 두 다리를 벌리고 서 있던 분은 허리띠로 개들을 후려쳤다.

"자취가 이렇게 빨리 사라질 수도 있는 줄은 몰랐군." 콤슨 장군이 말했다.

"어미 말이 바로 옆에 있는데도 혼자서 망아지를 죽일 수 있을 정도로 큰 늑대는 냄새도 안 남기나봅니다." 드 스페인 소령이 말했다.

"귀신이었을지도 모르지요." 월터 유얼이 이렇게 말하고는 테니 아들 짐을 쳐다보며 "안 그래, 짐?" 하고 물었다.

사냥개들이 더 나아가지 않았기 때문에 드 스페인 소령은 샘을 내보내 추적하게 했고, 100미터쯤 떨어진 곳에서 다시 발자국을 찾아 사냥개들을 데려다놓으니 또 어린 개가 짖어댔다. 하지만 그 짖는 소리가 사냥감을 쫓는 개의 소리가 아니라 자기 집 마당에서 침입자를 발견한 시골 개의 소리라는 사실을 깨달은 사람은 아무도 없었다. 콤슨 장군이 소년과 분과 테니 아들 짐, 이른바 다람쥐 사냥꾼들에게 말했다. "너희들은 아침에 개들을 옆에 데리고 있어야 한다. 놈이 근처 어디선가 돌아다니며 이 망아지로 밤새 주린 배를 채우려고 기다리고 있을 수도 있어. 놈과 마주칠지도 몰라."

그러나 그들은 놈과 마주치지 않았다. 소년은 나머지 사람들이 줄에 맨 사냥개를 이끌고 숲으로 들어갈 때 이들을 지켜보고 서 있던 샘의 모습을 기억했다. 소년이 숲에 온 첫날, 사냥개들이 올드벤을 찾았을 때 코를 희미하게 벌름거리던 것을 제외하면 아무것도 읽히지 않던 무표정한 인디언의 얼굴에 미소가 번졌다. 일행은 다음날 사냥개들을 데리고 다시 그곳을 찾았다. 하지만 새로 난 자취를 찾을 수 있으리라 기대했던 그곳에 도착했을 때 망아지의 사체는 사라지고 없었다. 그리고 사흘째 되던 날 아침, 샘이 다시 야영지로 와 기다리고 있었다. 이번에는 일행이 아침식사를 마칠 때까지 기다렸다가 "이리 와요" 하고 말했다. 샘은 그의 작은 오두막 옆 옥수수 저장고로 사람들을 데려갔다. 샘은 저장고에서 옥수수를 치운 다음 망아지 사체를 미끼로 이용해 육중한 덫이 위에서 떨어지면서 문이 닫히도록 장치를 해두었다. 사람들은 통나무 벽 틈새로 안을 들여다보았다. 겨우 색깔이나 모양 정도를 확인할 수 있을 짧은 시간 동안 그들이 본 것은 총기의 몸체와 색깔이 비슷한 동물이었다. 그것은 웅크리지도 심지어는 서 있지도 않았고 움직이고 있었다. 공중에 떠서 그들을 향해 돌진하고 있었던 것이다. 엄청난 기세로 육중한 몸을 날려 문에 부딪치자 두꺼운 문이 문틀에서 흔들리며 덜컹거렸다. 정체를 알 수 없는 그 동물은 문에 부딪친 후 바닥에 닿기도 전에 다시 어딘가에서 새로운 반동을 얻은 듯 또다시 문을 향해 몸을 날렸다. "물러서요." 샘이 말했다. "안 그럼 저놈, 목 부러져요." 그들이 저장고에서 물러난 후에도 규칙적으로 부딪치는 육중한 소리는 계속 들려왔고 그때마다 견고한 문이 흔들리고 덜컹거렸지만 정작 그 짐승은 아무런 소리도 내지 않았다. 으르렁거림도 울부짖음도 없이 그저 몸을 날려 돌진할 따름이었다.

"세상에, 저것이 대체 무엇인가?" 드 스페인 소령이 물었다.

"개요." 샘이 말했다. 노인의 콧구멍이 미세하지만 지속적으로 벌름거렸고, 그 첫날 아침 사냥개들이 늙은 곰과 마주쳤던 때처럼, 희부연 막이 덮인 것 같은 눈이 맹렬하게 이글거렸다. "그 개요."

"그 개라고?" 드 스페인 소령이 말했다.

"올드벤을 잡을 개."

"개는 무슨 얼어죽을." 드 스페인 소령이 말했다. "저런 짐승을 내 사냥개 무리에 합류시키느니 차라리 올드벤 녀석을 끼워주겠네. 쏴버려."

"안 돼요." 샘이 말했다.

"절대로 길들이지 못할 거야. 저런 짐승을, 사람을 두려워하게 만들 수 있을 거라고 생각하는가?"

"길들이고 싶지 않아요." 샘이 말했다. 또 한번 소년은 그의 콧구멍의 떨림과 맹렬한 눈에 감도는 희부연 빛을 보았다. "나는, 저 개, 나나 다른 사람이나 다른 무엇 두려워하는 것보다 길들여지는 게 차라리 낫지만, 둘 다 아닐 거요. 아무것도 두려워하지 않을 거요."

"그러면 저 짐승으로 뭘 하겠다는 건가?"

"두고 봐요." 샘이 말했다.

둘째 주 내내 그들은 아침마다 샘의 저장고로 갔다. 저장고 지붕에는 널빤지 몇 장을 들어내 생긴 구멍이 나 있었다. 처음에 개를 유인할 때 그 구멍을 통해 줄에 매단 망아지 사체를 미끼로 놓아둔 다음 덫이 떨어질 때 줄을 들어올려 사체를 밖으로 빼냈다. 아침마다 사람들은 샘이 그곳을 통해 물 한 양동이를 내려주는 모습을 지켜봤다. 그 와중에도 개는 지치지 않고 문을 향해 몸을 내던졌다가 뒤로 나뒹군 다음 다시 튀어오르는 짓을 멈추지 않았다. 여전히 아무런 소리도 내지 않았으며 문으로 돌진하는 행동에서도 흥분은 전혀 찾아볼 수 없었고 단지 냉정하고 엄숙한 불굴의 결단력 같은 것이 느껴졌다. 그 주 후반에 가까워지자 개는 더이상 문에 달려들지 않았다. 그렇다고 해서 눈에 띄게 기가 꺾였다거나 문이 부서지지 않을 것이라는 사실을 받아들인 것처럼 보이지도 않았다. 그저 더이상 달려들기 싫어진 것 같은 모습이었다. 개는 누워 있지도 않았다. 아무도 그 개가 누워 있는 모습을 본 일이 없었다. 개가 가만히 서 있으니 이제 개의 모습을 더 자세히 볼 수 있었다. 마스티프의 피가 얼마간 섞이고 에어데일의 피도 다소 섞인, 그 외에도 십여 가지 종이 뒤섞인 것 같은 잡종이었다. 어깨높이가 75센티미터가 족히 넘는데다 추측건대 몸무게도 40킬로그램이 넘을 것 같았으며 냉정한 노란 눈에 가슴이 떡 벌어졌고 전체적인 몸 색깔은 산화방지 피복 처리를 한 검푸른 총신 같은 묘한 색깔이었다.

이제 두 주가 다 지나가고 일행은 야영지에서 철수할 준비를 하고 있었다. 소년은 매캐슬린 형에게 숲에 남게 해달라고 사정을 해 허락을 받았다. 일행이 떠난 후 소년은 샘 파더스의 오두막에 머물렀다. 아침마다 소년은 샘이 저장고 안으로 물 양동이를 내려주는 모습을 지켜보았다. 그 주 후반이 다가오자 개는 쓰러졌다. 이따금씩 일어나 반은 비틀거리고 반은 기어가는 모양새로 물 양동이로 가서 물을 마시고는 다시 쓰러졌다. 그러다 마침내 어느 날 아침, 물 양동이까지 갈 수도 없고 바닥에서 어깨도 일으키지 못하는 지경에 이르렀다. 샘은 짧은 막대기를 들고 저장고 안으로 들어갈 준비를 했다. "잠깐만요." 소년이 말했다. "제가 총을 가지고 올—"

"아니다." 샘이 말했다. "저 개, 지금 못 움직여." 그 말이 맞았다. 옆으로 드러누운 개는 샘이 건드리는데도 노란 눈을 뜬 채 머리와 수척해진 몸을 꿈쩍도 하지 않았다. 그 눈에는 사나운 기색도 옹졸한 적의도 없었지만, 주체도 객체도 없이 냉정해서 마치 어떤 자연의 힘처럼 느껴지는 악의만이 남아 있었다. 개는 샘을 쳐다보지도 않았고, 통나무 사이로 안을 엿보고 있는 소년을 보고 있지도 않았다.

샘은 개에게 먹이를 주기 시작했다. 처음에는 개의 머리를 들어 국을 핥아 먹게 해주어야 했다. 그날 저녁 샘은 개가 다가갈 수 있는 위치에 고깃덩어리가 든 국 한 사발을 남겨두었다. 다음날 아침, 사발은 비어 있었고 개는 배를 깔고 엎드려 고개를 쳐든 채 싸늘한 노란 눈으로 문을 열고 들어오는 샘을 쳐다보았다. 그러더니 싸늘한 노란 눈에 아무런 변화도 없고 여전히 아무 소리도 내지 않은 채 샘을 향해 확 뛰어올랐다. 하지만 기운이 빠진 개가 의도한 대로 몸을 움직이지 못하고 비틀거리는 틈을 타 샘은 막대기로 개를 내리치고 저장고에서 뛰어나와 문을 닫을 시간을 벌 수 있었다. 개는 언제 두 주나 굶었냐는 듯이 발로 땅을 디딜 겨를도 없이 또다시 문에 몸을 날렸다.

그날 정오에 어떤 사람이 요란스레 소리를 지르며 야영지 쪽 숲에서 나타났다. 분이었다. 그는 통나무 벽 사이로 한참 동안 저장고 안을 들여다보며 거대한 개가 엎드린 채 머리를 쳐들고 아무것도 보지 않는 노란 눈을 졸린 듯 끔뻑거리고 있는 모습을 관찰했다. 굴하지도 꺾이지도 않는 정신 그 자체였다. "이렇게 하는 게 낫겠소." 분이 말했다. "저 개새끼를 풀어놓고 올드벤을 찾게 한 다음 곰과 한판 붙여보는 거요." 그는 볕에 그을린 벌건 피부에 이마가 툭 튀어나온 얼굴을 소년 쪽으로 돌리며 말했다. "짐을 챙겨라. 네 형 캐스가 집으로 오래. 여기서 저 말 잡아먹는 짐승과 노는 짓도 그만하면 실컷 했잖아."

야영지에 분이 빌려다놓은 노새가 있었고 경마차 한 대가 숲 가장자리에서 기다리고 있었다. 그날 밤 소년은 집으로 돌아가 매캐슬린 형에게 개에 대해 말했다. "샘은 그 개를 다시 굶길 거래요. 저장고 안에 들어가 건드려도 문제가 없으면 다시 먹이를 줄 거래요. 그리고 나서도 어쩔 수 없으면 또 굶긴대요."

"그런데 왜?" 매캐슬린이 물었다. "뭐하려고? 아무리 샘이라도 그런 짐승은 길들이지 못할 텐데."

"우린 그 개를 길들이고 싶은 게 아니에요. 그저 그 개가 제 본모습 그대로이기를 바라는 거죠. 우린 그냥 그 개가 알게 되기를 바라는 것뿐이에요. 저장고에서 나오려면, 나와서 또다시 갇히지 않으려면 샘이나 다른 사람의 말에 따르는 수밖에 없다는 사실을요. 그놈이 앞으로 올드벤을 추적해 몰아붙일 바로 그 개예요. 우리가 벌써 이름도 지어줬어요. 라이언이라고."

그리고 마침내 11월이 왔다. 그들은 야영지로 돌아왔다. 콤슨 장군과 드 스페인 소령, 매캐슬린과 월터, 분과 함께 소년은 총과 침구, 식료품 상자가 늘어선 마당에 서서 샘 파더스와 라이언이 헛간 쪽에서 걸어오는 모습을 보았다. 인디언 노인은 고무장화에 닳아빠진 멜빵바지와 낡은 양가죽 코트를 입고 예전에 소년의 아버지가 쓰던 모자를 쓰고 있었고, 그 옆에는 어마어마하게 큰 개가 엄숙한 모습으로 걸어오고 있었다. 사냥개들이 그들을 맞이하러 달려나가다가 갑자기 멈춰 섰는데, 아직 판단력을 갖추지 못한 어린 개는 그대로 라이언에게 달려가 아양을 떨었다. 라이언은 어린 개를 물지 않았다. 심지어 걸음을 멈추지도 않았다. 마치 곰이 그러는 것처럼 한 발을 휘둘러 어린 개를 내동댕이친 다음, 던져진 개가 2미터 정도 굴러 깨갱거리며 나뒹구는 사이 곧장 야영지 마당으로 걸어들어와서는 아무것도, 아무도 보지 않는 눈을 졸린 듯 끔뻑거리며 서 있었다. 분이 말했다. "세상에…… 세상에…… 만져봐도 되나?"

"돼요." 샘이 말했다. "이놈, 신경 안 써요. 누구한테도, 무엇에도 신경 안 써요."

소년도 그 모습을 지켜보았다. 그 순간으로부터 2년 동안, 분이 라이언의 머리에 손을 얹고 그 옆에 무릎을 꿇고 앉아 뼈와 근육을 어루만지며 개의 힘을 살필 때 소년은 매번 그 모습을 지켜보았다. 라이언이 마치 여자라도 되는 것 같았다. 아니, 분이 여자 같았다. 그 편이 더 어울리는 모습이었다. 거대하고 엄숙하고 졸린 듯 보이는 개, 샘이 말한 대로 누구에게도, 무엇에도 신경을 쓰지 않는 개와 난폭하고 둔감한 철면피에, 인디언의 피가 약간 섞인 외모와 어린애나 다름없는 정신의 소유자인 남자가 함께 있으니 딱 그런 분위기를 풍겼다. 소년은 분이 샘과 애시 아저씨를 제치고 라이언에게 먹이 주는 역할을 떠맡는 모습을 지켜봤다. 라이언이 먹이를 먹는 동안 찬비를 맞으며 부엌 옆에 쪼그리고 앉아 있는 분의 모습도 소년은 지켜보곤 했다. 라이언은 다른 개들과 함께 먹지도 자지도 않았기 때문에 사람들은 으레 개가 샘 파더스의 오두막 옆에 있는 개집에서 자리라 생각했다. 하지만 사실은 아무도 개가 어디에서 자는지 모르고 있다가 다음 해 11월이 되어서야 알게 되었다. 우연히 매캐슬린이 이와 관련한 무슨 말인가를 샘에게 했고, 샘이 다시 소년에게 말해주었다. 그날 밤 소년과 드 스페인 소령, 매캐슬린은 등불을 들고 분이 자는 뒷방으로 들어갔다. 조그맣고 꽉 막혀 통풍이 되지 않는 방에서 분의 씻지 않은 몸냄새와 젖은 사냥복 냄새가 진동을 했다. 분은 똑바로 누워 코를 골고 자다 숨이 막혀 잠에서 깼고 그 옆에서 라이언은 머리를 들고 그 차갑고 나른한 노란 눈으로 그들을 쳐다봤다.

"젠장, 분!" 매캐슬린이 말했다. "저 개를 밖으로 내보내. 내일 아침 올드벤을 쫓아야 하는 개를 여기 두고 밤새 자네 냄새를 맡게 하면 내일은 스컹크 정도나 되는 독한 냄새 말고는 도대체 무슨 냄새를 맡을 수 있겠나?"

"내 냄새가 왜? 아무리 맡아도 내 코엔 아무 이상 없는 것 같은데?" 분이 말했다.

"자네 코가 문제가 아니지." 드 스페인 소령이 말했다. "자네더러 곰을 추적하라고 하진 않아. 개를 밖으로 내보내. 숙소 밑에서 다른 개들과 함께 있게 하란 말이야."

분이 몸을 일으키기 시작했다. "다른 개가 자기 쪽으로 하품이나 재채기라도 했다간, 아니 살짝 건드리기만 해도 바로 물어죽일 텐데요."

"그렇진 않을걸?" 드 스페인 소령이 말했다. "어떤 개도 저놈 쪽에 대고 하품을 하거나 저놈을 건드리진 않을 테니까. 잠결에라도 말이야. 밖으로 내보내. 내일 저놈의 코가 온전해야 돼. 작년에는 올드벤이 저놈을 골탕 먹였지만 다시 그러지는 못할걸."

더러운 내의에 자다 일어나 헝클어진 머리 그대로 분은 신발 끈도 여미지 않은 채 라이언을 데리고 밖으로 나갔다. 다른 사람들은 앞쪽 방으로 되돌아와 포커게임을 재개했다. 탁자 위에는 매캐슬린과 드 스페인 소령의 패가 놓여 있었다. 한참 후, 매캐슬린이 말했다. "제가 다시 가서 한번 살펴보고 올까요?"

"아니야." 드 스페인 소령이 말했다. 그리고는 월터 유얼을 향해 "콜!"* 하고 외치더니 다시 매캐슬린을 향해 말했다. "살펴보더라도

---

* 포커에서 앞사람이 건 돈과 같은 액수를 걸겠다는 의미.

내게 말하지는 마. 요즘 내가 늙어가는 조짐이 하나씩 보이기 시작하는데 말이지, 내 명령이 무시당하는 꼴을 보고 싶지 않아. 명령을 내리는 순간 이미 무시당할 거라는 사실을 감지하게 되더라도 확인은 싫다는 말이지." 드 스페인 소령은 다시 월터 유얼을 향해 "스몰 페어"* 하고 말했다.

"얼마나 낮은 페어인데요?" 월터 유얼이 물었다.

"아주 낮아." 드 스페인 소령이 말했다.

겹겹이 포개놓은 이불 더미 아래 누워 잠을 청하고 있던 소년 역시 라이언이 이미 분의 침대로 돌아가 있으리라는 사실을, 그리고 그날, 다음날, 내년 11월까지, 그리고 내후년 11월까지도 날마다 분의 방에서 지낼 거라는 사실을 알고 있었다. 소년은 생각했다. '샘은 어떻게 생각할까? 아무리 분이 백인이라지만 샘이 데리고 있을 수도 있을 텐데. 소령님이나 형님에게 부탁할 수도 있잖아. 게다가, 라이언을 처음으로 상대한 사람도 샘이고 라이언도 그걸 알고 있을 텐데.' 하지만 세월이 흘러 어른이 된 후에 소년은 또한 알게 되었다. 그래도 괜찮았다는 것을. 애초에 그렇게 됐어야 했다는 것을. 샘은 추장이며 귀한 혈통이었고 분은 평범한 부족민이자 샘의 사냥꾼에 불과했다. 분이 개들을 돌보는 것이 당연했다.

처음으로 라이언이 사냥개 무리를 이끌고 올드벤을 쫓던 날 아침, 야영지에는 낯선 사람 일곱 명이 나타났다. 습지에 사는 사람들이었다. 말라리아에 시달린 초췌한 모습으로 어디선가 불쑥 나타난 이 사

---

* 처음 받은 두 장의 카드가 같은 숫자일 때 이를 페어라 하고 보통 2-2에서 6-6까지를 스몰 페어, 7-7에서 9-9까지를 미들 페어, 10-10 이상을 하이 페어로 구분한다.

람들은 곳곳에 덫을 놓아 너구리를 사냥하거나 숲 가장자리에서 목화나 옥수수를 조금씩 기르며 살았다. 샘 파더스보다 별로 나을 것 없고 테니 아들 짐과 비교하면 형편없이 남루한 차림새에 낡은 엽총과 소총을 든 그 사람들은 동이 트기도 전부터 찬비가 부슬부슬 내리는 옆마당에서 참을성 있게 쭈그리고 앉아 기다리고 있었다. 나중에 샘 파더스가 드 스페인 소령에게 그들이 지난여름과 지난가을 내내, 때로는 혼자서, 때로는 둘이나 셋이 모여, 야영지에 와 라이언을 조용히 지켜보다 가곤 했다는 말을 전해주었다. 그들 중 대변인 노릇을 하는 이가 말했다. "안녕하신가요, 소령님. 오늘 아침에 저 퍼런 개를 데리고 두 발가락 늙은 곰을 잡으러 가신다지요? 저희가 와서 구경 좀 하면 안 될까요? 그놈이 달려들지만 않으면 저희는 총을 쏘지는 않겠습니다."

"괜찮습니다." 드 스페인 소령이 말했다. "총을 쏴도 됩니다. 그 곰을 잡고 싶기로는 우리보다 여러분이 더하겠지요."

"말씀이 틀리지는 않네요. 저도 그럴 만한 것이, 고놈한테 우리 옥수수를 얼마나 많이 처먹었는뎁쇼. 3년 전에 잡아먹힌 제 새끼돼지는 말할 것도 없고요."

"그건 저도 마찬가지네요." 다른 이가 말했다. "딱히 곰하고만 상관 있는 건 아니지만요." 드 스페인 소령이 말한 이를 쳐다보았다. 그는 담배를 씹고 있다가 퉤 하고 뱉었다. "저희 집 암송아지가 당했지요. 실한 놈이었는데. 작년이구먼요. 제가 송아지를 발견했을 때는 지난번 6월에 소령님네 망아지같이, 딱 그 꼴을 하고 있었습니다요."

"그렇군요." 드 스페인 소령이 말했다. "괜찮으니, 제 개들이 쫓는 사냥감이 보이면 총을 쏘세요."

그날 올드벤을 쏜 사람은 없었다. 본 사람도 하나 없었다. 개들만이 소년이 열한 살이던 여름 어느 날 곰을 보았던 숲속 풀밭 근처 100미터 정도 떨어진 곳에서 곰을 쫓아가며 짖어댔다. 소년은 그곳에서 400미터 정도 떨어져 있었다. 소년은 개들이 사냥감을 향해 짖는 소리를 들었으나, 자기가 알지 못하는 소리, 그래서 라이언의 소리임이 분명할 소리를 듣지 못했기 때문에, 라이언이 그 가운데 섞여 있지 않다고 생각했다. 아니 그렇게 믿었다. 올드벤의 뒤를 쫓는 사냥개들의 속도가 지금까지 경험한 것보다 훨씬 빠르다는 사실도, 개 짖는 소리에 항상 섞여 있던 가늘고 높은 히스테리의 음색이 없다는 사실도 소년의 오해를 바로잡기에는 불충분했다. 그날 밤 샘이 라이언은 사냥감의 자취를 발견해도 짖지 않을 거라고 얘기해주었을 때에야 비로소 상황을 간파했다. "그놈, 올드벤 목덜미를 물면 으르렁거릴 거야." 샘이 말했다. "하지만 절대 크게 짖지 않을 거야. 두께 20센티 문에 부딪칠 때도 아무 소리 안 냈어. 저놈 안에 있는 그 퍼런 개의 피 때문이야. 그게 이름이 뭐라고?"

"에어데일이오." 소년이 대답했다.

사실 라이언은 거기에 있었다. 곰을 쫓던 장소가 강과 너무 가까운 곳이었다는 것이 문제였다. 그날 밤 열한시 가까이 되어 분이 라이언과 함께 돌아왔을 때 그는 라이언이 올드벤을 한 번 멈춰 서게 했다고 장담을 했다. 다른 사냥개들이 치고 들어가려 하지 않는 바람에 올드벤이 강으로 뛰어들어 하류로 한참을 헤엄쳐 달아났다는 것이었다. 분과 라이언은 강둑 한쪽을 따라 15킬로미터를 따라가다가 반대편 강둑으로 건너갔지만 이미 날이 어두워지기 시작해 돌아왔다. 그들이 강을 건넌 얕은 여울에서 곰이 물에서 나온 자취를 찾을 수 없었던 것을 보면 여울을 지나쳐 계속 헤엄쳐간 것 같다고 분은 덧붙였다. 그러더니 사냥개들을 욕하면서 애시 아저씨가 남겨둔 저녁밥을 먹고 방으로 들어갔다. 잠시 후, 소년은 문을 열고 분이 천둥 치듯 요란하게 코를 골며 자고 있는 작고 쉰내나는 방 안을 들여다보았다. 거대하고 엄숙한 개가 분의 베갯머리에서 고개를 들어 소년을 보고 잠시 눈을 끔뻑거리더니 다시 베개로 머리를 떨구었다.

이듬해 11월이 또다시 찾아와, 숲에서 보내는 두 주의 마지막 날이 되었다. 언젠가부터 마지막 날은 올드벤을 위해 남겨두는 것이 전통처럼 되었고, 이날은 낯선 사람들도 여남은 명이나 와서 기다리고 있었다. 이번에는 습지 사람들 외에 도회지 사람들도 섞여 있었다. 제퍼슨 같은 주변의 카운티 시트*에서 라이언과 올드벤에 관한 소문을 듣고, 푸르스름한 거대한 개와 두 발가락 늙은 곰이 대면하는 연례행사를 구경하러 모여든 것이었다. 아예 총도 없이, 오는 길에 서둘러 사냥복과 장화만 구비하고 온 사람들도 있었다.

이번에는 라이언이 강에서 8킬로미터쯤 떨어진 곳에서 올드벤과 맞붙었다. 라이언이 달려들며 올드벤을 궁지에 몰아넣자, 이번에는 다른 사냥개들도 하는 수 없이 라이언을 따라 곰에게 달려들었다. 소년은 그 소리를 들을 수 있을 정도로 가까운 거리에 있었다. 그는 분이 내지르는 소리를 들었고, 다가가지 않으려 몸부림치는 말을 최대

---

* 카운티의 행정 중심지.

한 앞으로 몰고 가 콤슨 장군이 총 두 정으로 발사한 두 발의 총성도 들었다. 산탄 다섯 개를 장전하게 되어 있는 총 한 정과 단발 탄환을 사용하는 총 한 정에서 각각 한 발씩, 두 발이 곰에게 발사되었다. 이어 곰이 다시 포위를 뚫고 달아나자 사냥개들이 짖어대는 소리가 들려왔다. 소년은 달렸다. 폐가 터질 것처럼 숨을 헐떡이며 휘청거리는 걸음으로 콤슨 장군의 총소리가 난 곳에 도착하니 올드벤이 죽인 사냥개 두 마리가 널브러져 있었다. 소년은 콤슨 장군의 총에 맞은 곰의 핏자국을 보았지만 더 따라갈 수는 없었다. 걸음을 멈추고 나무에 기대어 거친 호흡이 진정되고 심장박동이 느려지기를 기다리며, 소년은 희미해졌다가 점점 사라져가는 개들의 소리를 들었다.

그날 밤 야영지에는 새 사냥복과 장화 차림의 외부인 다섯 명이 겁에 질린 모습으로 머물고 있었다. 숲에서 하루종일 길을 잃고 헤매는 것을 샘이 찾아서 데리고 온 손님들이었다. 소년은 숙소로 돌아와 나머지 이야기를 들었다. 라이언이 다시 한번 곰을 멈춰 세워 궁지에 몰아넣었는데 야생동물의 피냄새를 두려워하지 않는 외눈박이 노새를 제외하고는 어떤 말도 곰에게 다가가려 하지 않았다고 했다. 마침 분이 그 노새를 타고 있었는데 분으로 말할 것 같으면 지금껏 한 번도 목표물을 명중시킨 적이 없는 위인이었다. 분이 그의 펌프식 연발총으로 곰을 향해 다섯 발을 발사했지만 한 발도 맞히지 못했고, 곰은 사냥개 한 마리를 더 죽이고 다시 한번 달아나 강으로 사라졌다는 것이었다. 이번에도 분과 라이언은 한쪽 강둑을 따라 가능한 한 멀리까지 추적해 내려갔다. 너무 멀리까지 간지라, 강을 건널 때 이미 땅거미가 깔리기 시작했고 2킬로미터도 못 가서 주위가 어둠에 휩싸이고 말았다. 그런데 이때 어둠 속에서 라이언이 끊어졌던 곰의 자취를 찾아냈다. 아마도 그곳에서 올드벤이 물에서 나와 피를 흘린 모양이었다. 하지만 다행히도 개가 끈에 묶여 있어서 분이 노새에서 내려 그야말로 육탄전을 벌이고서야 라이언을 야영지로 데리고 돌아올 수 있었다고 했다. 이번에 분은 욕도 하지 않고, 온몸이 흙투성이가 되어 기진맥진한 채 문가에 서 있었다. 괴물 석상 같은 커다란 얼굴에는 침통한 표정과 함께 놀란 기색이 아직도 가시지 않은 채 남아 있었다. "빗나가버렸어." 그가 말했다. "고작 10미터 앞에 있었는데 다섯 발 모두 빗나가버렸어."

"그래도 우리가 피를 흘리게는 했잖아." 드 스페인 소령이 말했다. "콤슨 장군께서 해내셨지. 전엔 그만큼도 해본 적이 없잖은가."

"하지만 제가 맞히질 못했어요." 분이 말했다. "다섯 발 중 단 한 발도 맞히질 못했어요. 라이언이 옆에서 보고 있었는데."

"신경 쓸 것 없네." 드 스페인 소령이 말했다. "끝내주게 멋진 추격전이었어. 그리고 피까지 봤잖은가. 내년에는 콤슨 장군이나 월터에게 케이티를 타라고 해야겠어. 그러면 곰을 잡을 수 있을 거야."

그때 매캐슬린이 물었다. "분, 라이언은 어디 있나?"

"샘 영감 오두막에 두고 왔어." 분이 말했다. 이미 몸을 돌려 나가는 중이었다. "오늘은 그놈과 잘 자격이 없어."

바로 그래서 소년은 라이언을 미워하고 두려워했어야 했다. 하지만 그러지 않았다. 소년이 보기에, 무언가 숙명적인 느낌이 있었다. 소년이 보기에, 그가 모르는 무언가가 시작되고 있었다. 아니, 이미 시작된 것 같았다. 마치 연극 무대에서 최후의 막이 펼쳐지고 있는 듯한 기분이었다. 뭔지 모를 어떤 것의 종말이 시작된 것 같았지만 슬퍼하지 않으리라는 것만은 알 수 있었다. 그는 겸허한 마음으로 그것의 일부가 될 수 있음을, 아니 그것을 목격할 자격이라도 있음을 자랑스럽게 여길 것이었다.

3장

12월이었다. 소년이 기억하는 한 가장 추운 12월이었다. 그들은 야영지에서 두 주를 다 채우고도 나흘을 넘겨 머무르고 있었다. 날씨가 좀 누그러져 라이언과 올드벤이 연례 추격전을 벌일 수 있기를 기다리는 중이었다. 그러고 나면 철수해 집으로 돌아갈 예정이었다. 이렇게 하늘만 쳐다보고 기다리며 포커 말고는 할 일도 없이 보내야 하는 날들이 이어지리라고는 예견하지 못했기 때문에 위스키는 바닥이 났고, 소년과 분은 술을 더 구하기 위해 드 스페인 소령이 양조업자 셈즈 씨에게 보낸 쪽지와 가방을 들고 멤피스로 가게 되었다. 바꿔 말하면, 드 스페인 소령과 매캐슬린이 위스키를 더 조달해 오라고 분을 보내면서, 분이 그 술 전부를, 아니 대부분을, 아니 일부만이라도 가지고 돌아올 수 있도록 소년을 딸려 보내는 상황이었다.

테니 아들 짐이 세시에 소년을 깨웠다. 그는 몸을 떨며 재빨리 옷을 갈아입었다. 이미 난로에는 새로 피운 불이 활활 타오르고 있었기 때문에 그렇게 몸을 떤 것은 꼭 추위 때문만은 아니었다. 그런 한겨울의 시간에는 피도 느리게 흐르고 심장도 느리게 뛰고 잠도 푹 잘 수 없기 때문에 그랬을 것이다. 그는 새벽이라도 오려면 앞으로 세 시간은 지나야 할 것 같은 별빛 총총한 밤하늘 아래, 숙소와 부엌을 잇는 무쇠처럼 얼어붙은 땅을 지나 혀와 입천장과 폐의 가장 밑바닥까지 혹독한 어둠을 맛보며, 따뜻하게 등불을 밝힌 부엌으로 건너갔다. 타오르는 화덕의 열기로 인해 창문에는 김이 서려 있었고 분은 이미 탁자에 앉아 접시에 얼굴을 빠뜨릴 듯 고개를 숙이고 아침식사를 하고 있었다. 음식을 씹고 있는 턱은 새로 돋은 수염 때문에 푸르스름했으며, 얼굴에는 물기가 없고 말갈기처럼 거친 머리카락에도 빗질 흔적이 없었다. 치카소 인디언 여인의 손자로서 몸속에 인디언의 피가 사분의일이 흐르고 있는 그 사내는 제 모습에 한 방울이라도 이방인의 피가 섞여 있다는 사실에 분개하며 거친 주먹을 내리칠 때가 있는가 하면, 또 어떤 때는, 대개는 위스키를 마신 연후였는데, 제 아버지가 순수한 치카소족 혈통을 물려받았고 심지어 추장이었으며 어머니 또한 백인의 피는 반밖에 섞이지 않았다며 역시 노기 어린 거친 주먹을 휘두르며 주장하기도 했다. 그는 키가 193센티미터에 어린애의 정신과 말의 심장을 지녔고, 얼굴은 소년이 이제껏 본 사람들 중 가장 못났으며, 조그맣고 단단한 단추 같은 눈에는 깊이뿐 아니라, 비열함도 관대함도 악랄함도 다정함도, 그 밖에 다른 무엇도 없었다. 마치 누군가가 축구공보다 살짝 큰 호두를 찾아내 기계공이 쓰는 망치를 이용해 이

목구비를 빚은 다음 붉은색으로 칠을 한 것 같은 얼굴이었다. 붉은 안색은 인디언 특유의 갈색이 도는 적색이 아니라 상기된 밝은 적색으로, 위스키와도 무관하지 않을 테지만, 무엇보다 행복하고 격렬하게 야외를 누비고 다닌 데서 비롯된 색이었다. 얼굴에 팬 주름은 지금까지 살아온 40년 세월의 흔적이라기보다는 태양을 보고 눈이 부셔서, 또는 달아난 사냥감을 눈으로 좇아 대숲의 그늘 속을 살피느라 눈을 자주 찡그려 생긴 자국 같기도 했고, 날이 밝자마자 일어나 다시 사냥을 나갈 심산으로 11월이나 12월의 차가운 땅바닥에 모닥불을 피우고 누워 잠을 청하는 동안 모닥불의 열기가 그 주름들을 얼굴에 깊이 새겨 굳힌 것 같기도 했다. 그에게 시간이란 마치 공기를 가르고 걸어가듯 그렇게 나아갈 수 있는 어떤 것에 불과하여, 공기와 마찬가지로 그를 나이 들게 할 수 없는 것 같았다. 그는 용감하고 충직했지만 분별력이 없어 미덥지 못한 사람이었다. 특정한 직업이나 기술은 없었지만 악덕과 미덕은 한 가지씩 지녔으니, 악덕은 음주였고 미덕은 드 스페인 소령과 매캐슬린을 향한 물불 가리지 않는 충성심이었다. 언젠가 드 스페인 소령이 "어떤 때는 그 두 가지 모두 미덕처럼 느껴질 때가 있어" 하고 말하자 매캐슬린이 "어떤 때는 그 두 가지 모두 악덕처럼 느껴질 때도 있습니다" 하고 답한 적도 있었다.

분은 고기 볶는 냄새 때문인지 아니면 위쪽에서 나는 발소리 때문인지 잠에서 깬 개들이 부엌 아래에서 내는 소리를 들으며 아침을 먹었다. 짧은 소리로 주위를 제압하는 라이언의 소리가 딱 한 번 들렸다. 어느 사냥터에서든지 최고의 사냥꾼은, 바보들을 향해서라면 모를까, 같은 말을 여러 번 하지 않는 법이었다. 드 스페인 소령과 매캐슬린 소유의 다른 개들 모두 크기나 힘, 그리고 어쩌면 용기에서도 라이언에게는 상대가 되지 않았지만 적어도 바보는 아니었다. 그들 중 마지막 바보는 작년에 올드벤에게 죽임을 당했다.

두 사람이 식사를 끝내자 테니 아들 짐이 들어왔다. 짐마차가 밖에 대기하고 있었다. 애시는 테니 아들 짐에게 설거지를 하라 하고 자기가 짐마차를 몰아 소년과 분을 데려다주겠다고 했다. 벌채한 통나무를 싣고 나가는 화차 선로까지 데려다주면 두 사람이 기차에 신호를 보내 올라타게 되어 있었다. 소년은 애시 영감이 나선 이유를 알고 있었다. 분을 골려대는 모습을 전에도 여러 번 봤기 때문이었다.

날이 추웠다. 마차 바퀴가 얼어붙은 땅 위에서 요란스레 덜커덩거렸다. 하늘은 밝아오는 기색 없이 별이 총총했다. 소년은 추위 때문에 덜덜 떨지는 않았다. 그러나 천천히, 계속해서, 심하게 몸이 흔들거리고 있었다. 방금 먹은 음식이 소화되지 않은 채로 아직도 따뜻하게 배속에 남아 있는데 바깥쪽 몸은 천천히 계속 흔들리고 있으니 마치 위만 따로 둥둥 떠 있는 느낌이었다. "오늘은 사냥을 나가지 않겠네요." 소년이 말했다. "오늘 같은 날 코가 온전한 개는 없을 테니까요."

"라이언만 빼고." 애시가 말했다. "라이언은 코 같은 거 필요 없어. 곰만 있으면 돼." 애시는 부엌 바닥에 놓고 잠자리로 쓰는 짚단 침대 위에서 누비이불을 걷어와 머리 위에 둘러쓰고 발은 삼베자루로 친친 감싸고 있었다. 희미한 별빛 아래 그 모습은 소년이 생전 본 적 없는 이상한 생물체처럼 보였다. "라이언은 넓이가 4제곱킬로미터쯤 되는 얼음 창고에서라도 곰을 쫓아갈 수 있거든. 콱 잡을 수도 있을걸? 딴 개새끼들은 어림없어. 라이언이 곰을 뒤쫓을 때 딴 놈들은 따라가지도 못할 테니까."

"다른 개들이 뭐가 어쨌다고 그래요?" 분이 말했다. "대체 영감이 뭘 안다고 그렇게 말을 하쇼? 여기 온 후 부엌 밖으로 코빼기라도 비친 건 장작 패러 나올 때 빼고는 오늘이 처음이면서."

"딴 개들한테 뭔 문제가 있다는 게 아니우." 애시가 말했다. "그놈들은 지들 꼴리는 대로 냅두면 앞으로도 아무 문제 없을 거요. 난 말이오, 저 사냥개 놈들이 지들 몸뚱이 건사하는 꼴을 보고 나도 어찌하면 저리 할 수 있을까, 그게 평생 궁금했을 정도라고."

"하여간, 오늘 아침에는 사냥 나가지 않을 거요." 분이 말했다. 그의 거친 목소리는 확신에 차 있었다. "소령님께서 나와 아이크가 돌아오기 전에는 사냥 나가지 않을 거라고 약속하셨으니까."

"오늘은 날씨가 풀리겠어. 추위가 한풀 꺾일 거라고. 밤에는 비가 올 텐데." 이렇게 말한 후 애시는 얼굴마저 다 가리도록 뒤집어쓴 누비이불 속에서 낄낄 웃었다. "어여 가자, 노새들아!" 애시가 고삐를 잡아채자 노새들은 앞으로 튕겨나가 덜커덩거리며 흔들리는 짐마차를 몇 미터 앞으로 끌고 나가더니 다시 걸음을 늦춰 빠르고 짧은 보폭으로 또각또각 걸었다. "게다가 말이오, 소령님이 그쪽 사정을 봐줘야 할 이유가 도대체 뭣인지 내 알고 싶네그려. 소령님한테 필요한 건 라이언인데 말이지. 그쪽이 곰은커녕 시시껄렁한 고기 한 점이라도 야영지로 가지고 돌아왔다는 소린, 내 들어본 역사가 없우."

'이제 분이 애시에게 욕을 할 거야. 어쩌면 한 대 칠지도 몰라.' 소년은 생각했다. 그러나 분은 애시에게 주먹질을 하지 않았다. 사실 전에도 그런 적은 없었다. 그리고 비록 4년 전 분이 제퍼슨 시내 거리에서 남에게 빌린 권총으로 어떤 검둥이에게 다섯 발을 쏜 적이 있고 그 때도 지난가을 곰에게 쏜 다섯 발과 다를 바 없이 모두 빗나갔던 전례가 있긴 하지만, 소년은 앞으로도 분이 애시를 치는 일은 없을 것임을 알고 있었다. 분이 말했다. "맹세코, 소령님께서는 라이언이든 다른 개든 오늘밤 내가 돌아올 때까지 어떤 사냥에도 내보내지 않으실 거요! 내게 약속하셨다니까. 저놈의 노새들에게 채찍질을 해요! 계속 내리쳐! 누구 얼어죽는 꼴을 보고 싶소?"

그들은 벌목 화물용 기차선로에 도착해 모닥불을 피웠다. 잠시 후 희부옇게 밝아오는 동녘 하늘 아래 숲에서부터 통나무를 운반해 나오는 기차가 나타나자 분이 신호를 보내 멈춰 세웠다. 따뜻한 카부즈*에서 소년은 다시 잠이 들었고 분은 차장과 제동수와 함께 올드벤과 라이언에 대해 얘기했다. 그들은 훗날 사람들이 설리반과 킬레인**에 대해, 더 먼 훗날에는 뎀시와 터니***에 대해 얘기할 때 쏟게 될 그런 종류의 관심을 가지고 얘기를 나누었다. 충격 흡수 장치가 없는 카부즈가 기울어지고 덜컹거릴 때마다 졸음에 빠진 소년의 몸은 이리저리 흔들렸는데 잠속에서도 소년은 그들이 하는 이야기를 들었다. 올드벤이 죽인 새끼 돼지와 송아지, 헤집어놓은 곡식 저장고, 부숴놓은 덫과 함정, 그리고 분명 가죽 속에 박혀 있을 탄환 등에 대한 이야기들, 그리고 덫에 걸려 발이 상한 곰들이 50년 동안 두발가락, 세발가락, 절름발이 등으로 불리던 땅에서 단 하나 예외로 (콤슨 장군의 표현대로,

---

* 화물열차 후미에 연결하여 승무원들의 휴식 공간으로 쓰인 차량.
** 1880년대 유명했던 헤비급 권투 선수들.
*** 1920년대 활약한 헤비급 권투 선수들.

최고 곰으로서) 인간의 남자라도 유감없이 받아들일 이름을 얻은 두 발가락 곰에 관한 이야기였다.

동틀녘이 되어 그들은 호크스에 도착했다. 그들은 사냥복을 입은 채 따뜻한 카부즈에서 나왔다. 분은 장화가 진흙 범벅인데다 작업복 바지에는 얼룩이 묻어 있고 면도를 하지 않은 턱이 푸르스름했다. 하지만 괜찮았다. 호크스는 철로 본선에서 뻗어나온 지선가에 제재소와 물자배급소, 상점 두 개와 가축용 상하차장이 위치한 마을이었고 거기에서 일하는 사람들도 모두 장화와 작업복 바지 차림이었다. 이윽고 멤피스행 열차가 왔다. 분은 객차에서 물건을 파는 사람에게서 당밀을 입힌 팝콘 세 봉지와 맥주 한 병을 샀고 소년은 분이 팝콘 씹는 소리를 들으며 다시 잠에 빠져들었다.

하지만 멤피스에 도착해서는 괜찮지 않았다. 높은 건물과 포장된 길, 멋진 마차와 말이 끄는 철도마차, 풀 먹인 셔츠와 넥타이를 맨 남자들의 모습 때문에 그들의 장화와 작업복이 좀더 거칠고 더러워 보이는 것 같았고 분의 턱수염은 유난히 지저분해 보였다. 보면 볼수록, 숲 밖으로 나오지 말았어야 하는 얼굴이라는 생각이 강하게 들었다. 아니면 누군가, 드 스페인 소령이나 매캐슬린이나 다른 아는 사람이 옆에 있다가 "걱정 마세요. 사람을 해치지 않습니다" 하고 말을 해주고 다녀야 탈이 없을 얼굴이었다. 그는 혀를 놀려 잇새에 낀 팝콘을 빼내느라 얼굴을 일그러뜨리면서 매끈한 기차역 바닥이 마치 버터 바른 유리라도 되는 듯 가랑이를 뻣뻣하게 벌리고 걸어갔다. 푸르스름한 수염 자국은 새로 구입한 총의 총신에 남은 줄밥이라도 묻은 듯했다. 그들은 첫 술집을 지나쳤다. 문이 닫혀 있었는데도 안에서 톱밥과 오래된 술냄새가 풍겨나오는 것 같았다. 분은 기침을 하기 시작했다. 족히 일 분은 기침을 한 후 그가 말했다. "이 망할 놈의 감기. 어디서 걸렸는지 모르겠네."

"저기 기차역 안에서겠죠." 소년이 말했다.

막 다시 시작하려던 기침을 멈추더니 분이 소년을 보며 말했다. "뭔 소리야?"

"야영지 출발할 때도 기차 안에 있을 때도 감기 같은 거 안 걸렸잖아요." 분은 눈을 껌뻑이며 소년을 쳐다보았다. 그러더니 껌뻑거림을 멈추었다. 다시 기침을 하지도 않았다. 그는 조용히 말했다.

"1달러만 빌려줘. 부탁이야. 너 돈 있잖아. 넌 돈이 생겨도 쓰질 않고 계속 갖고 있으니까. 구두쇠라는 뜻이 아니야. 너 구두쇠 아니잖아. 너는 보면 그냥 아무것도 사고 싶은 게 없는 것 같아서. 내가 열여섯 살 때는 1달러짜리 지폐가 손에 들어오면 은행 이름 읽어볼 새도 없이 그냥 물 새듯 없어졌어." 분은 조용히 말했다. "아이크, 1달러만 빌려줘."

"소령님께도 약속했고 매캐슬린 형에게도 약속했잖아요. 야영지에 돌아가기 전에는 안 그러겠다고 했잖아요."

"알았어." 분이 조용하고 참을성 있는 목소리로 말했다. "달랑 1달러로 뭘 할 수 있겠냐. 네가 더 빌려줄 리도 없고."

"맞아요. 절대로 안 빌려줄 거예요." 소년은 대답했다. 소년의 목소리 역시 조용했다. 분노한 듯 싸늘했지만 분에게 화를 낸 것은 아니었다. 그때 일을 생각한다면. 그날 분은 부엌의 딱딱한 의자에 앉아 코를 골면서 자는 와중에 때때로 깨어 시계를 보다가 시간에 맞춰 소년과 매캐슬린을 깨워주었고 일어난 후에는 그들을 태우고 마차를 몰아 30킬로미터 너머에 있는 제퍼슨까지 가서 멤피스행 기차에 함께 탔다. 한 번도 굴레를 씌운 적이 없는 텍사스산 야생 얼룩망아지를 본 소년은 매캐슬린을 졸라 사도 좋다는 허락을 받았고 분과 함께 경매에서 4달러 75센트에 그놈을 샀다. 그런 다음 늙고 유순한 암말 두 마리 사이에 세워놓고 가시철사를 이용해 함께 묶어 집으로 데려왔다. 그 망아지는 껍질 깐 옥수수를 본 적이 없었는지 옥수수를 주어도 무엇인지 모르고 그저 벌레인 줄 아는 것 같았다. 마침내 분이 망아지가 유순해졌다고 말하면서(그때 소년은 열 살이었고 분은 평생을 열 살짜리 아이나 다름없이 산 사람이었다) 검둥이 네 명을 데려다가 망아지를 잡게 하여 머리에 삼베자루를 뒤집어씌운 뒤, 낡은 두 바퀴 수레로 뒷걸음질치게 한 다음 마구를 채웠다. 소년과 분이 수레에 올라탄 후 분이 "됐어. 이제 말을 놔줘" 하고 말하자 검둥이들 중 하나가, 테니 아들 짐이었는데, 삼베자루를 머리에서 벗겨내고 수레에 치일까 무서워 얼른 옆으로 비켜섰다. 망아지의 난동에 수레가 열린 대문의 기둥에 부딪치면서 첫번째 바퀴가 빠진 그 순간, 분은 소년의 목덜미를 잡아채 길가 도랑으로 내던졌다. 그래서 그 뒤로는 그저 단편적으로밖에 볼 수 없었다. 나머지 바퀴 하나가 옆문에 충돌한 후 뒷마당을 가로질러 회랑으로 튀어오르던 모습, 수레의 파편들이 길을 따라 여기저기에 널려 있던 모습, 분이 여전히 고삐를 꽉 쥔 채 땅바닥에 엎드린 자세로 흩날리는 먼지 속에서 빠르게 멀어지던 모습, 그리고 결국 그 고삐마저 끊어져버리던 모습 등을 소년은 띄엄띄엄 보았다. 이틀 후 10킬로미터쯤 떨어진 곳에서 망아지를 발견했는데 목에 멍에끈과 굴레를 여전히 걸고 있는 모습이 한 번에 목걸이 두 개를 한 공작 부인을 연상케 했다. 소년은 분에게 1달러를 건넸다.

"좋았어." 분이 말했다. "추운데 들어와."

"춥지 않아요." 소년이 말했다.

"레모네이드라도 한잔해."

"그런 거 필요 없어요."

분이 들어가고 문이 닫혔다. 이제 해는 중천에 떠 있었다. 애시가 밤 되기 전에 비가 올 거라고 했지만 날씨는 화창했다. 추위가 이미 많이 누그러졌으니 내일은 사냥을 나갈 수 있을 터였다. 소년은 숲에 들어간 첫날부터 지금까지 조금도 변하지 않고 느껴지는 설렘의 감정을 다시 한번 느꼈다. 앞으로도, 아무리 오래 사냥을 하고 추적을 하더라도 그 느낌은 변하지 않을 것이었다. 소년은 최고 경지의 숨쉬기, 겸허한 마음과 긍지를 잊지 않을 것이었다. 이제 사냥 생각은 그만해야 했다. 벌써부터 소년의 마음이 기차역으로 되돌아가 선로를 내달려, 남쪽으로 내려가는 첫 기차에 올라서고 있었기 때문이다. 그러니 사냥 생각은 그만해야 했다. 거리는 분주했다. 소년은 마차를 끄는 커다란 노르망디산 페르슈롱 종 말들을 관찰했다. 깔끔한 마차에서 멋진 외투를 입은 남자들과 모피 옷을 입은 화사한 여인들이 내리더니 기차역으로 들어갔다. (소년과 분은 아직도 기차역 바로 옆 두번째 건물에 있던 참이었다.) 20년 전 소년의 아버지는 포레스트 장군 휘하 사토리스 대령의 기마대 일원으로 멤피스로 들어와 메인 스트리트를 내달려 (전하는 얘기에 의하면) 북군 장교들이 가죽 의자에 앉아 반짝이는 키 큰 타구에 침을 뱉고 있던 가요소 호텔 로비로 들어갔다가

털끝 하나 상하지 않고 멀쩡하게 되돌아 나왔다는데—

등 뒤에서 문이 열렸다. 분이 손등으로 입을 닦고 있었다. "됐어." 분이 말했다. "가서 볼일을 보고 어서 이곳을 뜨자."

그들은 양조장으로 가서 가방을 가득 채웠다. 그사이 분이 언제 어디서 술 한 병을 챙겼는지 소년은 알 길이 없었다. 셈즈 씨가 주었을 것이 뻔했다. 일몰 무렵 호크스에 도착했을 때 술병은 비어 있었다. 양조장에서 출발할 때 생각으로는 두 시간 후에 호크스로 돌아가는 기차를 탈 수 있을 것 같았다. 드 스페인 소령과 매캐슬린은 분에게 술을 사면 기차역으로 곧장 되돌아가야 한다고 거듭 타이르고 명령했으며, 소년을 딸려 보낸 이유도 그렇게 하도록 감시하라는 뜻이었다. 그래서 그들은 기차역으로 곧장 되돌아갔다. 분은 화장실로 가 처음으로 술을 들이켰다. 제모를 쓴 남자 하나가 여기에서 술을 마시면 안 된다고 말하려고 다가갔다가 분의 얼굴을 보더니 아무 말도 하지 않았다. 다음에는 식당에 앉아 탁자 아래에 물컵을 숨기고 술을 따르다가 지배인(여자였다)이 여기에서 술을 마시면 안 된다고 말을 하자 분은 다시 화장실로 갔다. 분은 검둥이 웨이터와 식당 안 모든 사람에게 라이언과 올드벤에 대해 이야기하던 참이었고, 그들은 라이언에 대해 알지도 못하고 알고 싶지도 않지만 어쩔 수 없이 그의 얘기를 듣고 있었다. 화장실에 다녀온 분은 갑자기 동물원을 생각해냈다. 분은 호크스로 가는 기차가 세시에도 있다는 사실을 알아내, 그때까지 동물원에서 시간을 보낸 후 세시 기차를 타고 돌아가자고 했다. 그러더니 화장실에 세번째로 갔다 온 다음에는 가장 먼저 오는 기차를 타고 야영지로 돌아가 라이언을 데리고 다시 동물원으로 돌아온 다음, 그의 말에 의하면 아이스크림과 손가락 모양의 빵과자를 먹고 산다는 동물원 곰들 전부를 라이언과 싸움 붙이면 좋겠다고 했다.

그러다보니 애초에 타려던 첫 기차를 놓치고 말았다. 하지만 소년은 세시 기차에 무사히 분을 태웠고 다시 상황은 정리되었다. 분은 이제 화장실에도 가지 않고 기차 안 복도에서 술을 마시면서 라이언에 대해 이야기했고 어쩔 수 없이 그 이야기를 듣고 있던 사람들은 기차역 화장실의 남자와 마찬가지로, 여기에서 술을 마시면 안 된다는 말을 감히 꺼내지 못했다.

해가 지고 호크스에 도착했을 때 분은 잠들어 있었다. 소년이 그를 깨워 가방과 함께 기차 밖으로 끌어내렸고 제재소 물자배급소에서 간단히 저녁을 먹이기까지 했다. 그래서 숲으로 돌아가기 위해 벌목 화물 운반 기차의 카부즈에 올랐을 때는 분도 정신을 차렸다. 붉게 물든 해가 지고 있었고 하늘은 벌써 어두컴컴해졌다. 오늘밤에는 땅이 얼지 않을 것 같았다. 충격 흡수 장치가 없는 카부즈가 덜컹거렸다. 붉게 타오르는 난로 앞에 앉아 이번에는 소년이 잠들었고 분은 제동수와 차장에게 라이언과 올드벤에 대해 이야기했다. 이제는 고향 근처에 왔기 때문에 사람들은 분이 하는 이야기를 알아들었다. "하늘이 흐리고 땅은 녹고 있어." 분이 말했다. "내일은 라이언이 그놈을 잡고 말 거야."

곰을 잡는다면 그건 물론 라이언이거나 아니면 다른 사람일 것이었다. 분일 리가 없었다. 사람들이 아는 한, 분은 다람쥐보다 큰 동물을 쏘아본 적이 한 번도 없었다. 단 하나 예외는 그가 검둥이 남자를 향해 총을 쏘던 날 유탄에 맞은 검둥이 여자였다. 남자는 몸집이 컸고 3미터가 채 안 되는 거리에 있었는데도 분이 드 스페인 소령의 검둥이 마부에게서 빌려온 권총으로 쏜 다섯 발이 모두 빗나갔다. 분이 총을 쏜 검둥이는 1달러 50센트짜리 우편주문 권총을 꺼냈다. 그걸로 분을 날려버릴 수도 있었을 테지만 문제는 발사가 되지 않았다는 데 있었다. 그저 짤깍 짤깍 짤깍 짤깍 짤깍 하고 다섯 번 소리가 났을 뿐이었다. 그 와중에 분은 마구 총을 쏘아대다 상점의 판유리를 깨뜨려 나중에 매캐슬린이 45달러를 배상해주어야 했고, 마침 거리를 지나가던 검둥이 여자의 다리에 총알이 박혀 드 스페인 소령이 돈을 물어주었다. 상점 판유리와 검둥이 여자의 다리 중 어느 쪽을 맡을지를 놓고 드 스페인 소령과 매캐슬린은 카드내기를 했다. 그리고 올해 처음 야영지에 들어와 사냥에 나선 날 수사슴 한 마리가 분의 머리 바로 위로 뛰어간 적이 있었다. 분의 낡은 펌프식 연발총이 꽝, 꽝, 꽝, 꽝, 꽝 울리더니 "에잇, 우라질! 그쪽으로 간다. 이쪽으로 몰아! 어서 몰아!" 하고 외치는 분의 목소리가 들렸다. 소년이 그곳으로 가서 보니 수사슴의 발자국과 바닥에 떨어진 탄피 다섯 개 사이 거리가 불과 스무 걸음도 안 되었다.

그날 저녁, 야영지에는 제퍼슨에서 온 손님 다섯 명이 와 있었다. 베이어드 사토리스 씨와 그의 아들, 콤슨 장군의 아들, 그리고 다른 두 명이었다. 다음날 아침 창문 밖을 보니 애시가 예측한 대로 동틀녘 잿빛 하늘에 가랑비가 내리고 있었고, 숙소 밖에는 지난 10년 동안 올드벤에게 옥수수, 새끼 돼지, 심지어 송아지까지 먹이로 바칠 수밖에 없었던 사람들이 여남은 명 기다리고 있었다. 그들은 도시에서라면 검둥이들도 내다버리거나 태워버릴 법한 낡아빠진 모자와 사냥용 외투와 멜빵바지를 입고 그나마 장화는 온전하고 튼튼한 것으로 신은 채 가랑비 속에 서 있거나 쪼그려 앉아 있었다. 이미 푸른 기운이 다 사라진 낡은 총을 든 사람이 있는가 하면 어떤 사람들은 총도 지니고 있지 않았다. 그들이 아침식사를 하는 동안 열두어 명이 더, 일부는 말을 타고 일부는 걸어서 도착했다. 그들은 20킬로미터 아래쪽에 위치한 야영지에서 온 벌목꾼이거나 호크스의 제재소 인부들이었고 그들 중 총을 가진 이는 벌목 화물 운반 기차 차장뿐이었다. 그래서 그날 아침 그들이 숲에 들어갈 때 드 스페인 소령은, 다른 점이라면 지금은 무장하지 않은 사람들이 일부 있다는 사실뿐, 전쟁이 끝나가던 1864년과 65년에 그가 진두지휘했던 병사들에 필적하는 무리를 이끌게 되었다. 조그마한 마당에 다 들어설 수도 없어서 안으로 들어오지 못한 사람들은 길가까지 나와 서 있었다. 길가에서는 지저분한 앞치마를 두른 애시가 드 스페인 소령의 카빈총에 기름 먹인 카트리지를 밀어넣은 후 암말에 올라앉은 소령에게 건네주었고, 말의 등자 부근에는 푸르스름한 거대한 개가 엄숙한 모습으로, 마치 개가 아니라 말이라도 되는 것처럼, 늠름하게 서 있었다. 졸린 듯 껌뻑이는 황옥색 눈은 아무것도 보지 않는 듯했고, 분과 테니 아들 짐이 줄에 묶어 잡고 있는 사냥개들이 짖어대는 소리에도 아랑곳하지 않았다.

"오늘 아침에는 콤슨 장군이 케이티를 타실 것이오." 드 스페인 소령이 말했다. "작년에 장군께서 곰에게 총상을 입히셨는데 만일 그때 저 노새를 타고 계셨더라면 아마도—"

"그럴 것 없소." 콤슨 장군이 말했다. "나는 이제 너무 늙어 더이상 노새든 말이든, 그 무엇에든 올라앉아 숲을 누비고 다닐 수가 없소.

작년에도 기회가 있었는데 놓치지 않았소? 오늘 아침은 그냥 감시대에서 망이나 보겠소. 그리고 케이티는 저 아이더러 타라 하시오."

"아니, 잠깐만요." 매캐슬린이 말했다. "아이크는 앞으로도 곰을 사냥할 기회가 많습니다. 다른 사람에게—"

"아니네." 콤슨 장군이 말했다. "나는 아이크가 케이티를 탔으면 하네. 저 아이는 자네나 나보다 숲을 훨씬 잘 알아. 앞으로 10년만 있으면 월터만큼 뛰어난 사냥꾼이 될 걸세."

소년은 처음에는 이 상황이 믿기지 않았지만 드 스페인 소령이 말을 건네자 정신을 차렸다. 그리고 야생동물의 피냄새에 겁먹지 않는 외눈박이 노새 등에 올라타 드 스페인 소령이 탄 말의 등자 근처에 미동도 없이 서 있는 개를 내려다보았다. 잿빛 여명 속에 바라본 개는 송아지보다 커 보였으며, 소년이 알고 있는 실제 모습보다도 커 보였다. 머리가 큼지막하고 가슴팍도 소년의 가슴만큼 넓었다. 푸르스름한 가죽 아래 근육은 누가 만져도 움찔하거나 떨지도 않았으니 그것은 개의 몸으로 피를 보내는 심장에 그 어떤 인간도, 그 무엇도 아끼는 마음이 없기 때문이었다. 우뚝 선 모습이 말과 흡사했으나 몸집과 달리는 속도만 그렇다는 뜻일 뿐, 다른 성향은 말과 달랐다. 라이언에게는 사냥감을 추적하고 죽이려는 의지 또는 욕망을 이루는 용기가 있었고 사냥감을 앞질러 살해하기 위해서라면 상상 가능한 육체의 모든 한계를 넘어 끝까지 견디려는 인내심까지 있었다. 순간, 개가 소년을 처다보았다. 고개를 돌린 개는 하찮게 소란을 떨고 있는 사냥개들 너머로, 분의 눈처럼 깊이도 비열함도 관대함도 다정함도 악랄함도 없는 노란 눈으로 소년을 처다보았다. 그저 졸린 듯 싸늘한 눈이었다.

그러더니 개는 소년 쪽을 향했던 머리를 다른 곳으로 돌리지도 않은 채 눈을 껌뻑거렸고 그제야 소년은 개가 자신을 보는 것이 아님을, 자신을 바라본 적도 없음을 깨달았다.

그날 아침 소년은 사냥개들의 첫 신호를 들었다. 샘과 테니 아들 짐이 짐마차를 끌고 온 노새와 말의 등에 안장을 얹는 동안 라이언은 이미 사라지고 없었다. 소년은 다른 사냥개들이 냄새를 맡고 깽깽거리며 우왕좌왕하다가 넓게 흩어진 다음 이들 역시 시야에서 사라질 때까지 지켜보고 있었다. 소년과 드 스페인 소령과 샘과 테니 아들 짐이 저마다 말이나 노새를 타고 그 뒤를 따랐는데, 얼음이 녹고 있는 축축한 숲속을 채 200미터도 못 가서 처음으로 사냥개 짖는 소리가 났다. 그 높은 톤의 울음소리에는 이제는 소년도 구분할 수 있게 된, 사람의 감정과 흡사한 절박함이 담겨 있었다. 한 마리가 짖자 다른 사냥개들도 합세했고 이제 침침한 숲에 소란스러운 웅성거림이 가득했다. 일행은 일제히 내달렸다. 소년의 눈앞에 거대한 푸른 개가 아무 소리도 내지 않은 채 머리를 내밀고 달려나가는 모습이 선했다. 그리고 4년 전 회오리바람에 쓰러진 통나무 사이를 돌진해 나아가던 그때처럼, 텁수룩하고 기관차 같은 우람한 모습의 곰이 사냥개들 앞에서 믿을 수 없을 만큼 빠른 속도로 돌진해, 달리는 노새들로부터 멀어져가는 모습이 보이는 것만 같았다. 산탄총 소리가 한 번 울려퍼졌다. 총소리가 숲을 가르고 희미한 웅성거림이 점점 앞쪽으로 멀어져갈 때 일행은 빠른 속도로 달려나갔다. 도중에 총을 쏜 사람을 지나쳤다. 습지 사람 한 명이 팔을 들어 방향을 가리키는데, 얼굴은 수척하고, 고함을 지르는 조그맣고 시커먼 구멍에는 썩은 이들이 박혀 있었다.

사냥개들이 짖는 소리에 약간 다른 기색이 느껴지더니 약 200미터 앞쪽에 사냥개들이 보였다. 곰이 막 등을 돌린 참이었다. 소년은 라이언이 주저 없이 달려드는 모습을 보았고, 곰이 라이언을 옆으로 처내고 짖어대는 사냥개들에게 돌진해 그중 앞에서 걸리적거리는 놈 한 마리를 죽이더니 몸을 휙 돌려 다시 내달리는 모습을 보았다. 그러고 나서 그들은 줄을 지어 달리는 사냥개들의 대열에 섞여들었다. 드 스페인 소령과 테니 아들 짐의 고함 소리와 함께 테니 아들 짐이 사냥개들을 다른 방향으로 몰기 위해 휘두르는 가죽 채찍 소리가 마치 권총 소리처럼 들렸다. 이제 소년은 샘 파더스와 단둘이 달리고 있었다. 하지만 사냥개들 중 한 마리는 라이언을 따라 계속 달려나갔다. 소년은 그 개의 소리를 분간할 수 있었다. 1년 전에도 무모하게 나서던 분별 없는 어린 개였다. 지금도 어쨌든 다른 사냥개들과 다른 짓을 하는 것을 보면 여전히 분별력이 없음이 분명했다. '아마 저런 게 용기일지도 몰라.' 소년은 생각했다. "오른쪽이다." 등 뒤에서 샘이 말했다. "오른쪽. 할 수 있다면 놈을 강에서 멀어지게 몰아야 해."

이제 그들은 대숲에 들어왔다. 소년도 이곳의 지리는 샘 못지않게 잘 알고 있었다. 둘은 관목 사이에서 빠져나와 거의 정확하게 대숲 입구를 찾아냈다. 길은 입구에서부터 숲을 가로질러 강 위쪽에 있는 높은 산등성이로 빠져나가게 되어 있었다. 소년은 월터 유얼의 단조로운 소총 소리를 들었다. 이윽고 두 발이 더 발사되었다. "별거 아니다." 샘이 말했다. "사냥개 소리가 들려. 어서 가자."

두 사람은 여전히 전속력으로 질주하여 가지가 타닥타닥 부러지고 쉭쉭 스치는 소리가 나는 가운데 하늘도 보이지 않는 좁은 대나무 터널을 빠져나와 앞이 훤히 뚫린 산등성이에 올랐다. 아래로 보이는 탁하고 누런 강물이 컴컴한 새벽빛 속에 반짝이지도 않으니 마치 흐르지 않고 고인 물 같았다. 이제 소년의 귀에도 사냥개 소리가 들렸다. 달리는 개의 소리가 아니었다. 미친 듯이 깽깽거리는 날카로운 소리가 들려오는 가운데 분이 강둑 가장자리를 따라 달리고 있었다. 면직 말고삐 쪼가리로 만든 띠에 매단 낡은 총이 그의 등 위에서 덜커덕덜커덕 흔들렸다. 그는 몸을 휙 돌리더니 사나운 얼굴로 샘과 소년 쪽으로 달려와 소년이 타고 있는 노새의 등으로 뛰어올랐다. "저 망할 놈의 배!" 분이 외쳤다. "강 반대편에 있잖아! 곰이 강을 건너가버렸어. 라이언이 너무 바짝 붙어 있었어. 그 조그만 사냥개도 마찬가지고. 라이언이 너무 가까이에 있어서 총을 쏠 수가 없었다고! 어서 가자!" 분은 신발 뒤축으로 노새의 옆구리를 차면서 외쳤다. "어서 가자!"

그들은 강둑 아래로 내려가 녹고 있는 땅에서 번번이 미끄러져가면서 버드나무를 헤치고 물속으로 들어갔다. 물은 차가웠지만 소년은 깜짝 놀라지도 추위를 느끼지도 않았다. 소년은 헤엄치는 노새 옆 한쪽에서 한 손으로는 안장 머리를 잡고 다른 한 손은 위로 뻗어 총을 수면 위로 들고 있었고, 분은 노새의 반대쪽 측면에서 헤엄치고 있었다. 샘은 그들 뒤 어딘가에 있었다. 곧 그들 주위 강물이 사냥개들로 가득 찼다. 헤엄치는 속도가 훨씬 빠른 사냥개들은 노새들이 강 한가운데에 다다르기도 전에 반대편 강둑을 기어오르고 있었다. 방금 떠나온 쪽 강둑에서 드 스페인 소령의 함성이 들려 소년이 뒤돌아보니 테니 아들 짐이 말과 함께 강으로 뛰어들고 있었다.

앞쪽으로 보이는 숲과 비를 머금은 눅눅한 공기가 소란스럽게 요동

쳤다. 온갖 소리가 쩡쩡거리며 울려퍼졌다. 떠들썩한 소리가 메아리쳐 뒤쪽 강둑에 부딪쳐 부서지다가 다시 되살아나 쩡쩡거리며 울려퍼졌다. 그런 소동 속에서 소년은 생각했다. '이 땅에서 사냥감을 한 번이라도 몰아본 적이 있는 사냥개들이라면 죄다 몰려나와 곰을 향해 일제히 짖어대고 있는 것 같아.' 노새가 물 밖으로 나오자 소년은 한쪽 다리를 노새 등에 걸쳤다. 그러나 분은 다시 올라타려 하지 않았다. 소년이 노새를 타고 깎아지른 강둑을 오를 때 분은 노새의 한쪽 등자를 잡고 걸어올라갔다. 강둑을 오른 다음 강둑 꼭대기 가장자리에 나 있는 관목을 뚫고 달려가니 곰이 보였다. 곰은 나무에 등을 기댄 채 뒷발로 서 있었고 사냥개들이 요란스럽게 짖어대며 그 주위를 맴돌고 있었다. 순간 라이언이 다시 한번 힘껏 튀어올라 곰에게 달려들었다.

이번에는 곰이 라이언을 쳐내지 않았다. 선 채로 마치 연인처럼 개를 양팔로 안더니 둘이 서로 뒤엉킨 채 함께 넘어졌다. 소년은 노새에서 내렸다. 공이치기를 둘 다 젖혀놓았지만 보이는 거라고는 뒤범벅이 되어 우왕좌왕하는 사냥개들의 점박이무늬밖에 없었다. 곰이 다시 몸을 일으켰다. 분이 뭐라고 소리를 질렀지만 무슨 말인지는 알 수 없었고, 곰의 목을 물고 매달려 있는 라이언의 모습과 몸을 반쯤 일으킨 채 사냥개 한 마리를 발로 쳐서 2미터가량 날려버리는 곰의 모습이 보일 뿐이었다. 곰은 위로, 또 위로 한없이 솟구치다가 다시 똑바로 서서 앞발로 라이언의 배를 할퀴었다. 그때 분이 달려나갔다. 소년은 분의 손에서 번뜩이는 칼날을 보았다. 분은 사냥개들 사이를 뚫고 발에 치이는 놈들을 옆으로 차내면서 달려나가더니 아까 노새에 올라탈

때처럼 곰의 등으로 몸을 날려 배 부근에 다리를 감았고 왼팔은 라이언이 매달려 있는 곰의 목 아래쪽으로 뻗었다. 칼날이 번쩍, 하고 위로 솟았다가 내려왔다.

칼은 다시 솟아오르지 않았다. 한순간, 곰과 목덜미에 매달린 개와 등에 올라타 칼날을 깊이 박고 탐색하듯 쑤셔대는 남자가 한데 어우러져 마치 하나의 조각상처럼 보였다. 이때 분의 무게로 인해 곰의 몸이 뒤로 젖혀지면서 분을 깔아뭉개며 모두 한 덩이로 쓰러졌다. 곰의 등이 먼저 보였지만 그 즉시 분이 올라탔다. 여전히 칼을 놓치지 않고 있었다. 소년은 칼을 움켜쥐고 밀어넣는 분의 팔과 어깨가 미세하게 움직이는 모습을 보았다. 그러자 곰은 남자와 개를 여전히 매단 채 다시 몸을 일으켰고, 뒤로 돌아 마치 사람처럼 숲을 향해 두세 걸음 옮기더니 바닥에 요란하게 쓰러졌다. 주저앉거나 허물어진 것이 아니라 마치 나무처럼 한 덩어리로 쿵 하고 쓰러졌다. 그래서 남자와 개와 곰 모두 딱 한 번 한꺼번에 튕겨오르는 듯 보였다.

소년과 테니 아들 짐이 앞으로 뛰어나갔다. 분은 곰의 머리 부근에서 무릎을 꿇고 있었다. 그의 왼쪽 귀는 너덜너덜 찢겨 있었고 외투 왼쪽 소매가 완전히 없어졌으며 오른쪽 장화는 무릎부터 발등까지 찢어져 있었다. 다리와 손과 팔, 그리고 얼굴 옆쪽으로 가랑비에 묽어져 연붉은색이 된 피가 흘러내리고 있었고 그의 얼굴은 더이상 사나운 기색이 없이 차분해져 있었다. 모두 힘을 합해 곰의 목을 물고 늘어진 라이언을 떼어냈다. "살살 좀 해. 우라질!" 분이 말했다. "창자가 다 빠져나온 게 안 보여?" 분은 외투를 벗기 시작했다. 그러고는 테니 아들 짐에게 차분한 목소리로 말했다. "배를 가까이에 대놓아. 강독 저

쪽 아래로 100미터 정도 내려가면 있을 거야. 내가 봤어." 테니 아들 짐이 일어서서 자리를 떴다. 그때였다. 테니 아들 짐이 외쳐 불렀거나 비명을 지른 것인지, 아니면 자기가 우연히 고개를 든 것인지 기억은 할 수 없지만 소년은 테니 아들 짐이 몸을 숙이고 있는 모습과 함께 샘 파더스가 발자국이 난무한 진흙 바닥에 얼굴을 처박은 채로 꼼짝도 하지 않고 엎드려 있는 모습을 보았다.

노새에서 떨어진 것은 아니었다. 소년은 분이 달리기 시작하기 전부터 샘이 노새에서 내려와 있었다는 사실을 기억했다. 샘의 몸에는 아무런 표시도 없었다. 분과 함께 몸을 뒤집어 똑바로 누이고 보니 샘은 눈을 뜬 채, 조 베이커와 대화할 때 쓰던 말로 무슨 말인가를 했다. 하지만 몸을 움직이지 못했다. 그들은 테니 아들 짐이 작은 배를 상류 쪽 가까운 곳에 대놓은 후 강 건너편의 드 스페인 소령에게 외치는 소리를 들었다. 분은 제 외투로 라이언을 감싸 배에 실었고 나머지 사람들은 샘을 배에 실었다. 그런 다음 일행은 다시 되돌아가, 테니 아들 짐에게 있던 가죽끈에 곰을 묶어 외눈박이 노새의 안장 머리에 건 다음 배까지 끌고 가 실었다. 테니 아들 짐은 말 한 마리, 노새 두 마리와 함께 헤엄쳐 강을 건너기로 했다. 강 건너에서 기다리고 있던 드 스페인 소령이 뱃머리를 잡자 분은 배가 강기슭에 닿기도 전에 뛰어내려 그를 지나쳐갔다. 소령은 올드벤을 보자 조용히 말했다. "흠." 소령이 물속으로 걸어들어가 허리를 숙이고 샘에게 손을 대자 샘은 그를 올려다보고는 조 베이커와 이야기할 때 쓰던 오래된 말로 무슨 말인가를 했다. 그러자 드 스페인 소령이 물었다. "무슨 일이 있었던 거지?"

"모르겠어요." 소년이 말했다. "노새 때문은 아니에요. 무엇 때문도 아니에요. 분이 곰에게 달려갈 때 샘은 노새에서 내려와 있었어요. 그러다가 고개를 들어보니 샘이 땅에 엎드려 있었고요." 분은 아직도 강 중간에 있는 테니 아들 짐에게 소리를 지르고 있었다.

"빨리 와! 이 새끼야! 그 노새를 어서 끌고 오란 말이야!"

"노새로 뭘 하려고 그러나?" 드 스페인 소령이 물었다.

분은 소령 쪽은 쳐다보지도 않고 다시 차분한 목소리로 말했다. "호크스로 가서 의사를 데려오겠습니다." 얼굴에서는 묽은 피가 계속 흘러내리는데 표정은 차분했다.

"자네도 치료를 받아야 할 것 같네." 드 스페인 소령이 말했다. "테니 아들 짐에게—"

"집어치워요." 분이 말하고는 드 스페인 소령에게서 돌아섰다. 얼굴은 여전히 차분했으나 어조가 약간 격해 있었다. "저 망할 놈의 내장이 다 쏟아져나온 게 안 보여요?"

"분!" 드 스페인 소령이 소리를 질렀다. 다들 서로를 흘깃거렸다. 분은 드 스페인 소령보다 머리 하나는 족히 컸고, 심지어 소년도 이젠 드 스페인 소령보다 키가 컸다.

"의사를 데려와야 해요." 분이 말했다. "저 망할 놈의 창자가—"

"알았네." 드 스페인 소령이 말했다. 테니 아들 짐이 물에서 나왔다. 눈이 온전한 노새와 말은 이미 올드벤의 냄새를 맡은 뒤라 강둑 위까지 올라가는 동안 몸을 뒤채고 거꾸러지며 요동을 쳤다. 그 짐승들을 붙잡고 올라가던 테니 아들 짐은 하릴없이 질질 끌려가다가 겨우 진정시켜 매어두고는 강가로 되돌아왔다. 드 스페인 소령이 단춧

구멍에서 가죽끈을 풀어 테니 아들 짐에게 나침반을 건네주었다. "곧장 호크스로 가서 크로포드 선생님을 모시고 와라. 두 사람이 다쳤다고 전해. 내 암말을 타고 가. 여기에서 나가 길을 찾을 수 있겠어?"

"예, 소령님." 테니 아들 짐이 말했다.

"됐어. 어서 가봐." 드 스페인 소령은 이렇게 말하고 소년 쪽으로 돌아섰다. "저 노새들과 말을 데리고 돌아가서 짐마차를 가져와라. 우리는 배를 타고 쿤 다리까지 강을 따라 내려갈 테니 거기에서 만나자. 다시 찾아갈 수 있겠지?"

"네, 소령님." 소년이 대답했다.

"그래. 어서 출발하자."

소년은 짐마차로 되돌아갔다. 그때서야 소년은 그들이 얼마나 먼 거리를 달려왔는지 깨달았다. 노새들을 봇줄에 매어 짐마차 앞에 세우고 고삐에 연결한 줄로 말을 짐마차의 뒷문에 묶고 나니 어느새 오후가 되어 있었다. 소년은 해질녘이 되어 쿤 다리에 당도했다. 배는 이미 도착해 있었다. 배가 보이기도 전에, 그리고 강물이 보이기도 전에, 소년은 여전히 고삐를 손에 쥔 채 기우뚱거리는 짐마차에서 뛰어내려 노새 앞으로 돌아갔다. 그는 이미 몸을 뒤채기 시작한 성한 노새의 재갈을 먼저 잡고 그다음에는 귀를 부여잡고서 발꿈치를 땅에 박은 채 분이 강둑 위로 올라올 때까지 버티고 있었다. 마차 뒤에 끌고 온 말은 이미 줄을 끊고 길 위를 내달려 야영지 쪽으로 사라져버렸다. 그들은 짐마차의 방향을 돌려놓고 노새 두 마리를 마차에서 푼 다음 눈이 성한 노새를 길 위 100미터 정도 떨어진 곳에 매어두었다. 분은 이미 라이언을 짐마차에 실었고 배 안에 누워 있던 샘은 몸을 일으키고 있었다. 사람들이 일으켜주자 간신히 걸어서 강둑을 오른 샘이 짐마차에 다가가 올라타려 했지만 분은 기다리지 않고 그를 직접 안아 올려 자리에 앉혔다. 일행은 올드벤을 묶은 줄을 다시 외눈박이 노새의 안장에 걸어 강둑 위로 끌어올린 다음, 짐마차 뒷문을 열고 장대 두 개를 놓아 그 위로 곰의 몸뚱이를 굴려 짐마차에 실었다. 소년이 성한 노새를 다시 데리고 오자 분과 노새의 힘겨루기가 벌어졌다. 저항하는 노새의 딱딱한 얼굴을 후려치자 속이 텅 빈 소리가 났고, 연거푸 얼굴을 얻어맞은 노새가 마침내 부들부들 떨며 마차 앞에 서자 간신히 봇줄이 연결됐다. 하루종일 그들이 일을 끝내기를 기다리고 있었다는 듯 때마침 비가 내리기 시작했다.

일행은 칠흑 같은 어둠이 흐르는 밤중에 비를 뚫고 야영지로 돌아왔다. 불빛이 보이기 한참 전부터 뿔나팔과 일정 간격으로 울리는 총소리가 그들을 야영지로 인도해주었다. 불 꺼진 작은 오두막에 다다르자 샘이 일어나려 했다. 또다시 선조들의 언어로 알 수 없는 말을 하더니 이내 또렷하게 말했다. "내려줘. 내려줘."

"불도 안 피웠잖아." 소령이 말했다. "그냥 가자!" 소령이 낯선 목소리로 말했다.

하지만 샘은 버둥거리며 일어서려 애를 썼다. "내려주세요, 나리." 샘이 말했다. "집에 가게 해주세요."

그리하여 짐마차가 멈췄고 분이 먼저 내려 샘을 부축해 내려주었다. 이번에는 샘이 혼자 걸으려 할 때까지 기다리지도 않고 분이 그를 안아 오두막으로 옮겼고, 드 스페인 소령은 종잇조각으로 화덕 속 불씨에서 불을 붙여 등불을 켰다. 분이 샘을 침대에 누이고 장화를 벗기고 나자 드 스페인 소령이 담요를 덮어주었다. 소년은 그곳에 없었다. 짐마차가 멈춘 후 어둠 속을 흐르는 공기를 타고 올드벤의 냄새가 다시 앞으로 흘러가자 눈이 성한 노새가 다시 몸부림을 쳤기 때문에 노새들을 붙잡고 있어야 했다. 하지만 아마도 그때 샘은 주위에 있는 사람들이나 오두막보다 더 멀리, 그리고 죽은 곰과 죽어가는 개보다도 더 멀리 있는 무엇인가를 내다보는 그 심오한 눈빛으로 누워 있었을 터였다. 샘의 오두막을 출발한 일행은 길게 울려퍼지는 뿔나팔과 총성을 향해 나아갔다. 나팔 소리와 총소리가 제각각, 묵직하게 흐르는 공기중 어딘가에 머물러 있다가 다음번 소리와 만나 뒤섞이는 것 같았다. 불을 밝힌 숙소 창문으로 밝은 빛이 흘러나왔고, 피투성이가 된 분이 차분한 표정으로 외투에 둘둘 감싼 꾸러미를 들고 안으로 들어서자 사람들이 말없이 처다보았다. 분은 홑이불도 없고 퀴퀴한 냄새가 나는 자신의 침대에 피범벅이 된 외투로 감싼 그대로 라이언을 내려놓았다. 야영지에서는 여자와 다를 바 없이 솜씨가 좋은 애시조차도 평평하게 정리하지 못한 짚단 침대였다.

호크스의 제재소에서 데려온 의사가 이미 도착해 기다리고 있었다. 분은 라이언을 먼저 살펴봐주지 않으면 자기도 치료를 받지 않겠다고 버텼다. 의사는 클로로포름이 라이언에게는 위험하다고 판단하여, 마취를 하지 않은 채 드 스페인 소령이 개의 머리를 잡고 분이 다리를 잡은 상태에서 내장을 집어넣고 배를 봉합했다. 하지만 라이언은 한 번도 몸을 뒤채지 않았다. 그저 아무 데도 응시하지 않는 노란 눈을 뜨고 가만히 누워 있었다. 새 사냥복이든 헌 사냥복이든 되는대로 차려입고 사냥 구경을 나온 사람들은 분의 몸냄새와 옷냄새에 찌든 좁고 환기 안 되는 방에 몰려들어 말없이 라이언을 지켜보고 있었다. 의사가 분의 얼굴과 팔, 다리를 닦아내고 소독한 다음 붕대로 감아주었다. 그러고 나서 의사와 매캐슬린, 드 스페인 소령과 콤슨 장군은 맨 앞에서 등불을 든 소년의 뒤를 따라 샘 파더스의 오두막으로 걸어갔다. 테니 아들 짐이 화덕에 불을 피우고 그 앞에 쭈그려 앉아 졸고 있었다. 샘은 분이 침대에 내려놓고 드 스페인 소령이 담요를 덮어준 상태 그대로 미동도 없이 누워 있다가 사람들이 모여들자 눈을 뜨고 얼굴을 하나하나 쳐다보았다. 매캐슬린이 샘의 어깨에 손을 올리고 "샘, 의사 선생님께서 봐주신다네" 하고 말하자 손을 담요 위로 꺼내 윗옷 단추를 더듬거렸다. "가만있어보게. 우리가 해주겠네." 매캐슬린이 말했다. 그들은 샘의 옷을 벗겼다. 구릿빛에 털이 거의 없는 몸, 노인의 몸이 거기 누워 있었다. 숲에서 나온 지 채 한 세대도 지나지 않은 야생의 인간, 자식도 친척도 동족도 없는 노인이 꼼짝도 하지 않고, 눈은 뜨고 있으나 더이상 사람들을 보지 않은 채 누워 있었다. 의사는 그를 진찰하고 담요를 덮어준 후 가방에 청진기를 넣고 닫았다. 샘 역시 곧 죽을 거라는 사실을 아는 사람은 소년뿐이었다.

"피로 때문입니다." 의사가 말했다. "쇼크일 수도 있고요. 저 나이 노인이 12월에 강을 헤엄쳐 건넜으니…… 괜찮아질 겁니다. 하루 이틀 누워 쉬게 하세요. 옆에서 보살펴줄 만한 사람은 있나요?"

"옆에서 보살피게 하겠습니다." 드 스페인 소령이 말했다.

그들은 숙소로 되돌아갔다. 냄새나는 조그만 방에서는 분이 아직도 짚단 침대 위에 앉아 라이언의 머리를 손으로 받치고 있었고, 오늘 라이언을 처음 보고 그 뒤에서 사냥을 하던 사람들이 조용히 방에 들어와 개를 지켜보고 되돌아 나갔다. 새벽이 되자 사람들은 모두 올드벤을 보러 마당으로 나갔다. 부릅뜬 눈, 으르렁거리듯 젖혀진 입술 밑으로 보이는 닳은 이빨, 발가락이 잘려나간 발…… 지금까지 박힌 총알(산탄, 소총 탄알, 원형 탄알을 포함해 무려 52개였다)이 피부 여기저기 딱딱하게 응어리져 있었고, 분의 칼날이 마침내 놈의 숨통을 끊어놓은 자국이 왼쪽 어깨 아래 거의 안 보일 정도로 희미하게 남아 있었다. 그때 애시가 설거지통 바닥을 커다란 숟가락으로 탕탕 쳐서 사람들을 아침식사 자리로 불러들였다. 소년이 기억하는 한, 아침식사를 하는 동안 부엌 아래에서 개들이 아무 소리도 내지 않은 것은 그때가 처음이었다. 개들에게는 늙은 곰이, 비록 마당에 죽어 엎어져 있지만, 아직도 라이언 없이는 맞설 수 없는 막강한 공포로 남아 있는 것 같았다.

밤사이 비가 그쳤다. 늦은 아침쯤 되자 해가 흐릿하게 떠서 안개와 구름을 걷어내고 공기와 땅을 녹였다. 미시시피 주에 특징적으로 나타나는 바람 한 점 없는 12월, 인디언서머* 중에서도 인디언서머라 할 수 있는 날이 될 것 같았다. 야영지 사람들이 라이언을 건물 앞쪽 회랑의 양지바른 곳으로 옮겼다. 분이 생각해낸 아이디어였다. "염병할!" 분이 말했다. "내가 밀어넣지 않는 한 녀석은 집 안에 있는 걸 좋아하지 않았어. 다들 알지?" 그는 누워 있는 라이언을 건드리지 않고 옮길 수 있도록, 쇠지레로 짚단 침대 아래에 깔린 마룻장을 뜯어내 매트리스와 함께 들어올려 앞쪽 회랑으로 이동시킨 다음 라이언이 숲을

---

* 늦가을에 화창한 날씨가 지속되는 기간을 말하며, 주로 10월 말에서 11월 중순경에 서리가 내린 다음 발생하는 경우가 많다.

바라볼 수 있는 방향으로 내려놓았다.

소년은 의사와 매캐슬린과 드 스페인 소령과 함께 샘의 오두막으로 갔다. 샘은 이번에는 눈을 뜨지도 않았으며 호흡이 어찌나 조용하고 평화로운지 눈으로 봐서는 숨을 쉬고 있는지조차 알 수 없었다. 의사는 청진기를 꺼내지도, 샘의 몸을 만져보지도 않았다. "괜찮아요." 의사가 말했다. "감기조차도 걸리지 않았어요. 그냥 놔버린 거요."

"놔버렸다고요?" 매캐슬린이 물었다.

"그래요. 노인들은 그럴 때가 가끔 있어요. 그러다가 한숨 잘 자고 일어난다거나 위스키 한 잔을 마시고 나서 마음을 바꾸기도 하지요."

그들은 숙소로 돌아왔다. 사람들이 속속 도착했다. 덫을 놓아 사냥을 하고 키니네*와 너구리와 강물을 먹고 사는 비쩍 마른 습지 사람들도 있었고, 숲 가장자리 조그만 땅뙈기에 옥수수나 목화 등을 재배하여 먹고살다가 올드벤의 습격으로 밭이며 곡물 저장고며 돼지우리를 망친 적이 있는 농부들도 있었으며 야영지의 벌목꾼들, 호크스에서 온 제재소 인부들도 있었다. 이들보다 훨씬 멀리 떨어진 도시에서 온 사람들의 경우에는 전에 올드벤을 사냥하러 왔다가 늙은 곰에게 사냥개를 잃은 사람들, 덫이나 함정으로 사냥하려 했다가 번번이 실패한 사람들, 곰의 몸에 애꿎은 총알만 박아놓고 간 사람들도 포함되어 있었다. 말을 타고 온 사람도 있었고 걷거나 짐마차를 타고 온 사람들도 있었다. 그들은 마당으로 들어서서 곰을 본 다음 건물 앞까지 걸어들어가 라이언이 누워 있는 모습을 구경했다. 조그마한 마당은 곧 사람

---

* 기나나무 껍질에서 얻는 약물. 과거에 말라리아 약으로 쓰였다.

으로 가득 찼다. 따뜻하고 나른한 햇살 아래 어떤 이는 앉고 어떤 이는 선 채로 백 명 남짓한 사람들이 모여 조용한 목소리로 사냥에 대해, 사냥감과 그 사냥감을 쫓던 개들에 대해, 이제는 세상에서 사라지고 없는 사냥개들과 곰과 사슴과 사람들에 대해 이야기하는 동안, 거대하고 푸르스름한 개 라이언은 가끔씩 눈을 뜨고 잠시 동안 숲 쪽을 바라보았다. 사람들이 하는 말을 듣기 위해서라기보다는 숲을 기억에 담아두기 위해, 아니면 숲이 아직도 거기 있는지 확인하기 위해 눈을 떴다가 다시 감는 것 같았다. 해가 질 무렵, 라이언은 죽었다.

그날 저녁 드 스페인 소령은 야영지에서 철수를 지시했다. 그들은 라이언을 숲으로 옮겼다. 엄밀히 말하면 분이 라이언을 숲으로 옮겼다. 전날 의사가 도착할 때까지 아무도 개에게 손도 대지 못하게 한 것처럼 그날도 마찬가지로 분이 제 침대에서 걷어낸 이불에 개를 감싸 직접 옮겼고 그 뒤를 소년과 콤슨 장군, 월터, 그 밖에도 오십여 명이 등불이나 관솔불을 들고 따라갔다. 그들 중 호크스나 그보다 더 먼 곳에서 온 사람들은 늦은 밤 숲을 떠날 때 마차를 타고 가야 했고, 습지 사람들의 경우에는 숲 후미진 구석에 위치한 저마다의 작은 움막까지 삼삼오오 흩어져 걸어서 돌아가야 했다. 분은 무덤을 팔 때도 다른 사람은 끼어들지 못하게 했고, 라이언의 사체를 안쪽에 내려 눕히고 흙으로 덮는 일도 도맡아 처리했다. 그리고 관솔불의 화염과 연기가 겨울 숲의 나뭇가지들 사이로 너울거리는 가운데 콤슨 장군이 무덤의 머리맡에 서서 마치 사람에게나 할 법한 추도사를 했다. 그러고 나서 일행은 야영지로 돌아왔다. 드 스페인 소령과 매캐슬린과 애시가 침구를 말아 모두 묶어둔 상태였다. 노새들은 마차에 매여 숲을 등지고 서 있었고, 마차에는 이미 짐이 실려 있었으며, 부엌의 화덕은 차갑게 식어 있었다. 차갑게 식은 남은 음식과 빵을 차려놓은 식탁에서 유일하게 따뜻한 것은 커피뿐이었다. 소년이 부엌으로 달려들어갔을 때 드 스페인 소령과 매캐슬린은 이미 저녁을 먹고 있었다. "뭐라고요?" 소년이 소리쳤다. "뭐요? 난 안 가요!"

"가야 해." 매캐슬린이 말했다. "오늘밤에 다 갈 거야. 소령님께서 돌아가자 하셨어."

"싫어요!" 소년이 말했다. "전 여기 남을 거예요!"

"월요일에 학교에 다시 가야지. 결석 기간이 애초 생각보다 일주일이나 길어졌어. 지금부터 월요일까지 열심히 공부해야 따라잡을 수 있을 거야. 샘은 괜찮아. 크로포드 박사님이 하시는 말씀 들었지? 분하고 테니 아들 짐에게 여기 남아 샘이 일어날 때까지 같이 지내라고 할 거야."

소년은 숨을 헐떡거렸다. 다른 사람들이 부엌으로 들어왔다. 소년은 절박한 표정으로 새로 들어온 사람들을 재빠르게 훑어보았다. 분은 새 술병을 들고 있었다. 그는 병을 거꾸로 세운 후 손바닥의 불룩한 부분으로 병 바닥을 툭툭 치고는 이로 코르크를 뽑아 뱉어낸 다음 병째 마시기 시작했다. "맞아, 젠장. 넌 학교로 돌아가야 해." 분이 말했다. "네 형 캐스가 그냥 내버려두면 나라도 나서서 네 엉덩짝을 걷어차 쫓아버릴 테니까. 네가 열여섯이든 예순이든 상관없어. 교육을 받지 않으면 나중에 어떤 사람이 되어 있을 것 같냐? 교육을 안 받았다면 캐스는 지금쯤 어떤 사람이 되어 있겠어? 내가 학교 문턱에도 안 가봤다면 나는 또 어디서 굴러먹고 있겠냐고!"

소년은 다시 매캐슬린 쪽으로 고개를 돌렸다. 마치 거기 있는 사람들 모두가 숨을 쉬기에는 부엌 공기가 부족하기라도 한 듯이, 소년은 점점 더 숨이 가빠지는 것을 느꼈다. "겨우 목요일이잖아요. 일요일 밤에 남은 말 하나를 타고 돌아갈게요. 아니 일요일 낮에 갈게요. 일요일 밤에 뒤처진 공부 다 보충할게요. 형님." 소년은 체념하지 않고 열심히 말했다.

"안 돼. 내 말 들어." 매캐슬린이 말했다. "여기 앉아서 저녁 먹어. 우리는 바로 출발—"

"캐스, 잠깐." 콤슨 장군이 말했다. 소년은 장군이 자신의 어깨에 손을 올려놓을 때까지 그가 다가오고 있다는 사실조차 모르고 있었다. "애야, 무슨 일이냐?" 장군이 말했다.

"저는 남아야 해요." 소년이 말했다. "남아야 한다고요."

"알았다." 콤슨 장군이 말했다. "남아도 좋아. 학교 한 주쯤 더 빠졌기로서니 돈 받고 선생질하는 이들이 책에 써놓은 걸 이해하느라 그리도 용을 써야 한단 말이냐? 그 정도밖에 안 된다면 학교 같은 거 숫제 그만두는 게 나아. 그리고 캐스, 자넨 입 다물게." 매캐슬린이 무어라 말을 한 것도 아닌데 장군은 그렇게 말했다. "자네는 한 발은 농장에 걸쳐두고 다른 한 발은 은행에 걸쳐둔 주제 아닌가? 그런 사람이 이 숲에 어디 설 자리라도 있는가? 하지만 이 녀석은 자네들 재수 없는 사토리스나 에드먼즈가 사람들이 농장이나 은행이라는 것을 만들어내기 훨씬 전부터 이 숲에 살던 옛사람들처럼 이 숲을 잘 아네. 이 녀석에겐 날 때부터 알고 태어나 비록 무서운 마음은 품을지언정 두려워하지는 않는 무엇이 있어. 자네들은 그게 무언지 알지도 못하고 알려 하지도 않기 때문에 농장이나 은행 따위를 만들어서 그 뒤에 숨어살잖나. 하지만, 이 녀석은 우린 총을 쏠 수 있는 거리까지 다가 가지도 못했던 그 곰을 한 번 보겠다고 나침반에 의지해 16킬로미터 를 걸어갔다가 기어이 곰을 보고 또다시 16킬로미터를 나침반만 보고 걸어 되돌아온 아이야. 아마도 농장이나 은행이란 것이 생긴 것도 그 런 이유에서겠지. 그런데 애야, 네가 남으려는 이유가 뭔지 넌 여전히 말하지 않을 작정인 게지?"

소년은 여전히 말할 수 없었다. "여기 남아야만 해요."

"알았다." 콤슨 장군이 말했다. "음식도 충분히 남아 있고 하니, 매 캐슬린에게 약속한 대로 일요일 낮에 집으로 돌아가는 거다. 일요일 밤이 아니고 일요일 낮 말이다."

"알겠습니다." 소년이 말했다.

"그래, 좋다." 콤슨 장군이 말했다. "자, 모두 앉아서 식사들 하게. 어서 출발해야지. 집에 도착하기 전에 추워질 테니까."

그들은 식사를 했다. 마차에 짐을 싣고 떠날 준비를 끝낸 상태라 사 람들이 올라타기만 하면 되었다. 분이 돌아가는 사람들을 짐마차에 태우고 길까지 나가 어느 농가의 마구간에 대놓은 사륜마차로 갈아타 게 해준 다음 돌아오기로 되어 있었다. 짐마차 옆에 서 있는 분의 모 습이 하늘을 배경으로 실루엣으로 보였다. 거기 있는 누구보다도 훌 쩍 큰 키에 파탄인*의 터번처럼 머리에 붕대를 두르고 술병을 입가에 기울인 모습이었다. 잠시 후, 그는 병을 입술에서 떼자마자 바로 내던

---

* 파키스탄과 아프가니스탄 북부에 사는 종족.

졌고 빈 병은 별빛을 받아 번쩍이며 공중에서 빙빙 돌다가 떨어졌다. "갈 사람들은 우라질 짐마차에 어서 타고, 안 갈 사람들은 길 막지 말고 좀 꺼지쇼!" 다른 사람들이 짐마차에 타자 분은 콤슨 장군 옆자리 마부석에 앉았다. 이윽고 출발한 짐마차가 조금씩 소년의 시야에서 멀어지더니 깊어가는 어둠 속에서 흐릿하게 움직이는 형상조차 마침내 보이지 않게 되었지만 그 후로도 한참 동안 마차 소리를 들을 수 있었다. 짐마차가 바닥에 파인 바큇자국을 하나씩 천천히, 조심스럽게 넘을 때마다 나무바퀴가 휘청거리면서 쿵쾅거리는 소리였다. 그리고 짐마차 소리마저 들리지 않게 된 후에도 분이 거칠고 요란스러운 목소리로 음정도 없이 부르는 노랫소리가 들려왔다.

그날은 목요일이었다. 토요일 아침에 테니 아들 짐이 6년 동안 한 번도 숲 밖으로 나가본 적 없는 매캐슬린의 사냥용 말을 타고 야영지를 떠났다. 오후 늦게 녹초가 된 말을 타고 농장 대문을 통과한 후 매캐슬린이 소작인과 품팔이 인부들에게 다음 한 주분의 식량을 분배하고 있는 배급소로 계속 달려갔다. 매캐슬린은 드 스페인 소령의 사륜마차에 말과 마구가 채워질 동안 한참을 기다리게 될까봐, 그럴 필요가 없도록 농장 소유의 마차를 가지고 나왔다. 뒷좌석에서 테니 아들 짐이 자고 있는 동안 매캐슬린은 직접 마차를 몰고 제퍼슨으로 가 드스페인 소령이 구두를 장화로 갈아 신고 외투를 걸치는 동안 기다렸다가 소령을 태웠다. 그런 다음, 캄캄한 밤중에 50여 킬로미터를 달려 일요일 아침 동이 틀 무렵 대기하고 있던 암말과 노새로 갈아탔고, 오전에 밀림을 벗어나 라이언을 묻었던 야트막한 능선에 도달했다. 낮은 봉분 위에는 새로 덮은 흙이 아직 굳지 않은 상태로 분이 남긴 삽

자국을 그대로 보여주고 있었고, 무덤 너머에는 기둥 네 개를 박고 그 안에 갓 베어낸 묘목들을 쌓아 만든 단이 하나 있었다. 단 위에는 담요로 둘둘 감싼 무언가가 놓여 있었다. 무덤과 나무로 쌓은 단 사이에는 분과 소년이 쪼그리고 앉아 있었는데, 햇빛 아래서 보니 머리에 감고 있던 붕대를 떼어내버린 분의 얼굴에서, 올드벤의 발톱에 울퉁불퉁 길게 찢긴 상처가 마치 굳은 콜타르처럼 보였다. 분이 벌떡 일어나 한 번도 목표물을 맞히지 못한 낡은 총을 들고 새로 나타난 사람들을 막아서려 했지만, 노새가 멈추기도 전에 쇠등자를 내박차고 뛰어내린 매캐슬린은 이미 분 쪽을 향해 걸어오고 있었다.

"뒤로 물러서!" 분이 말했다. "절대로, 저 사람 몸에 손끝 하나 대지 마. 물러서, 매캐슬린." 하지만 매캐슬린은 빠르지만 서두르지 않는 걸음걸이로 계속 다가가고 있었다.

"캐스!" 드 스페인 소령이 외쳤다. 그러고는 "분! 너 이놈, 분!" 외치더니 말에서 내렸다. 소년은 재빨리 앉은 자리에서 일어났다. 빠르지는 않아도 꾸준한 걸음걸이로 무덤까지 걸어간 매캐슬린은 흔들림 없이, 재빠르지만 급하지는 않은 동작으로 손을 내밀어 분이 들고 있는 총의 중간 부분을 잡았다. 이제, 매캐슬린과 분은 라이언의 무덤을 사이에 두고 하나의 총을 잡은 채 마주보고 서 있었다. 매캐슬린보다 머리 하나쯤은 더 큰 분의 얼굴에는 짐승의 발톱에 할퀴인 거무튀튀한 상처 아래 지친 기색과 고집, 놀람, 절박함 등이 뒤섞여 있었다. 순간 분이 가슴을 들썩이면서 숨을 몰아쉬었다. 마치 이 넓은 숲, 이 황야 전체에 공기가 부족하기라도 한 듯, 그래서 그들 모두가, 아니면 자신과 다른 한 사람 정도라도, 그도 아니면 자기 혼자서도 충분히 숨을 쉴 수가 없는 것처럼.

"총을 비워, 분." 매캐슬린이 말했다.

"이 말라빠진 꼬맹이놈아!" 분이 말했다. "내가 네 손에서 이 총을 빼낼 수 있다는 걸 모르냐? 이 총으로 네 목을 넥타이처럼 둘둘 감아버릴 수도 있어!"

"알아." 매캐슬린이 말했다. "총을 비워, 분."

"이렇게 해달라고 했어. 우리에게 그렇게 말했다고. 어떻게 해야 하는지도 정확히 알려줬어. 절대로 영감을 다른 데로 옮기면 안 돼. 그러니까 우리는 시킨 대로 한 거야. 그런 다음 지금까지 살쾡이나 다른 귀찮은 야생동물이 얼씬도 못하게 여기에서 지키고 있었단 말이야. 절대로—" 그때 매캐슬린이 총을 빼앗아 땅을 향해 비스듬히 기울인 다음, 짤깍거리는 소리와 함께 슬라이드를 밀고 당기며 다섯 개의 탄환을 밖으로 빼냈다. 첫번째 탄환이 땅에 닿기도 전에 마지막 탄환까지 모두 나올 정도로 빠른 속도였다. 매캐슬린은 분의 눈을 내내 쏘아보며 뒤쪽으로 총을 내던졌다.

"분, 자네가 죽였나?" 그가 물었다. 그러자 분이 움직였다. 뒤로 돌아 술 취한 사람처럼 걷는데 어느 순간에는 한 손을 앞으로 내밀고 더듬거리며 큰 나무 쪽으로 다가가는 모습이 눈까지 먼 것처럼 보였다. 분은 나무 앞에 채 못 미쳐 걸음을 멈추더니 나무 쪽으로 거꾸러지면서 양손을 내던져 겨우 나무를 붙잡았다. 그러고는 몸을 돌려 나무에 머리와 등을 기대고 서 있었다. 지치고 달뜬 얼굴은 찢긴 상처로 뒤덮여 있었고 가슴은 격렬하게 들썩거렸다. 매캐슬린은 그동안에도 분의 눈에 시선을 고정시킨 채 뒤따라와 다시 그를 마주하고 섰다. "분, 자네가 죽였나?"

"아니야!" 분이 말했다. "아니야!"

"사실대로 말해." 매캐슬린이 말했다. "영감이 나한테 부탁했다면 나라도 그렇게 했을 거야." 그때 소년이 다가갔다. 두 사람 사이에 서서 매캐슬린 쪽을 바라보았다. 봇물이 터진 것처럼 눈물이 끝없이 샘솟았다. 눈물은 마치 땀처럼, 두 눈뿐 아니라 온 얼굴에서 흘러나오는 것 같았다.

"분을 내버려둬요!" 소년이 울부짖었다. "에잇, 씨발! 분을 그냥 내버려두란 말이야!"

4장

그리고 그는 스물한 살이 되었다. 이제는 제 생각을 말할 수 있는 나이가 된 것이다. 그가 친척 형 매캐슬린과 마주하고 앉은 이 자리는 황야가 아니라 길들인 땅, 그가 상속받기로 되어 있는 땅이었다. 그는 이제 그 땅, 야생 부족들이 총도 없이 포획했고 그 자손들이 백인의 돈을 받고 판 후 그의 할아버지가 길들이고 다스린 땅, 아니 숲을 밀어낸 후 지표면을 약 30센티미터 깊이로 파내고 그 땅을 피땀 흘려 일구어낸 사람들이 바로 그가 생살권을 쥐고 노예로 부리던 사람들이라는 이유로 자기가 길들이고 다스렸다고 믿은 바로 그 땅에 관해 이야기할 생각이었다. 그 땅을 취득하고 소유하기 위해 돈을 지불했으므로 그 땅을 산 것이라고 믿은 캐로더스 매캐슬린 영감은 그곳에 원래는 없던 무언가를 길러, 지불한 돈을 보전했을 뿐 아니라 어느 정도 소득까지 뽑아냈고, 그리하여 자식들과 후손과 상속자들을 키울 수 있었지만, 그 땅이 자신이 소유하고 물려줄 수 있는 대상이 아니란 것쯤은 알고 있었다. 막강하고 무자비한 사람은 자신의 허영과 자만심과 힘에 대한 냉소적인 혜안과 더불어 제 자손들에 대한 경멸을 품게 마련이기 때문이었다. 이런 속마음은 어떤 증서에 기록된 것보다 더 크고 오래된 황야의 한쪽 귀퉁이를 자기 것이라 주장했으나 내심 그게 아니라는 것을 알고 있었던 드 스페인 소령도 마찬가지였고, 그 조각 땅을 드 스페인 소령에게 돈을 받고 팔아넘겼으나 내심 그래선 안 되는 줄 알고 있었던 토머스 서트펜 노인도 다르지 않았으며, 그 조각 땅을 토머스 서트펜 노인에게, 돈이었든, 럼주였든, 무언가를 받아먹고 팔아넘기기는 했지만 그 땅의 손톱만큼도 자신이 소유권을 넘기거나 팔 수 있는 대상이 아니라는 것을 잘 알고 있었던 치카소족 추장 이케모튜베도 마찬가지였다.

그는 황야가 아니라 길들인 땅, 그가 상속받기로 되어 있는 땅을 배경으로 매캐슬린 형과 마주앉아 있었다. 추구하고 욕망하는 마음이 아니라 소유권을 포기하려는 생각을 품고 형님과 마주앉은 곳이 소유권 거부와 포기의 대상이 되는 바로 그 땅의, 심장부는 아니어도 명치쯤에는 해당할 농장 배급소 건물인 것은 어쩌면 당연한 일이었다. 들판 위에 불길한 전조처럼 도사리고 앉아 있는 배급소는 회랑을 두른 정사각형 목조 건물이었다. 1865년*의 일이 있었거나 말았거나 아직도 노동자들을 마치 노예처럼 두고 있는 이 농장의 배급소 건물에는

_____

* 남북전쟁(1861~1865)이 끝난 해.

코담배, 감기약, 연고 등과 함께 검둥이들의 머리 색깔을 밝게 물들이고 곱슬머리를 펴준다는 물약 광고 현수막이 걸려 있었다. 백인들이 만들어 파는 이 물약은 과거 200년 동안 족쇄를 채워 검둥이들을 부렸을 뿐만 아니라 또다시 100년 동안은 심지어 피비린내 나는 내전을 치른다 해도 그들에게 완전한 자유를 허락하지 않을 바로 그 인종을 닮게 해주는 약이었다.

그와 매캐슬린은 치즈와 소금에 절인 고기, 등유, 마구 등에서 풍기는 오래된 냄새에 둘러싸여 있었다. 선반에는 담배와 작업복, 약병, 실, 나사못 등이 종류별로 놓여 있었고, 바닥의 크고 작은 통에는 밀가루와 굵게 빻은 옥수숫가루, 당밀과 못이 각각 담겨 있었으며, 벽에 박은 못에는 쟁기 끄는 말의 고삐와 목테, 멍에, 봇줄에 연결하는 쇠사슬 등이 걸려 있었다. 책상 위에 있는 선반에는 매캐슬린의 장부들이 있었고, 그 안에는 일꾼들에게 지급할 음식과 보급품과 장비를 구입하는 데 찔끔찔끔 지출한 내역이 적혀 있었다. 하지만 매년 가을, 목화를 따서 씨를 빼고 솜을 만들어 팔면 소득으로 되돌아올 지출이었다. (소득과 지출이라는 두 가닥의 실은 마치 진실처럼 끊어질 듯 연약하고 적도처럼 만질 수 없지만, 목화를 딴 사람들을 그들이 흘린 땀으로 얼룩진 바로 그 땅에 평생 묶어둘 수 있을 만큼 굳건한 밧줄과도 같았다.) 매캐슬린의 장부 옆에는 크기와 모양이 투박하고 구식인 낡은 장부들이 놓여 있었는데 누렇게 변한 속지에는 남북전쟁이 터지기 전 20년 동안 캐로더스 매캐슬린 소유의 노예들을, 적어도 명목상으로는, 해방시킨 기록이 그의 아버지 테오필러스와 삼촌 애모디어스의 필체로 희미하게 남아 있었다.

"소유권을 포기한다?" 매캐슬린이 말했다. "소유권을 포기한다고? 이곳이 그저 야생의 짐승들이나 그보다 더 거친 사람들이 살던 황야에 불과했을 때 기회를 알아보고 그 기회를 잡아 어떻게 해서든 이 땅을 사고, 취하고, 소유하셨으며, 또 어떻게 해서든 옛 이전 계약서, 즉 최초의 소유권을 근거로 이 땅을 다음 세대로 물려줄 수 있도록 하신 네 할아버지의 직계 자손인 네가, 이곳을 개간하시고 자식들에게 물려줄 만한 가치가 있는 재산으로 바꿔놓아 자손들이 편하고 안전하게 긍지를 품고 살게 해주신 분의 이름과 업적을 영원히 해야 할 네가 어떻게 상속을 거부한단 말이냐? 나는 그분 딸의 손자에 불과한데다 내가 매캐슬린이라는 이름*을 갖게 된 것도 그분의 너그러운 허락이 있었기 때문이고, 또 내 할머니께서 그분이 이룬 성취에 긍지를 가지셨기 때문이다. 그런데 너는 그분의 직계 자손일 뿐만 아니라 부계의 유일한 삼대손이자 마지막 후손으로서 어떻게 그 유산과 유물을 거부할 생각을 하느냐 말이다."

그러자 그가 말했다. "그렇습니다. 제가 거부할 수 있는 입장은 아니지요. 애초에 제 것이 아니었는데 어떻게 거부합니까? 애초에 아버지의 것도, 버디 삼촌의 것도 아니었고, 따라서 제게 물려주실 수 있는 것이 아니었으니 제가 거부할 수도 없지요. 게다가 이 땅은 할아버지의 것도 아니었고 따라서 아버지와 삼촌에게, 그리고 제게 상속될 수 없으니 또한 거부할 수도 없지요. 또한 이 땅은 이케모튜베의 조상들의 것도 아니었으니 이케모튜베에게 물려줄 수도 없는 것이며, 따

---

* 매캐슬린의 풀네임은 캐로더스 매캐슬린 에드먼즈이다.

라서 할아버지든 다른 그 누구든 살 수는 없던 것이었습니다. 이케모 튜베가 돈을 받고 이 땅을 팔 수 있다는 사실을 깨달은 바로 그 순간 이 땅은 더이상, 그리고 영원히, 그 사람의 땅도 그의 조상의 땅도 아닌 것이 되었고, 따라서 이 땅을 산 사람은 사실은 아무것도 사지 않았던 것입니다."

"아무것도 사지 않았다?"

"네, 아무것도 사지 않았어요. 성경에 보면 하느님께서 어떻게 땅을 창조하셨는지 쓰여 있습니다. 땅을 창조하시고 쳐다보시며 보기 좋다 하시고, 그다음 인간을 만드셨다 했습니다. 하느님께서 땅을 먼저 만드시고 그 땅을 말 못하는 생물들로 채우신 다음 인간을 만드셔서 종주권을 주시고 하느님의 이름 아래 땅과 그 땅 위에 있는 동물들을 감독하라 하셨습니다. 인간과 그 자손들에게 땅을 이리저리 조각내 대대손손 영원히 침범할 수 없는 명의를 붙이라 하신 것이 아니라, 형제애를 바탕으로 익명하에 공동으로 땅을 보전하고 사용하라 하셨어요. 이에 대해 하느님께서 요구하신 유일한 사용료는 연민과 겸허, 관용과 인내, 그리고 땀 흘려 식량을 얻으려는 노력뿐이었습니다. 네, 형님이 뭐라 하실지 다 압니다. 그래도 이 땅은 할아버지께서—"

"맞다. 네 할아버지께서 분명히 소유하신 땅이라 말할 참이었다. 그리고 전례가 없던 일도 아니야. 네가 의지하는 성경에도 쓰여 있듯이 인간이 에덴동산에서 쫓겨난 때로부터 지금까지, 네 할아버지가 땅을 소유한 최초의 인간도, 유일한 인간도 아니지 않느냐. 그렇다고 두번째로 소유한 사람도 아닐뿐더러, 그 외에도 사람이 땅을 소유한 예는 많아. 아브라함의 자손으로서 하느님의 선민이 된 사람들에 대해, 또

아브라함에게서 모든 것을 빼앗은 자들의 자손들에 대해, 그리고 그후 500년에 대해 지루하고도 초라하게 나열한 연대기를 쭉 훑어보면 알 수 있을 거다. 그 500년 동안, 세상의 절반, 그리고 그곳에 있는 모든 것이 한 도시에 예속되어 있었어. 마치 네 할아버지가 살아 계셨던 동안 이 농장과 농장에 있는 모든 생명이 이 배급소에, 그리고 저기 저 장부들에 엄연한 재산으로 예속되어 있었던 것과 마찬가지야. 그리고 그다음 1000년 동안, 이전 시대의 질서가 무너진 곳에서 사람들은 조각난 땅을 놓고 싸웠고 마침내 그 조각들까지 바닥난 후에는, 쓸모없이 저물어가는 구세계의 끝자락에서 물어뜯다 버린 뼛조각까지 서로 탐내며 으르렁거렸지. 그러다 마침내 우연히 계란 하나가 새로운 대륙을 발견하게 해준 거지. 자, 내 말 잘 들어봐. 무엇이 어찌 되었든 간에 캐로더스 할아버지께서 이 땅을 소유하셨다는 사실은 부인할 수 없어. 어찌 되었든, 할아버지께서 사셨고, 소유하셨다. 어찌 되었든, 할아버지께서 관리하셨고, 보유하셨고, 유산으로 물려주셨어. 그렇지 않다면 왜 네가 여기 서서 그걸 포기하느니 거부하느니, 그런 말을 하고 있겠니? 네 할아버지께서 50년 동안이나 보유하고 관리해왔기 때문에 네가 그걸 거부한다 말할 수 있는 것이고, 그동안 그 중재자이신지, 건설자이신지, 심판자이신지 하는 분께서는 그걸 눈감아주신 거야. 그렇지 않아? 내려다보시고 알고 계셨어. 안 그래? 눈감아주신 것은 아니라 해도 결국은 아무것도 하시지 않았지. 보시고도 아무것도 못하셨거나 아니면 보지 않으셨거나, 보셨지만 아무것도 하실 생각이 없었거나, 그것도 아니면 아예 보실 생각도 없었는지 모르지. 왜 그러셨을까? 삐딱하셔서? 무력하셔서? 아니면 눈이 머셨나?" 그러자 그가 말했다.

"빼앗기신 거겠지요."

"뭐라고?"

"빼앗기신 거라고요. 무력하신 게 아니고. 하느님께서는 눈감아주신 것도 눈이 멀었던 것도 아닙니다. 지켜보고 계셨으니까요. 형님도 제 말을 잘 들어보세요. 인간은 에덴동산도 빼앗기고 가나안도 빼앗겼습니다. 인간에게서 땅을 빼앗은 자들은 빼앗고 또 빼앗아서 인간을 빈털터리로 만든 것입니다. 그리고 500년 동안, 자기가 실제로 살지도 않는 땅을 소유한 지주들이 로마의 유곽에서 뒹굴었고, 그 후 1000년 동안에는 북쪽 숲에서 내려온 야생의 부족들이 지주들의 땅을 빼앗아 이미 유린된 땅을 집어삼킨 후 그들 역시 그 땅을 또 한번 유린한 겁니다. 그런 그들이, 형님 표현대로 '쓸모없이 저물어가는 구세계의 끝자락에서 물어뜯다 버린 뼛조각'을 놓고 으르렁거리며 하느님의 이름을 모독하고 있을 때 마침내 하느님께서는 평범한 계란 하나를 가지고 인간이 새로운 세계를 발견하도록 이끌어주셨지요. 그곳에서 겸허와 연민과 관용과 긍지를 서로 나누는 사람들의 나라를 세우라 하신 겁니다. 맞아요. 무엇이 어찌 되었든 간에 할아버지께서는 땅을 소유하셨어요. 하지만 그것은 하느님께서 무력하셔서도, 눈감아주셔서도, 눈이 멀어서도 아니고, 허락하셨기 때문입니다. 그렇게 하라 명하시고 지켜보고 계셨으니까요. 하느님께서는 이케모튜베와 이케모튜베의 아버지 이세티베하, 그리고 이세티베하의 조상들이 이 땅을 차지하고 있을 때도 이미 저주받은 땅이라 여기셨습니다. 그리고 연민과 관용의 하느님께서 연민과 겸허와 관용과 인내를 갖고 살아가라는 뜻으로 내려주신 이 신대륙에, 마치 저물어가는 구세계의 부패한 바람을 돛에 한가득 담고 이곳으로 밀려온 배처럼, 할아버지 같은 사람들의 선조들에게 묻어온 비리와 타락으로 인해 이 땅은 백인들의 소유가 되기 이전부터 이미 더럽혀진 땅이라고 보셨고—"

"하!"

"이케모튜베와 이케모튜베의 자손들이 대대손손 차지하고 있는 한 희망이 없는 땅이라고 보셨습니다. 아마도 그분께서는 이 땅에서 이케모튜베 일가의 피를 비워내고 다른 피로 채워야만 당신의 목적을 달성할 수 있다 여기셨는지도 모릅니다. 어쩌면 그 피가 누구의 피일지도 알고 계셨을 거예요. 백인의 피만이 백인의 저주를 풀 수 있었다는 것은 어쩌면 정의나 되갚음이라는 개념을 넘어서는 어떤—"

"하!"

"방편이랄까? 마치 의사가 열로써 열을, 독으로써 독을 다스리는 것처럼 하느님께서도 악을 소멸하기 위해 그 악을 들여온 일족을 이용하신 겁니다. 어쩌면 그분께서는 다른 많은 사람 중에서 특별히 할아버지를 선택하신 건지도 모르겠어요. 할아버지는 너무 일찍 태어나셨기 때문에 할아버지 자신이 하느님의 목적에 봉사할 수는 없더라도 생각이 제대로 박힌 자손이 생길 것임을 아시고 어떤 자손일지도 예견하신 건지도 몰라요. 어쩌면 하느님께서는 그 일을 이루는 데 삼대는 필요하다고 판단하셨고 이미 할아버지에게서 그 삼대를 퍼뜨릴 씨앗을 보내셨던 겁니다. 그분의 미천한 백성을 다만 일부라도 자유롭게 해주시기 위한 일 말입니—"

"함의 자식들 말이군.* 넌 걸핏하면 성서를 인용하는데, 이번에도 함의 자식들을 인용한 거지?"

"성서에는 하느님께서 하신 말씀도 있지만 그분께서 하시지 않은 말씀을 전해듣고 적어놓은 것도 있습니다. 이렇게 말하면 형님이 무어라 하실지 알아요. 저는 이게 진리다 하고 형님은 저게 진리다 하시면 어떤 게 진리인지 어떻게 알고 택할 수 있겠냐 하시겠지요? 사실, 택할 필요가 없습니다. 마음이 이미 알고 있어요. 하느님께서는 우리가 성서를 읽을 때, 생각하고 선택하는 머리로 읽을 것이 아니라 마음으로 읽기를 원하십니다. 성서는 지상의 현자들이 해석하며 읽으라고 쓰인 책이 아니라 이겁니다. 그들에게는 성서라는 게 필요하지 않을 수도 있고 어쩌면 마음이란 게 아예 없을지도 모르니까요. 무엇보다, 성서는 아무것도 가진 게 없어서 그것을 읽을 때 마음 말고는 아무것도 끼어들 여지가 없는 불운하고 미천한 사람들을 위해 쓰인 책입니다. 하느님을 위해 성서를 쓴 사람들은 오직 진리에 대해서만 썼고 진리는 오직 하나이며 마음에 와 닿는 모든 것들과 통해 있습니다."

"그러면 하느님을 위해 그분의 말을 글로 옮긴 사람들 중에 간혹 거짓말쟁이들이 있었단 말이로군."

"그래요. 그들도 인간이었으니까요. 그들은 복잡하기 이를 데 없는

---

* 구약성서 창세기에 나오는 노아의 아들 셈, 함, 야벳 중 둘째 아들이다. 노아가 대홍수를 피해 살아남은 후 정착한 땅에서 포도 농사를 짓던 중 농사철에 술에 취해 벌거벗고 밭에 누워 있는데 함이 그를 발견하고 형제들에게 알려서 옷을 가져다 부친의 하체를 가려주었다. 술이 깨어 이를 안 노아가 대로하여 자신을 최초로 발견한 아들을 찾아내 저주를 하면서 함의 아들 가나안이 셈과 야벳의 종이 되기를 원한다고 말했다. 중세 기독교에서는 노아의 세 아들을 세 대륙 사람들의 선조로, 즉 셈은 아시아인, 함은 아프리카인, 야벳은 유럽인의 선조로 해석했다고 한다.

사람의 마음에서 진리만을 건져내 적으려고 노력했습니다. 그래서 그들과 소통하는 모든 복잡한 마음, 고통받는 마음을 위로하려 한 거예요. 그들이 말하고자 했던 것, 하느님께서 그들의 입을 통해 말씀하시고자 했던 것은 너무나 단순했어요. 아마도 사람들은 그분의 말씀을 옮겨 적은 이들의 말을 쉽게 믿을 수가 없었을 겁니다. 그래서 듣는 사람뿐 아니라 말하는 사람도 친숙하게 받아들이고 이해할 수 있는 일상 어휘로 설파해야 했을 거예요. 지상에서 숨 쉬고 말하는 모든 인간 중에서 하느님의 말씀을 기록하고 전하라는 부름을 받을 정도로 그분 가까이에 있는 사람들조차 마음을 어지럽히는 열정과 욕망과 미움과 공포가 얽힌 복잡한 미로를 통해서만 진리를 이해할 수 있다면, 입으로 전하는 말로써만 진리를 접할 수 있는 사람들은 얼마나 먼 거리를 되짚어가야 진리에 도달할 수 있겠습니까?"

"넌 네 주장을 입증할 때도 성서를 들먹이고 내 주장을 반박할 때도 성서를 들먹이니, 방금 네 질문에 난 모르겠다고 말할 수밖에 없지만 굳이 그렇게 말하진 않겠다. 진리에 도달하는 데 전혀 시간이 걸리지 않는다고 너 스스로 대답했으니까. 네 말대로 마음이, 한 치 오류도 없고 항상 정확하다는 그 마음이, 진리를 다 알고 있다면 말이다. 그리고 너는 캐로더스 할아버지에서 너까지 삼대가 걸렸다고 했지만 사실은 그렇게 많이 걸리지 않았다는 생각이 드는 것을 보면 네 말이 맞는 것 같기도 하다. 사실 두 세대도 채 안 걸렸어. 네 아버지 벅 아저씨와 네 삼촌 버디 아저씨부터 이미 달랐으니까. 그리고 다른 사람들도 있었어. 두 세대가 채 지나기도 전에, 어떤 경우에는 너희 할아버지와 같은 세대에도, 하느님께서 창조하신 후 인간이 저주를 내리고 더럽혔다고 네가 주장하는 이 땅에는 수많은 벅과 버디 아저씨들이 있었어. 1865년에 끝난 전쟁도 다 그래서 일어났던 일 아니겠니."

"맞아요. 아버지와 버디 삼촌 말고도 많은 사람들이 있었죠."

그는 책상 위에 있는 선반 쪽으로는 눈길도 돌리지 않았고 그러기는 매캐슬린도 마찬가지였다. 둘 다 그럴 필요가 없었다. 그는 가죽 표지가 긁히고 갈라진 그 장부들이 오래된 것부터 순서대로 하나씩 공중에 떠올라 책상 위에, 아니면 전설 속 재판대에, 아니면 심지어 하느님의 제단 위나 옥좌 앞에 펼쳐지고 있는 것처럼 느껴졌다. 부당한 제도와 그것을 조금이나마 개선 또는 보상하고자 했던 행위를 기록한 책의 누렇게 바랜 책장과 엷은 갈색 잉크가 이름도 소속도 없는 본래의 먼지로 영원히 사라지기 전에, 전지자이신 하느님께서 마지막으로 읽어보시고 숙고하시고 상기하시도록 하기 위함인 것 같았다.

누렇게 바래가는 책장에 희미해진 잉크로 휘갈겨쓴 글씨는 앞부분은 그의 할아버지의 필체, 뒷부분은 아버지와 삼촌의 필체였다. 아버지와 삼촌은 쉰이 지나 예순이 될 때까지 독신으로 지내면서 한 사람은 농장과 농사를 책임지고 다른 한 사람은 가사와 요리를 맡았는데, 이들 쌍둥이 중 한 명이 결혼을 하고 그가 태어난 후에도 나머지 한 명은 변함없이 가사와 요리를 책임졌다.

형제는 아버지가 돌아가시고 난 후 장례가 끝나자마자, 아버지가 거창하게 계획했으나 미처 완성하지 못하신, 마치 헛간처럼 생긴 대 저택에서 나와 직접 방 하나짜리 통나무집을 지어 그곳으로 거처를 옮겼다. 그곳에서 사는 동안 방 몇 개를 추가로 늘렸지만, 노예들에게는 재목에 손도 못 대게 하고 둘이서 직접 일을 했으며 들보 올리기처럼 둘만으로는 불가능한 일을 할 때만 노예들의 힘을 빌렸다. 그리고 대저택에서는 노예들이 모두 모여 함께 살게 했다. 만들다 만 창문은 자질구레한 판자 따위로 막아놓았고 유리를 끼우지 않은 빈 창틀에는 곰이나 사슴 가죽을 대고 못을 박아 가려놓은 미완의 저택이었다. 매일 해가 지면 형제 중 농사를 책임지는 쪽이 중대를 해산하는 선임하사처럼 검둥이들을 도열시킨 후, 사람으로 치면 태아 단계도 벗어나지 못하고 유산된 것과 다름없는 거대한 저택으로 남녀노소 할 것 없이 몰아넣었다. 그러면 그들은 좋든 싫든, 질문도, 항의도, 부탁도 없이 안으로 들어갔다. 그 저택은 마치 캐로더스 매캐슬린 영감이 자신의 허영심이 얼마나 엄청난 일을 벌였는지 구체적으로 드러나기 시작하자 경악한 나머지 모든 일을 딱 멈춰버린 것 같은 모습을 하고 있었다. 그는 머릿속으로 점호를 하고 노예들을 저택 안으로 몰아넣은 다음 동물 가죽 벗기는 칼만큼 긴 못으로 문을 걸어잠갔다. 수작업으로 만든 그 긴 못은 문을 잠그지 않을 때는 문고리에 묶은 짧은 사슴가죽 줄에 매달려 있었다. 창문이 반 정도는 그냥 구멍에 불과한 채로 건물 곳곳에 뚫려 있고 건물 뒤쪽 출입구에 제대로 된 문 하나 달리지 않은 그 저택에 관한 이야기는 그때도 그랬지만 그로부터 50년 후 그 자신이 직접 듣고 기억할 수 있는 나이가 된 후까지도 그 일대에서 일종의 설화처럼 회자되고 있었다. 밤새도록 매캐슬린 농장 노예들이 달빛 비치는 도로나 순찰대를 피해 들판을 숨어 돌아다니며 다른 농장에 놀러가곤 했다는 이야기며, 백인 남자 두 명과 흑인 남자 스물댓 명 사이에 암묵적인 신사협약이 있었다는 이야기, 그래서 백인 한 명이 해질녘에 검둥이들의 숫자를 세고 집 안으로 몰아넣은 후 앞문에 손수 만든 못을 찔러넣은 다음에는, 새벽에 그 못을 뺄 때 앞문 뒤에 빠짐없이 모여 있기만 한다면, 두 사람 중 누구도 건물 뒤로 돌아가 뒷문을 확인하지 않았다는 이야기였다.

쌍둥이 형제는 생김새뿐 아니라 필체도 매우 흡사해서 견본 두 개를 나란히 두고 확인하지 않는 한 누구의 글씨인지 구분하기 어려웠다. 심지어 두 사람이 한 페이지에 기록할 때도 두 사람의 필체는, 그 유사함과 맞춤법 오류까지 포함해, 보통의 열 살짜리 한 아이가 적은 것처럼 보였다(1830년대와 40년대 미시시피 북부의 광활한 황야 전역에서 실행되었던 강압적인 제도에 어쩔 수 없이 순응했던 두 사람은, 말로 소통하는 단계는 오래전에 지나 날마다 기록하는 장부를 매개로 삼아 업무를 진행했던 것 같았다). 다만 열 살 아이와 달리 두 사람의 맞춤법은 시간이 지나 하나둘 기록이 늘어나도 개선되지는 않았다. 장부에는 캐로더스 매캐슬린이 물려받았거나 사들인 노예들, 즉 로시어스와 피비와 튜시디디즈와 유니스와 그들의 자손에 대한 기록을 비롯해, 그에게 땅을 팔기도 했던 치카소족 추장 이케모튜베에게 마차 끄는 잡종 거세마 한 마리를 주고 맞바꿔 데려온 샘 파더스와 그의 어미에 대한 기록, 그리고 쌍둥이 형제 중 애모디어스가 이웃과 포커를 쳐서 딴 테니 비첨에 대한 기록도 적혀 있었다. 뿐만 아니라, 베드포드 포레스트가 장군이 되기 전 노예상인에 불과했을 때, 테오필러스가 그로부터 산 좀 이상한 노예 퍼시벌 브라우니에 대한 기록도 있었다. 직접 산 테오필러스도 나중에 알게 된 애모디어스도 왜 샀는지 몰라 난감해한 노예였다. (1년이 채 못 되는, 사실 7개월에 약간 못 미치는 기간의 기록이 한 페이지에 기록되어 있었는데 맨 첫번째 줄은 소년이 익혀서 구분할 수 있게 된 제 아버지의 필적으로 시작했다.

퍼시빌 브란리. 26세. 점원 겸 장부 담당. 1856년 3월 3일애 콜드워터의 N. B. 포레스트애개 삿음. 265달라.

그리고 그 아래에 같은 필체로,

1856년 3월 5일. 장부 담당 안 됨. 글자를 못 일금. 지 이름은 쓰지만 그것도 내가 미리 써논 거를 보고 씀. 밧을 갈수잇다는데 못할거 가틈. 오늘 1856년 3월 5일애 밧에 보냇음.

그리고 또 같은 필체로,

1856년 3월 6일. 밧도 못 감. 목사가 대고 십다고 하니 가축을 냇가로 대려가 물 머기는 건 할수잇을지도 모름.

이번에는 두 필체가 한 페이지에 동시에 있을 경우에만 그가 알아볼 수 있는 삼촌의 필체였다.

1856년 3월 23일. 그것도 못함. 한번애 한마리씩만 겨우 대려감. 쪼차내버리자.

다시 처음의 필체로 돌아가,

   1856년 3월 24일. 엇떤 바보가 이놈을 사겟냐.

다시 두번째 필체로,

   1856년 4월 19일. 아무도 안사겟지. 두달전 니가 콜드워터에서 장사 안되는 지꺼리를 한거지. 난 팔자고 안햇음. 풀어주자고 햇지.

첫번째 필체,

   1856년 4월 22일. 놈에게서 본전을 뽑아내겟슴.

두번째 필체,

   1856년 6월 13일. 어떠케. 1년에 1달라 갑어치하는 놈. 265달라면 265년. 누가 그때 그놈 해방증애다 서명해주겟냐.

다시 첫번째 필체로 돌아가,

   1856년 10월 1일. 노새 조세핀이 다리가 부러지는 통에 쏴죽였음. 마구간도 틀려머것고 껌둥이놈도 틀려머것고 모든거시 틀려머것다. 바용 100달라.

같은 필체로,

1856년 10월 2일. 풀어줬음. 차변에 매캐슬린 형제 앞으로 비용 265달라.

다시 두번째 필체로 돌아가,

10월 3일. 차변에 테오필러스 매캐슬린 앞으로 비용 달것. 껌둥이 265달라. 노새 100달라. 총 365달라임. 그놈 아직 안갔음. 아버지가 계셨어야 했다.

다시 첫번째 필체,

1856년 10월 3일. 개새끼가 떠날생각을 않하네. 아버지라면 어떠케 하셨을까.

두번째 필체,

1856년 10월 29일. 그놈 이름 바꿨음.

다시 첫번째,

1856년 10월 31일. 머라고 바꿨는대.

다시 두번째,

　1856년 성탄절. 스핀트리어스.)

　장부의 페이지가 이어지고 기록상의 햇수가 늘어날수록 이 노예들의 실체가 점점 더 분명해지면서, 저마다의 열정과 복잡한 관계들로 뒤얽힌 그림자 속 삶에서 어슴프레하게나마 조금씩 그 모습을 드러내고 있었다. 모든 것이 거기 있었다. 일반적으로 행하며 용인했던 불의와 그것을 긴 시간 천천히 상환해나간 기록뿐만 아니라 용인되지도, 그래서 상환할 수조차 없었던 한 가지 특정한 비극까지 다 거기 쓰여 있었다. 다른 장부의 한 페이지에는 이젠 척 봐도 알아볼 수 있는 아버지의 필체로 다음과 같이 쓰여 있었다.

　아버지 루시어스 퀸터스 캐로더스 매캐슬린 돌아가셨음. 1772년 캘라이나애서 태어나고 1837년 미시시피애서 돌아가심. 1837년 6월 27일애 사망, 메장.

　로시오쓰. 할아버지께서 캘라이나애서 키우셨고 나이는 모름. 1837년 6월 27일 풀어줬으나 떠나기 실어함. 1841년 1월 12일애 사망, 메장.

　피이비. 로시오쓰의 처. 할아버지께서 캘라이나애서 사셨고 오십새라고 함. 1837년 6월 27일애 풀어줬으나 떠나기 실어함. 1849년 8월 1일애 사망, 메장.

튜시더즈. 로시오쓰와 피이비의 아들. 1779년에 캘라이나애서 태어남. 1837년 6월 28일 아버지 유언대로 위로금으로 땅 4만 제곱미터를 주 겠다 햇는데 거절함. 1837년 6월 28일 A. 매캐슬린과 T. 매캐슬린이 200달라 현금을 준다 햇지만 거절함. 농장에 남아 일해서 그돈을 벌겟 다 함.

그리고 그 아래부터 다음 다섯 페이지를 채우면서 거의 다섯 해에 걸쳐 있는 장부 기록에는 날마다 튜시디디즈 앞으로 조금씩 쌓인 임 금에서 그에게 지급된 음식과 옷, 즉, 당밀과 고기와 옥수숫가루, 값 싸고 질긴 셔츠와 청바지와 신발, 그리고 가끔씩 비옷이나 방한 외투 따위의 비용을 제하고 남은 잔액이 느리지만 꾸준하게 쌓이고 있었 다. (그는 그 흑인의 모습을 눈앞에 그려볼 수 있을 것 같았다. 백인 주인이 영원히 해방을 시켜주었으나, 기억이 존재하는 한, 자신을 풀 어준 바로 그 행위로부터 영원히 해방될 수 없었을 그 노예. 배급소로 들어가 백인 주인의 아들에게 장부의 내용을 보여달라 청하지만 들여 다본들 읽지도 못했을 사람. 잔고가 얼마인지, 그곳을 영영 떠나 30킬 로미터 떨어진 제퍼슨까지라도 가서 정착하려면 얼마나 더 일을 해야 하는지 백인에게 묻고 싶어도, 그저 받아들일 뿐 대답의 진위를 시험 해볼 방법이 아무것도 없기에 아예 묻지도 않았을 그 노예의 모습이.) 마지막 항목은 다음과 같은 내용이었으며 단락 맨 밑에 그어놓은 겹 줄과 함께 그에 관한 기록은 모두 끝이 났다.

1841년 11월 3일. 튜시더즈 매캐슬린애개 200달라를 현금으로 줌. 1841

년 12월애 제퍼슨에 대장간을 차렷고 1854년 2월 17일애 사망, 메장. 1807년애 아버지가 뉴올리안즈에서 650달라에 사신 유니스를 1809년애 튜시더즈애개 시집보냄. 1832년 성탄절날 낸물에 빠져 죽엇음.

그리고 다른 필체가 나타났다. 이번 장부에서 처음 삼촌의 것으로 보이는 필체였다. 그가 태어나기 16년 전부터 그의 아버지와 삼촌을 알고 지냈던 매캐슬런마저도 집안의 요리사이자 주부였던 그의 삼촌을 기억할 때는 하루종일 부엌 화덕 앞 흔들의자에 앉아 있던 모습, 그리고 그 주변에서 요리나 다른 집안일을 하던 모습을 떠올렸다.

1833년 6월 21일. 그 여자 낸물에서 자살햇음.

다시 처음의 필체로,

1833년 6월 23일. 세상에, 껌둥이가 자살햇단 소리 들어본 인간 잇거던 나와보라그래.

다시 두번째 필체가 나타나 더이상 대거리할 필요도 없는 확실한 사실이라는 듯 앞에서 기록한 문장을 침착하게 반복했다. 날짜만 제외하면 고무도장으로 찍어낸 듯 똑같았다.

1833년 8월 13일. 그 여자 낸물에서 자살햇음.

그는 생각했다. '그런데 왜? 왜?' 그때 그는 열여섯이었다. 기억하는 한 그전에도 농장 배급소에서 혼자 시간을 보낸 적이 있었고 책상 위쪽 선반에 익숙한 모습으로 놓여 있는 오래된 장부를 집어 내린 것도 처음 있는 일은 아니었다. 하지만 아주 어렸을 때도 그랬고, 아홉 살에서 열 살, 다시 열한 살이 되면서 글을 읽을 줄 알게 된 후에도, 책등과 표지가 긁히고 갈라진 그 장부들을 올려다보기는 했지만 특별히 그것들을 펼쳐보고 싶다는 생각은 하지 않았다. 연대순으로 꼼꼼히 기록된 그 장부들이 분명 지루할지언정 그의 가족에 대해 다른 어떤 자료보다도 방대한 정보를 담고 있으리라는 생각은 들었다. 또한, 백인 선조들만큼이나 중요한 부분을 차지하는 흑인 친족까지 모두 포함해 그의 가문 전체에 대해서, 그리고 그들 모두가 공동으로 차지하고 사용하면서 먹고살았고 앞으로도 계속 피부색이나 명목상의 소유권과 상관없이 공동으로 사용하게 될 이 땅에 관한 기록들이 그 장부에 고스란히 담겨 있으리라고도 생각했다. 해서 이 오래된 책들을 언젠가는 한번 살펴보겠다고 마음먹고 있었다. 하지만 그것은 노년의 어느 한가한 날, 어쩌면 조금은 무료하기까지 한 날의 일일 거라 생각했다. 그렇게 오랜 시간이 흐르고 나면 그 낡은 장부에 담긴 내용은 영원히 끝난 일, 돌이킬 수도, 변할 수도, 누구에게 해를 끼칠 수도 없는 일이 되어 있을 것이라 생각했기 때문이었다. 그리고 그는 열여섯이 되었다. 그는 장부를 다 읽기도 전에 그 안에서 무엇을 발견하게 될지 이미 알고 있었다. 자정이 지난 시각, 그는 매캐슬린이 잠든 틈을 타 형의 방에서 열쇠를 가지고 나와 농장 배급소 안으로 들어갔다. 문을 잠근 다음 누군가 잊어버리고 놔둔 등불을 켜니 퀴퀴하게 가라

앉은 차가운 공기에 그 냄새가 퍼져나갔다. 누렇게 변한 책장 위로 고개를 숙이고 그가 한 생각은 '왜 자살했을까'가 아니었다. 대신, 삼촌이 처음 자살에 대해 언급한 것을 보고 아버지가 의문을 품었던 것처럼, 왜 버디 삼촌은 그 여자가 자살을 했다고 여겼을까? 하고 생각했다. 그러고는 다음 장에서 애초에 발견하게 되리라 짐작했던 그 기록을 발견했다. 하지만 그건 이미 그가 알고 있던 내용이기 때문에 의문에 대한 답이 될 수는 없었다.

    토마시나. 튜시디즈와 유니스의 딸인대 다들 토미라고 부름. 1810년생. 1833년 6월애 애를 낫타가 죽어서 메장했음. 별들이 떨어지던 해.

다음 항목도 답이 될 수 없기는 마찬가지였다.

    터얼. 튜시디즈와 유니스 딸 토미의 아들. 1833년 6월애 태어남. 별들이 떨어지던 해. 아버지 유언.

그러고는 아무것도 없었다. 임금이 얼마였고 거기에서 음식과 의복 비용을 제하면 얼마가 되었는지 일자별로 지루하게 나열해놓은 기록도 없었고, 사망이나 매장에 대한 기록도 없었다. 어쩌면 당연한 것이 이 사람은 그의 백인 이복형들보다 더 오래 살았고 그들 다음으로 장부를 작성한 매캐슬린은 장부에 부고를 기록하지 않았기 때문이다. 그저 '아버지 유언'이라는 글귀뿐이었고 그 유언이라면 그도 전에 본 적이 있었다. 캐로더스 영감의 대담하고 빽빽한 필체는 심지어 그 아들들의 필체보다 훨씬 더 읽기 힘들었으며 맞춤법도 별반 나을 것이 없었다. 그는 명사와 동사를 죄다 대문자로 시작하고 구두점이나 문장 구성에 대해서도 완전히 무신경했다. 무신경하기로는 필체나 문장뿐만 아니라 내용도 마찬가지였다. 결혼도 하지 않고 애를 낳은 노예 여자의 아들에게 1000달러를 유산으로 남기되 반드시 성인이 된 후에 주라는 취지의 그 글을 할아버지는 별 설명도 없이, 그러나 애매하게 말을 돌리지도 않고, 간략히 적어놓았던 것이다. 할아버지는 확실하고 명백한 증거도 아직 없고 본인이 인정한 적도 없는 행위의 결과를 자기 재산으로 감당하지 않고 아들들에게 뒤처리를 넘겨, 결국 아버지가 낸 사고에 대해 아들들이 벌금을 내는 격이 되었다. 할아버지가 유언으로 지불하라고 명한 돈은 자신의 평판을 지키기 위해 입을 다물라는 뜻으로 주는 뇌물도 아니었다. 어차피 평판이 위협받는다고 해도 그것은 자신이 죽은 뒤의 일일 것이고 그때는 평판을 지키고 말고 할 수도 없을 것이었기 때문이다. 그런 조건이 달린 1000달러의 돈은 그것을 받을 검둥이에게도, 주라고 명하는 본인에게도 현실감이 없을 그런 돈이었으며, 낡아서 버릴 모자나 신발 따위를 경멸하며 던져주는 것과 다르지 않았다. 그 검둥이 노예는 성인이 될 때까지 그 돈을 보지도 못할 것이었고, 그래서 돈이 무엇인지 배우는 나이가 스물한 해만큼 늦춰지게 되는 셈이었다. 그는 생각했다. '아마도 그건 검둥이를 "내 아들"이라 부르는 것보다는 싼값이었나봐. 고작 세 글자로 된 그 말에 단어 이상의 뭐라도 있는 것처럼.' 그는 생각했다. '하지만 사랑도 있긴 했을 거야. 어떤 종류의 사랑이든. 최소한 할아버지 생각에는 사랑이라고 할 수 있는 그 어떤 것이라도 있었을 거야. 그저 어느 날 오후나 밤에, 침 뱉는 타구와 다를 바 없는 도구로 삼았던 것은 아닐 거야.' 노인이 있었다. 오랫동안 홀아비로 살아왔고 앞으로 살아갈 날이 5년 정도밖에 남지 않은 노인은 아들들이 아직 결혼도 하지 않은 채 중년에 접어드는 나이가 된지라 집에서도 외로웠으며 농장도 자리를 잡고 잘 운영되고 있어서 분명 무료하기까지 했을 것이다. 돈도 충분했다. 아니, 재력에 비해 겉으로 드러나는 악행은 그리 많지 않은 사람에게 그것은 어쩌면 너무 넘치게 많은 돈이었을 것이다. 그리고 처녀가 있었다. 어렸고 남편은 없었으며, 아기가 태어났을 때는 겨우 스물세 살이었다. 노인은 처음에는 외로워서, 집 안에서 젊은이가 돌아다니고 말벗도 해주면 좋을 것 같아 그 처녀를 불렀을 것이다. 처녀의 어미에게 말해 매일 아침 딸을 보내 방바닥을 쓸고 침대를 정리하게 하라 했을 것이고 어미는 그것을 묵묵히 받아들였을 것이다. 아마도 그런 일감을 맡게 되리라 예상했거나 이미 계획되어 있었을 것이다. 왜냐하면 처녀는, 농장 일꾼이 아니라는 이유도 있었지만 남편과 남편의 부모 모두 그 백인이 자기 아버지로부터 물려받은 노예라는 이유로 스스로를 다른 노예들보다 나은 존재로 여기고 있던 부부의 외동딸이었기 때문이다. 게다가 그 백인은 말이나 증기선 외에는 여행수단이 없던 시절에 뉴올리언스까지 500여 킬로미터를 직접 가서 신붓감으로 처녀의 어미를 사오기도 했고……

기록은 그것이 전부였다. '자기 딸을…… 자기 딸을…… 아냐, 아냐, 아냐, 아무리 그분이라도……' 그가 이렇게 생각하는 동안에도 장부의 파슬파슬 낡은 책장들은 저절로 휘리릭 넘어가, (그때는 홀아비도 아니었던) 그 백인이, 평생을 한 곳에 머물러 살았던 그의 두 아들 못지않게 외지에 나간 일도 없었고 게다가 노예가 더 필요하지도 않았던 그 백인이, 뉴올리언스까지 그 먼 거리를 가서 노예를 사온 내용이 기록된 페이지로 되돌아가는 것 같았다. 토미의 아들 터럴은 소년이 열 살이었을 때도 생존해 있었다. 그때 유심히 보았던 기억을 더듬어보면 터럴은 백인의 피를 제 아버지에게서만 받은 것이 아니라 어머니 쪽에서도 상당히 많이 받은 것 같은 외모를 하고 있었다. 그리고 터럴의 출생 기록으로부터 50년 후, 그는 늦은 밤 배급소의 퀴퀴하고 싸늘한 공기중으로 냄새와 연기를 피우며 타오르는 누런 등불 아래 펼쳐진 빛바랜 책장을 내려다보며 앉아 있었다. 눈앞에 냇물로 걸어들어가는 그 여자의 모습이 현실처럼 생생하게 보이는 것 같았다. 자기 딸과 자기 연인('그 여자에겐 첫사랑이었을 거야.' 그는 생각했다. '첫사랑.') 사이에 아이가 태어나기까지 6개월이 남은 성탄절에, 외롭고 완강하고 슬픔도 느끼지 않는 모습으로, 이미 믿음과 희망을 거부해야 했던 사람이 이젠 슬픔과 절망까지도 정중하고 간결하게 거부하는 의식처럼, 얼음장 같은 냇물로 걸어들어가는 모습이었다.

그것이 전부였다. 그는 다시 장부를 볼 필요도 없었으며 실제로 그러지도 않았다. 점점 옛일로 묻혀가고 있지만 결코 돌이킬 수 없는 사건들을 담은 그 빛바랜 책장들은 그의 의식 속에 자신의 태생만큼이나 엄연한 사실로 자리하고 있었고 앞으로도 영원히 그럴 것이었다.

테니 비첨. 21세. 1859년애 애모디어스 매캐슬린이 휴버트 비첨씨와 포카를 쳐서 땄음. 스트래이트가 돼어 트리플을 이길수 잇을것 가탓음.

3점짜리가 나올것 가탓음. 콜을 않햇음. 1859년애 토미 아들 터얼애개 시집보넴.

그리고 해방된 날짜는 적혀 있지 않았다. 왜냐하면 테니와 테니의 살아남은 아이들 중 첫째를 해방시킨 것은 벅 매캐슬린과 버디 매캐슬린의 농장이 아니라 워싱턴에서 온 낯선 사람이었기 때문이다. 사망과 매장 날짜도 적혀 있지 않았다. 그것은 매캐슬린이 장부에 부고를 적지 않아서이기도 했지만 소년이 배급소에서 장부를 펼쳐보고 있던 1883년의 그날 밤에 테니가 아직 살아 있었기 때문이기도 했다. 테니는 그 후로도 막내아들이 손자를 안겨줄 때까지 살았다.

애모디어스 매캐슬린 비첨. 토미 아들 터얼과 테니 비첨의 아들. 1859년 태어나 1859년 죽엇음.

이후는 모두 삼촌의 필체였다. 당시 그의 아버지는 전쟁에 나가 자기 이름도 쓸 줄 모르는 노예상인이 지휘하는 기병대의 일원으로 싸우고 있었다. 다음 기록은 한 페이지는커녕 한 줄도 제대로 되지 않는 내용이었다.

토미 아들 터얼과 테니의 딸. 1862년.

다음 역시 한 줄도 채 되지 않을 뿐만 아니라 성별 구분마저도 없었다. 아무도 이유를 말해주지는 않았지만 소년은 추측할 수 있었다.

빅스버그* 이외의 지역에서도 굶주림이 얼마나 만연해 있었는지, 당시 열세 살이던 매캐슬린이 기억해서 말해주었기 때문이다.

    토미 아들 터얼과 테니의 아이. 1863년.

또다시 같은 필체로 이번에는 살아남은 아이에 대한 기록이었다. 마치 테니가 무자비한 캐로더스 영감의 귀신이 사라질 때까지 오래 인내하여 아이를 기아의 위기에서 구해낸 것 같았다. 그것은 소년이 그때까지 본 다른 기록들보다 훨씬 또렷하고 완전하고 세심한 문장과 맞춤법으로 쓰인 항목이었다. 처음부터 여자였더라면 좋았을 노인이 쌍둥이 형제가 집을 떠나 있는 동안 이전처럼 집안일도 하고 자신뿐만 아니라 부모 없는 열네 살 친척 아이까지 돌보면서 어떻게든 농장을 잘 관리하려고 애쓴 흔적이 보였다. 노인은 집안 노예들의 자식으로 태어난 이 아이가, 이름을 가질 때까지 최소한 살아 있기는 하다는 사실에서 새로운 희망의 조짐을 읽은 것 같았다.

    제임스 튜시더스 비첨. 토미 아들 터얼과 테니 비첨의 아들. 1864년 12월 29일애 태어났고 산모와 아이 모두 건강함. 부모가 애 이름을 테오필러스라고 짓고 시퍼햇으나 먼저애들 이름을 애모디어스 매캐슬린과 캘라이나 매캐슬린이라 지엇다가 둘다 죽엇으므로 다른 이름으로 지으라고 말햇음. 새벽 두시에 태어낫고 산모와 아이 모두 건강함.

───────────

* 미시시피 강변에 위치한 도시. 남북전쟁 당시 남군의 거점이었고, 이곳에서 벌어진 빅스버그 전투는 북군에게 승리를 안기며 남북전쟁의 전환점이 되었다.

그러고는 다른 내용은 없었다. 그러나 소년이 장부를 들춰보고 있던 그날로부터 2년 후에 기록이 하나 더 추가될 것이었다. 영아기에 살아남은 아이들 세 명이 마침내 차례차례 자라나자 아이들 아버지의 백인 이복형들은 조건이 허락한다면 그애들이 성인이 된 후 유산을 한 명당 1000달러로 늘려주겠다고 했다. 그리고 이제 열여덟 살이 된 소년이 캐로더스 영감이 자신의 검둥이 아들과 그의 자손에게 남긴 그 유산의 삼분의 일을 들고 테네시 주로 갔다가 허탕을 치고 돌아온 후 그 추가 항목을 적어넣게 될 것이었다. 그렇게 함으로써, 이 페이지의 기록은 (그 자신이 태어난 1867년도 마찬가지였겠지만) 1864년에 태어난 사람이 생존할 수 있으리라 기대되는, 또는 본인이 희망하거나 바랄 시점을 훨씬 넘기고 난 후, 소년 자신의 손에 의해, 아버지나 삼촌, 심지어는 매캐슬린의 필체와도 닮지 않았으나 맞춤법만 제외하면 이상하리만치 할아버지 필체와 비슷한 필체로 다음과 같이 기록되며 잠정 종결될 것이었다.

1885년 12월 29일 스물한 살 생일날 밤에 사라짐. 아이작 매캐슬린이 테네시 주 잭슨 시까지 추적했으나 놓침. 유산 중 그의 몫 1000달러는 신탁관리인 매캐슬린 에드먼즈에게 1886년 1월 12일자로 반환함.

하지만 그것은 2년 후의 일이므로 그날 밤에는 그저 공백으로 남아 있었다. 그리고 그의 아버지의 필체가 나타났다. 전쟁이 끝나고, 부대의 지휘관이었던 자가 이제는 군인도 노예상인도 모두 그만둔 무렵 언젠가, 아버지는 이 기록을 끝으로 장부에서 사라졌다. 당시 류머티

즘으로 몸이 불편했던 아버지의 글씨는 거의 해독이 불가능할 지경이
었을 뿐만 아니라 맞춤법이며 구두점을 완전히 무시했다고 보아도 무
방할 정도였다. 그의 아버지는 자신이 검둥이 노예를 사게 만든 유일
무이한 인간이자, 농장주로서도 자신을 능가한 사람의 휘하에서 4년
동안 전쟁을 치르고 나니 믿음과 희망뿐 아니라 맞춤법 역시 부질없
다는 생각에 이른 것 같았다.

미스 소폰시바 토 아 터 + 테 딸 1869

  하지만 아버지가 신념과 의지까지 잃은 것은 아닌 듯했다. 바로 그
장부를 보면 알 수 있었다. 아버지가 왼손으로 힘겹게 쓰셨다고 매캐
슬린이 말해준 그 글씨에서 아버지의 신념과 의지를 읽을 수 있었다.
하지만 그것을 끝으로 다시는 아버지의 필체를 장부에서 찾아볼 수
없었다. 그때 소년은 한 살 아기에 불과했고 그로부터 6년 후 루카스
가 태어났을 때는 아버지와 삼촌이 1년도 채 안 되는 간격으로 세상
을 뜬 지 거의 5년이나 지난 후였기 때문이다. 그리고 1886년으로 옮
겨가, 그 자리에서 직접 지켜본 상황을 기록한 자신의 필체가 다시 나
왔다. 소폰시바는 열일곱이었고 그보다 두 살이 어렸다. 석양이 내릴
무렵 매캐슬린이 배급소로 들어와 "저 사람이 폰시바와 결혼하고 싶
단다" 하고 말했을 때 그는 매캐슬린의 등 뒤로 낯선 남자를 보았다.
매캐슬린보다 키가 컸고, 입고 있는 옷도 매캐슬린이나 그가 아는 백
인 남자 대부분이 늘 입는 옷보다 좋았다. 남자는 백인 같은 걸음걸이
로 배급소에 들어와 백인 같은 자세로 서서 백인 같은 말투로 이야기

했다. 매캐슬린의 뒤를 따라 배급소로 들어왔지만 매캐슬린이 백인이라서가 아니라 매캐슬린이 거기 살고 있으니 길을 잘 알 거라 생각해 뒤따라 들어온 것 같은 태도였다. 남자는 매캐슬린의 어깨 너머로 재빠르고 예리하게 그를 한 번 쳐다본 다음, 더이상 관심 없다는 듯 다시는 그를 쳐다보지 않았다. 남자의 그런 행동은 조바심을 내는 것은 아니고 그저 시간이 좀 없는, 의젓하고 침착한 백인 남자 같은 분위기를 풍겼다. "폰시바와 결혼을요?" 그가 외쳤다. "폰시바와 결혼을 한다고요?" 그래도 남자가 이쪽을 쳐다보지 않자 그는 잠자코 매캐슬린과 검둥이 남자를 지켜보며 그들이 나누는 대화를 들었다.

"아칸소에서 살겠다고 한 것 같은데?"

"그래요. 거기 내 재산이 있소. 농가요."

"재산? 농가? 자네 소유라고?"

"맞소."

"말투가 공손하지 않군."

"나보다 나이 많은 사람이 아니면."

"그렇군. 북쪽 사람이구먼."

"맞소. 어릴 때부터."

"그럼 아버지는 노예였겠군."

"예전에는 그랬소."

"어떻게 아칸소에 농장을 소유하게 되었지?"

"보조금을 받고 있소. 아버지께 물려받은 거요. 합중국 정부에서 받으셨지요. 군복무 경력 때문에."

"알겠어." 매캐슬린이 말했다. "양키 군대였군."

"합중국 군대였소." 낯선 남자가 말했다. 그러자 그가 매캐슬린의 등에 대고 다시 외쳤다.

"우리 테니를 불러요! 제가 가서 데리고 올게요. 제가—" 하지만 매캐슬린은 그를 대화에 끼워주지 않았고 낯선 남자도 그의 목소리가 들리는 쪽으로 고개조차 돌리지 않았다. 두 사람은 그가 아예 거기에 없는 것처럼 대화를 이어갔다.

"이미 다 정해진 것 같은데 굳이 내 재가를 얻으려는 이유를 모르겠군." 매캐슬린이 말했다.

"그런 게 아니오." 낯선 남자가 말했다. "이 가문의 일원인 그 여자에 대해 당신이 가장으로서 책임을 인정하지 않는 한 당신의 재가는 필요 없어요. 당신의 허락을 구하려는 게 아니오. 나는—"

"그만하면 됐어!" 매캐슬린이 말했다. 그러나 낯선 남자는 동요하지 않았다. 매캐슬린을 무시하거나 그의 말을 듣지 못해서인 것 같지는 않았다. 변명이나 정당화 같지도 않았다. 다만 그 상황에서 절대적으로 필요한 어떤 설명을, 매캐슬린이 있는 곳에서, 그가 듣거나 말거나 꼭 해야겠다는 투로 말을 이어나갔다. 마치 독백을 하면서 그 말을 자기 귀로 들어보려는 것 같았다. 두 사람은 서로 마주한 채, 그리 가깝지는 않지만 만일 칼을 겨눈다면 서로의 칼끝이 충분히 닿을 정도의 거리를 두고 똑바로 서 있었고, 목소리를 높이거나 충돌하려는 기미 없이, 다만 간단명료하게 말을 주고받았다.

"나는 당신이 그 여자 가족의 가장이기에 미리 알려주려는 것뿐이오. 예의가 있는 사람이라면 그 정도는 해야. 게다가 당신은 당신의 견해와 배운 것들을 토대로 당신 나름의 방식에 따라 여태—"

"그 정도로 충분하다니까!" 매캐슬린이 말했다. "날이 완전히 저물기 전에 여기를 떠나게. 어서 가봐." 하지만 남자는 잠시 동안 꿈쩍도 하지 않고 예의 그 초연하고 냉정한 모습으로 매캐슬린을 응시했다. 마치 매캐슬린의 동공에 조그마한 상으로 맺힌, 흔들림 없는 자신의 모습을 바라보고 있는 것 같았다.

"알았소." 남자가 말했다. "어쨌거나 여긴 당신 집이니까. 그리고 당신 나름대로 여태…… 아니, 상관없어. 당신 말이 맞아요. 그만 됐소." 남자는 몸을 돌려 문 쪽으로 가려다 아주 잠깐 멈추더니 다시 걸음을 옮기며 말했다. "걱정 마시오. 그 여자에게 잘할 테니까." 그러고는 밖으로 나갔다.

"대체 그애가 어떻게 저 남자를 알까요?" 그가 소리쳤다. "저 남자 얘기는 들어본 적도 없어요! 그리고 폰시바는 태어나서 지금껏 교회 갈 때 말고는 집 밖에 나가지도 않았는데—"

"하!" 매캐슬린이 말했다. "열일곱 여자애들이 어떻게 남자를 만나는지 누가 어찌 알겠나? 그중 운 좋은 경우나 결혼까지 가겠지만, 심지어 부모들마저도 이미 엎질러진 물이 되고 난 뒤에야 알지." 그리고 다음날 아침이 왔을 때 남자와 폰시바 모두 이미 떠나고 없었다. 매캐슬린은 그 후로 한 번도 폰시바를 보지 못했다. 어찌 보면 그 역시도 다시는 그애를 보지 못했다고 하는 편이 맞을 것이다. 왜냐하면 5개월 후 그가 찾아낸 여자는 더이상 그가 알던 그 아이가 아니었기 때문이다. 그는 1년 전 테니 아들 짐을 찾으러 테네시까지 갔다가 허탕치고 돌아왔을 때처럼 3000달러 유산 중 삼분의 일에 해당하는 금화를 전대에 넣어 허리에 차고 폰시바를 찾아 떠났다. 두 사람이 떠날 때 그 남자가 무슨 주소 같은 것을 테니에게 남겼고 3개월 뒤에는 편지가 한 통 왔다. 예전에 매캐슬린의 아내 앨리스가 폰시바에게 읽고 쓰는 법을 조금이나마 가르쳤기 때문에 직접 편지를 쓸 수 있었을 텐데 발신인은 그 남자였다. 그리고 우편 소인이 테니에게 남긴 주소와 달랐다. 그는 철도가 나 있는 곳까지는 기차를 탄 후 계약한 승합마차를 탔고, 그 후 대절한 마차를 타고 가다가 다시 기차로 갈아탄 후 꽤 먼 거리를 더 가야 했다. 그는 이제 숙련된 여행자가 되어 마치 노련한 경찰견처럼 수색을 해나갔다. 이번에는 꼭 성공해야 했다. 질척한 12월의 겨울, 가도 가도 끝나지 않을 것 같은 길을 천천히 밟아가는 동안, 그는 밤이면 밤마다, 때로는 호텔에서, 때로는 그냥 주점과 하나도 다를 게 없는 길가의 통나무집 여인숙에서, 때로는 모르는 사람의 오두막이나 외딴 헛간의 건초 위에서 잠을 잤다. 신분을 감춘 채 변장하고 여행하는 동방박사처럼 허리에 은밀하게 두르고 다니는 금화 전대 때문에 그 어디에서도 옷을 벗을 엄두를 내지 못했다. 희망이 아니라 필사적이고 절박한 마음에 이끌려 다닌 그 여정에서 그는 스스로에게 말했다. '그애를 꼭 찾아야 해. 꼭 그래야 돼. 이미 한 명은 놓쳐버렸잖아. 그 아이는 반드시 찾을 거야.' 그리고 마침내 찾았다. 빌린 말을 타고 추적추적 내리는 차가운 겨울비 속을 달리다 가슴팍까지 흙탕물이 튄 기진맥진한 말 위에 구부정하게 앉아 그는 보았다. 흙 굴뚝이 있는 외딴 통나무집 한 채가 길도 없고 울타리도 두르지 않은 쓸모없는 휴경지와 황무지의 밀림 한가운데에서, 비를 맞아 폭삭 주저앉아 머지않아 이름도 가치도 없는 쓰레기 더미로 사라져버릴 것 같은 모습으로 서 있었다. 헛간도 마구간도 심지어는 닭장 따위도 없이, 통나무로 어설프게 쌓아올린 오두막 달랑 한 채뿐이었다. 서툰 솜씨로 패 놓은 장작은 하루 때고 나면 다 없어질 알량한 양이 쌓여 있었고, 그 가 말을 타고 다가가도 마루 밑에서 나와 짖는 깡마른 개 한 마리도 볼 수 없었다. 남자는 농가라고 말했지만, 그렇게 부르기에는 턱없이 부족한 꼬락서니였다. 언젠가 좋은 농가, 심지어 농장까지 될 수 있을 지는 몰라도 지금은 어림도 없는 얘기였다. 여러 해 동안 힘든 노동을 투자하고 끈질기고 지칠 줄 모르는 노력과 희생을 바쳐야만 농가의 모습을 갖출 수 있을 것 같은 상태였다. 그는 틀어진 문틀에 제멋대로 걸쳐진 부엌문을 힘껏 밀어 연 후, 음식을 만드는 화덕에조차 불기가 없는 싸늘하고 어두컴컴한 부엌으로 들어갔다. 잠시 후, 엉성한 탁자 뒤 벽 모서리에 기대어 쭈그리고 앉은 커피색 얼굴이 보였다. 그가 평 생 알던 그 얼굴은 이제는 더이상 알 수 없는 얼굴이 되어 있었다. 그 가 태어난 방에서 100미터도 떨어지지 않은 곳에서 태어났고 몸속에 얼마간 그와 같은 피가 흐르고 있는 사람이었던 그 아이는 이제, 예고 없이 말을 타고 나타난 백인만 보면 가죽 채찍에 가끔씩은 권총까지 들고 다니는 백인 청부 순찰대원이라 생각하는, 이 땅에 대대손손 내 려온 인종의 완전한 일원이 되어 있었다. 그는 옆방으로 갔다. 부엌을 빼면 유일한 방인 그곳에서 난로 앞 흔들의자에 앉아 책을 읽고 있는 남자를 발견했다. 남자는 5개월 전 농장 배급소에 들어올 때 입었던 성직자풍의 옷을 입고, 남아 있는 땔나무로는 채 하루도 버티지 못할 그 보잘것없는 불 앞에서 온 집 안에 단 하나뿐인 의자에 앉아 있었 다. 금테 안경을 쓴 그 남자가 고개를 들고 자리에서 일어섰을 때 그 는 안경에 렌즈가 없다는 사실을 알게 됐다. 울타리도 없고 지나다닐

길도 없는 진흙탕에다, 가축을 키울 헛간도 없는 그 황량한 불모지 한가운데에서 그 남자는 책을 읽고 있었던 것이다. 승리한 군대의 꽁무니에 빌붙어 남부로 온 뜨내기 북부 사람들의 근거 없는 망상, 그 끝간 데 없는 탐욕과 어리석음에서 풍기는 역한 냄새가 남자의 옷에도 찌들어 있고 그의 피부에서도 흘러나오는 것 같았다.

"모르겠어요?" 그가 소리쳤다. "모르겠난 말예요! 이 땅 전체가, 남부 전체가 저주를 받았어요. 백인이건 흑인이건, 이 땅에서 이익을 취하고 이 땅에서 젖을 빨아먹은 우리 모두 저주를 받았다고요! 이 땅에 내린 저주가 우리 종족이 초래한 것이라 쳐요. 어쩌면 바로 그 이유 때문에 그 후손들만이, 저항하거나 싸우지 않고, 오로지 견디면서 살아내어 저주를 풀 수 있는 건지도 몰라요. 그런 다음에야 당신 종족의 차례가 올 거예요. 우린 이미 기회를 놓치고 말았으니까. 하지만 지금은 아니에요. 아직은 아니라고요. 그걸 모르겠어요?"

남자가 일어섰다. 입고 있는 성직자풍의 옷은 지난번에 봤을 때만큼 훌륭하지는 않아도 아직 해진 데는 없었다. 읽던 페이지를 잊어버리지 않으려고 책장 사이에 손가락을 끼운 채 한 손에는 책을 들고, 노동의 흔적이라고는 없는 다른 한 손으로는 렌즈도 없는 안경을 지휘자가 지휘봉을 잡는 품새로 들고 있었다. 안경 주인은 한없는 어리석음과 근거 없는 희망의 우둔함을 담은 신중하고 낭랑한 목소리로 말했다. "당신이 틀렸어. 당신네 백인들이 이 땅에 들여온 저주는 이미 사라졌어. 벌써 비워내고 치워버렸지. 이제 새 시대가 오고 있어. 우리의 선조들이 꿈꾸던, 자유와 자율과 만인평등에 이바지하는 시대가 왔단 말이지. 그리고 이 나라가 바로 새로운 가나안이 될—"

"무엇을 위한 자유 말입니까? 일하지 않을 자유 말입니까? 가나안 이라고요?" 그는 난폭할 정도로 넓게 팔을 내저었다. 그러자 외풍이 심하고 눅눅하고 싸늘하며 검둥이 냄새로 퀴퀴한 그 안쓰러운 방 안에 마주선 두 사람 주위로, 땅을 갈 쟁기도 없고 뿌릴 씨앗도 없이 텅 빈 밭과 울타리도 없는 마당에다 마구간은커녕 가축 한 마리 없는 불모지가 그대로, 온전하게 펼쳐지는 것 같은 느낌이 들었다. "가나안의 어느 귀퉁이가 이 모양, 이 꼴이랍니까?"

"날을 잘못 잡아 왔소. 이런 겨울에 누가 농사일을 해요?"

"오, 그래요? 그러면 땅을 저렇게 놀리고 있는 동안 저 아이는 음식도 옷도 없이 살 수 있다 이 말이겠네요?"

"난 연금을 받아." 남자가 말했다. 마치 '난 은총을 입었어'라든가 '내 소유의 금광이 있어'라고 말하는 투였다. "게다가 아버지 연금도 있소. 매달 첫날 나와. 오늘이 며칠이지?"

"11일입니다. 20일이나 남았군요. 그때까진 어쩌려구요?"

"미드나잇에 내 대신 연금 수표를 은행에서 환전해주는 상인이 있는데 그 사람한테서 외상으로 가져온 식료품이 집에 좀 있소. 내 연금을 대신 처리하라고 그 사람에게 위임장을 써줬지. 상호간에—"

"그래요? 그럼 그것으로 20일을 버티지 못하면 어떡할 건데요?"

"그래도 돼지 한 마리가 있으니까."

"어디에요?"

"밖에." 남자가 말했다. "이 지방에서는 다들 겨울 동안 가축을 풀어놓고 먹이를 스스로 찾아먹게 해요. 가끔씩 집으로 오기도 해. 하지만 안 와도 상관없어. 필요하면 아마도 발자국을 따라가면 될—"

"그렇단 말이죠!" 그가 외쳤다. "상관없단 말이죠. 어쨌든 연금 수표가 있으니까. 그리고 미드나잇에 있다는 그 상인이 그걸 현금으로 환전해서 지금까지 당신이 외상으로 가져다먹은 걸 알아서 가져가고, 그래도 남은 게 있다면 그건 다 당신 거니까! 그리고 그때까지는 돼지를 잡아먹으면 되니까! 그런데 돼지를 못 잡으면, 그땐 어쩔 건데요?"

"그때쯤이면 봄이 와 있겠지." 남자가 말했다. "봄이 오면 내 계획은—"

"1월일 겁니다." 그가 말했다. "그러고는 2월이 오겠죠. 그리고 3월이 되더라도 적어도 중순까지는—" 그리고 그가 다시 부엌으로 갔을 때 여자는 조금 전 모습 그대로 쭈그리고 앉아 숨도 쉬지 않는 것처럼 보였다. 그를 쳐다보는 시선만 아니었다면 죽었나 생각이 들 정도였다. 더이상 물러날 공간이 없었기 때문인지 그가 한 걸음 다가서도 전혀 움직임이 없었다. 그저 작고 말라빠진 커피색 얼굴에 속을 알 수 없는 커다란 검은 눈으로 두려움도, 알아보는 기색도, 희망도 없이 그를 쳐다보았다. "폰시바." 그가 말했다. "폰시바, 괜찮아?"

"난 자유야." 여자가 말했다. 미드나잇은 여인숙과 대절마차 쉼터, 대형 점포(아마도 연금 수표를 상호간에 번거로움 없이 이곳에서 현금으로 바꾸는 모양이라고 그는 생각했다), 소형 점포, 술집, 대장간이 모여 있는 곳이었다. 하지만 그곳에 은행도 있었다. (실제 하는 일로 보면 소유주라 해야 어울릴 듯한) 은행장은 미시시피 주에서 이주해왔고 한때 포레스트의 부하였던 사람이었다. 여드레 전 집을 떠나온 후 처음으로 금화 전대를 풀어놓아 가벼워진 몸으로 그는 연필과 종이를 가지고 3달러를 열두 달로 곱한 후 그 값으로 다시 1000

달러를 나눠보았다. 한 달에 3달러씩 거의 28년을 쓸 수 있는 돈이라는 셈이 나왔고, 이는 곧 앞으로 28년간 여자가 최소한 굶어죽지는 않을 거라는 뜻이었다. 은행장은 매달 15일에 믿을 만한 심부름꾼을 시켜 그 여자의 손에 직접 돈을 배달하도록 조처하겠다고 약속했다. 그는 집으로 돌아왔고 그게 전부였다. 왜냐하면 1874년에는 아버지도 삼촌도 모두 돌아가셨고 오래된 장부들은 아버지가 1869년 그날 마지막으로 작성하고 꽂아둔 뒤로 책상 위 선반에서 다시는 내려온 적이 없기 때문이었다. 하지만 그가 이렇게 써서 완결할 수도 있었을 것이다.

루카스 퀸터스 캐로더스 매캐슬린 비첨. 토미 아들 터럴과 테니 비첨 사이에 태어나 죽지 않은 자식들 중 막내. 아들. 1874년 3월 17일생.

하지만 그럴 필요가 없었다. 그의 이름은 루시어스 퀸터스 기타 등등이 아니라 루카스 퀸터스였다. 누군가의 이름에서 루시어스란 단어를 빼버린 것일 뿐, 루시어스라 불리기를 거부한 것은 아니었다. 그 이름 자체를 부정하거나 거절한 것도 아니었다. 왜냐하면 네 개로 된 그 사람의 이름 중 나머지 세 개는 그대로 썼기 때문이다. 다만 루시어스란 이름 하나를 빼버리고 바꿈으로써 전체 이름이 바뀌어, 그 이름이 더이상 어느 백인의 이름이 아니라 자신만의 이름, 자기가 직접 지은 이름이 되었고, 그리하여 루카스는 스스로를 탄생시키고 이름지어, 스스로의 조상이 된 것이었다. 비록 낡은 장부에서는 시인하고 있지 않지만, 그것은 결국 캐로더스 영감이 한 일과도 같았다.

그리고 그것이 전부였다. 1874년에 소년이던 그는 1888년에 남자가 되어, 거부하고 부정함으로써 자유를 얻었고, 1895년에는 남편이기는 하나 아버지는 아니고, 홀아비는 아니나 아내는 없는 사람이 되었다. 그는 오래전부터 사람은 절대로 자유로울 수가 없으며 자유롭다 하더라도 그것을 감내할 수 없다는 사실을 깨닫고 있었다. 그때 그는 결혼을 하여 제퍼슨에서 아내의 아버지가 물려준 허술한 방갈로에 살고 있었다. 그런데 어느 날 아침, 그가 멤피스 신문을 읽고 있는데 방문 앞에 갑자기 루카스가 서 있었다. 그는 신문을 내려다보며 날짜를 확인한 후 생각했다. '저애 생일이구나. 오늘이 저애 스물한 살 생일이야.' 루카스가 말했다 "캐로더스 영감이 남긴 돈 나머지 어디 있어요? 그걸 내게 줘요. 전부 다요." 그것이 끝이었다.

다시 매캐슬린이 말했다.[*]

"말하는 사람에게도 종잡을 수 없이 복잡하고 듣는 사람에게도 혼란스러운 진리이지만, 벅과 버디 아저씨 같은 사람들 말고도 많은 이가 더듬거리면서라도 가까이 다가가려고 노력했어. 그래서 1865년의 일도 있었던 것이고."

"하지만 충분치 않았어요. 삼대가 다 지나도록, 더듬거리면서라도 진리에 다가가려 노력한 아버지와 버디 삼촌 같은 사람들조차 충분치 않았어요. 비록 하느님께서 할아버지를 택하신 이유가 아무리 굽어보셔도 할아버지만 한 사람조차 없어서 누구를 고르고 선택할 여지가 없었기 때문이라 할지라도, 심지어 할아버지로부터 뻗어내려온 삼대

* 109페이지에서 이어지는 내용으로, 그 사이의 서술은 아이작의 회상에 해당한다.

에서도 그런 노력을 한 사람들이 충분치 않았다는 말입니다. 하지만 하느님은 노력하셨어요. 형님이 지금 뭐라 하실지 알아요. 하느님 자신이 그들을 창조하신 분이니 그들에 대한 긍지나 슬픔이 없었듯이 희망도 품지 않으셨을 거라 말하고 싶은 거죠? 하지만 제 말은 하느님께서 희망을 품으셨다는 게 아니고 기다리셨다는 뜻입니다. 그 사람들을 만드신 분이니까요. 그들에게 생명을 주고 움직이게 하셨다는 단순한 이유에서가 아니라 너무나 오랫동안 그들과 함께 걱정하셨기 때문에 기다리신 거죠. 천국에서 쫓겨나 미궁과 같은 혼돈 속에 놓인 인간 개개인은 그 혼돈 속에서 생각해낼 수 있는 어떤 고결한 일도, 어떤 저열한 일도 할 수 있음을 이미 알고 계셨기 때문에 걱정하신 거고요. 지옥까지도 생겨난 바로 그 혼돈 말입니다. 그래서 하느님은 그들을 인정하셔야 했습니다. 그렇지 않으면 어딘가에 당신과 대등한 다른 존재가 있다는 사실을 시인해야 하고, 그러면 하느님이 더이상 유일신이 아니게 되기 때문입니다. 그래서 하느님께서는 저 높은 곳에 있는 당신의 외로운 천국에서 떳떳이 살아가시기 위해 당신이 한 일에 대한 책임을 인정하셔야 했습니다. 아마도 그분께서는 그래봐야 소용없는 일이라는 것도 아셨을 겁니다. 하지만 인간을 창조하신 분으로서 하느님은 인간이 못하는 일이란 없다는 것을 알고 계셨습니다. 왜냐하면 당신께서 직접 모든 것을 포함하는 '원초적 절대'로부터 인간을 만드셨고 그들이 최고로 승화된 순간이나 저열한 나락으로 빠져드는 순간, 비록 인간은 왜, 어떻게, 언제 그렇게 되는지 알지도 못하지만, 그분께서는 모두 지켜보셨기 때문입니다. 그러다가 마침내 하느님께서 인간은 하나같이 할아버지 같은 사람들뿐이며, 선택된 인간들 중에서도 그분께서 기대할 수 있는 최선은, 잘 들으세요, '희망' 하신 것이 아니라 '기대' 하신 겁니다. 아버지와 버디 삼촌 같은 사람들임을 아신 겁니다. 그나마 그런 사람들이 충분히 많지도 않았고, 삼 대째가 되니 그 같은 사람들조차 별로 없었지만 그래도—"

"하!"

"그래요. 하느님께서 할아버지 안에서 아버지나 버디 삼촌을 보실수 있었다면 분명히 저도 보셨을 거예요. 아브라함보다 후세대에 태어나 제물이 되기를 거부한 아이작, 아버지도 없고 그래서 제단을 거부할 수 있는 아이작을 말입니다. 왜냐면 이번엔 하느님이 진노하셔서 손수 그 새끼 염소를 보내주시지 않을지도 모르니까—"*

"그건 도피야."

"좋아요, 도피라고 해요. 그리고 어느 날 하느님께서는 지난번 오후 바로 이곳에서 형님이 폰시바의 남편에게 했던 그 말씀을 하셨죠. '그만하면 됐어! 그 정도로 충분해.' 화가 나셨거나 격분하셨거나, 그날의 형님처럼 지긋지긋해서가 아니라, 그저 '이젠 충분하다' 생각하신 거예요. 그리고 그분께서 인간을 창조하신 이래 마지막으로 다시한번 이 땅을 굽어보신 겁니다. 사냥할 숲을 주시고 고기를 낚을 강을 주시고 씨를 뿌릴 비옥한 땅과 새싹을 틔울 푸른 봄, 초목이 왕성하게 자랄 긴 여름, 열매를 수확할 고즈넉한 가을과 사람과 동물을 위한 짧고 온화한 겨울을 주시면서 그렇게 많은 은혜를 베푸신 바로 이 남부

---

* 구약에는 숫양이라고 나온다. 창세기 22장. 하느님이 아브라함을 시험하고자 그의 아들 이삭(아이작)을 제물로 바치라고 명했고 이를 충실히 이행하려는 아브라함에게 하느님이 명령을 거두고 대속물로 숫양을 보내주었다.

를 말입니다. 하지만 어디에서도 아무런 희망을 보지 못하시고 그 너머, 분명 희망이 있어야 마땅한 곳으로 눈을 돌리셨습니다. 그곳은 형님이 쓸모없이 저물어가는 구세계라 하신 곳에서 떠나온 이들을 위해 하느님께서 자율과 자유의 도피처 내지는 안식처로 내리신 희망의 대륙이 동쪽과 북쪽과 서쪽으로 끝없이 펼쳐진 곳이었지요. 그리고 거기에서 노예상인들의 부유한 자손들, 남녀 할 것 없이 모두 계집애 같은 사람들을 보셨습니다. 흑인에 대해 그렇게들 떠들썩하게 외쳐대지만 정작은 흑인을 마치 여행자가 새장에 담아 집으로 가져오는 브라질산 마코앵무새처럼 또하나의 표본, 또하나의 견본처럼 생각하는 그 사람들이 방한이 잘된 따뜻한 회관에 모여 참혹하고 잔혹한 행위에 관한 결의안을 통과시키고 있는 모습을 보셨습니다. 그리고 정치인들이 표를 얻기 위해 천둥처럼 요란하게 연설을 쏟아내는 모습과 셔토쿼*의 설교사들이 약장수 공연 같은 집회를 벌이며 돈을 버는 모습도 보셨지요. 그들에게 잔혹행위와 부당행위는 관세제나 은화의 가치나 불멸성 등등과 하나도 다르지 않은 추상적 개념이었습니다. 그런 행사에서 맥주나 현수막이나 구호를 이용하고, 또 지옥의 유황불 운운하거나 교묘한 손재주, 연주용 톱 등을 동원한 것처럼, 그들은 흑인에 대한 주장을 펼칠 때도 노예들의 족쇄, 그리고 그들의 제복이나 다름없는 안쓰러운 누더기를 필요에 따라 이용했습니다. 뿐만 아니라 하느님은 족쇄와 조악한 의복이 낡자, 이윤을 위해 새로운 대체품을 생산하고, 면실을 잣고 목화솜을 트는 기계를 만들며, 이들 상품을 운반

---

* 19세기 말, 20세기 초에 미국에서 유행했던 성인 교육 운동으로 오락과 문화와 교육을 접목한 집회 형식을 띠었다.

할 자동차와 배를 만드는 공장의 톱니바퀴들도 보셨습니다. 뿐만 아니라, 이 공장들을 운영해 이윤을 내는 사람들과 이들 상품에 대한 세금, 운반 요금, 판매 수수료 등을 책정하고 거두는 사람들도 보셨지요. 그들 모두 하느님의 피조물이기에 하느님께서는 이들 모두를 버리실 수도 있었어요. 그들이 하느님의 도움으로 도망쳐나온 구세계뿐만 아니라 그분께서 도피처 내지는 안식처로서 발견하게 해주시어 새로이 정착하게 한 신세계마저, 최후의 날 붉게 저물어가는 저녁에 생명도 쓸모도 없는 바윗돌이 되어 차갑게 식어가는 순간까지, 전 세대를 통해 영원히 그들은 하느님의 피조물이기 때문입니다. 한데 그 모든 공허한 소리와 무익한 분노 속에 단 하나의 침묵이 있었어요. 큰소리로 악착같이 떠들어대는 사람들 사이에서 참혹하고 잔혹한 행위는 처음이건 끝이건 참혹하고 잔혹한 행위일 뿐이라 믿을 정도로 단순하고, 그 생각을 실천에 옮길 정도로 투박하며, 무지하고 말도 없는 사람이었지요. 어쩌면 그는 너무 바빠 말할 시간이 없었던 건지도 몰라요.* 모두들 감언이설에서 간청으로, 탄원에서 협박으로 바꿔가며 하느님을 괴롭히는 동안 그 사람은 자신이 무엇을 하려는지 하느님께 미리 알려드릴 생각도 하지 않았지요. 그래서 만일 하느님께서 전지전능하신 분이 아니었더라면, 생각이 단순한 그 사람이 문 위에 걸린 사슴뿔 위에서 조상 대대로 내려오는 장총을 꺼내드는 모습을 보지

---

* 과격파 노예폐지론자였던 존 브라운(1800~1859)을 암시한다. 존 브라운은 노예제도에 찬성하는 남부 사람들을 살해한 사건을 비롯해 여러 폭력 사건에 연루되었으며, 하퍼스 페리 습격 사건으로 전국적인 유명세를 얻었다. 1859년에 흑인 노예들이 탄 하퍼스 페리를 습격해 무기고를 탈취하여 노예들을 무장 봉기시키려 했으나 실패하고 교수형을 당했다. 많은 사학자들이 이 사건이 남북전쟁의 도화선이 되었다고 주장한다.

못하셨을지 모릅니다. 하지만 그 모습을 보신 하느님께서 '내 이름도 브라운이니라' 하시자 그 사람은 '저도 그렇습니다' 하고 말했습니다. 하느님께서는 '나는 그 일에 반대하나니 그러면 우리 둘 중 하나가 브라운이 아니겠구나' 하시자 그 사람이 '저도 반대합니다' 말했고 이에 하느님께서는 득의만면하셔서 '그럼 그 총을 들고 어디를 가는 것이냐?' 물으시자 그 사람이 단 한 문장으로 간단히 대답을 했습니다. 희망도 긍지도 슬픔도 모르시는 하느님이시지만 그 말에 깜짝 놀라셔서 '그렇지만 너희들의 협회, 위원회, 각료들은 다 무엇을 하고 있단 말이냐? 의사록을 쓰고 발의를 하는 과정이나 의회절차 등등은 다 어디로 갔단 말이냐?' 하시자 그 사람은 '저는 그 방식들에 반대하지 않습니다. 시간이 있는 경우라면 그런 방식도 괜찮겠지요. 하지만 저는 단지 백인이라는 이유로 강자가 된 사람들이 검둥이라는 이유로 약자가 된 사람들을 노예로 속박하는 이 제도에 반대할 뿐입니다' 하고 말했지요. 그러자 하느님께서는 이 땅을 다시 한번 돌아보셨습니다. 이 땅을 위해 그 많은 일을 해주신 분이니 아직도 이 땅을 구원하고 싶으셨을 테지요—"

"뭐라고?"

"당신의 피조물이므로 하느님께서는 아직도 아끼시는 여기 사람들에게로 다시 한번 고개를—"

"우리를 다시 돌아보셨다고? 우리에게 고개를 돌리셨다고?"

"이 사람들의 아내나 딸들은 제 집의 노예가 아프면 수프나 젤리 같은 것을 만들어 추운 겨울날에도 쟁반을 들고 진흙탕을 가로질러 냄새나는 오두막으로 가져다주고, 병마가 찾아왔다 물러갈 때까지 냄새나는 오두막에 앉아 난로가 꺼지지 않게 살펴주었어요. 그리고 병이 위중할 때는 농장 저택으로, 어쩌면 손님방으로라도 데려가 그곳에서 간호를 했지요. 백인 주인은 집에서 기르는 가축이 아프더라도 그 정도는 했을 겁니다. 물론 대여해서 쓰는 동물에게는 그렇게 하지 않았겠지요. 하지만 그 정도로는 부족했던 거예요. 그래서 당신의 피조물인 그들에게 긍지와 희망을 품지 않듯 슬픔도 느끼지 않는 하느님이므로 슬퍼하지 않고 이렇게 말씀하셨죠. '인간들은 고통을 당하지 않고서는 아무것도 배울 수 없고 피로써 분명히 보여주지 않으면 기억을 못하는구나.'"

"어느 날 오후 애시비*가 모친의 먼 친척 언니들이라던가, 아니면 그냥 모친의 지인들이라던가 하는 사람들을 방문하기 위해 말을 타고 나섰는데 공교롭게도 소규모 교전을 벌이고 있는 전초부대를 지나게 되었단다. 애시비는 말에서 내려 진홍색 안감을 댄 망토를 깃발로 삼아 한 번도 본 적이 없는 소수의 군인을 이끌고 나아갔지. 그러다 참호에 몸을 숨기고 기다리고 있던 적군과 맞닥뜨렸고. 그들은 산간벽지에서 훈련을 받은 노련한 총잡이들이었어. 그것뿐이 아니야. 아마도 누군가 리**의 작전명령서로 시가 뭉치를 싸가지고 다니다가 시가를 다 피운 뒤 이 종이를 버렸던 모양이야. 그런데 이 종이가 양키 군대의 후방 어느 술집 바닥에 떨어져 있다가 어느 정보장교 손에 들어가버렸단 말이지. 이미 리가 샤프스버그 앞에서 병력을 분할한 후였

---

* 터너 애시비(1828~1862). 남북전쟁 당시 남부연합군의 기병대 사령관.
** 로버트 E. 리(1807~1870). 남북전쟁 당시 남부연합군을 지휘했던 장군. 전쟁 말기에 북군의 율리시스 그랜트 장군에게 패한 후 남부와 북부 간 화해를 주창했던 인물.

는데 말이야. 잭슨*의 경우는 또 어때. 후커**는 적군이 측면으로 돌아서 치고들어올 거라고는 생각도 못하고 있었지만 플랭크로드에 있던 잭슨은 이미 군대를 측면으로 돌려세워놓고 밤이 지나기만 기다렸다가 무자비하고도 가차 없는 공격을 이어나갈 참이었어. 그리하여 챈슬러스빌이 잘 보이는 곳에 앉아 럼주를 마시며 리를 대패시켰노라고 링컨에게 전보를 치고 있을 후커의 코앞으로 오합지졸이 된 북군의 측면 부대 전부를 몰아넣으려 했던 거지. 그런데 하급장교 무리에 둘러싸여 있던 잭슨이 깜깜한 밤중에 아군 순찰병의 총에 맞아버린 거야. 그래서 다음으로 계급이 제일 높은 스튜어트가 그의 뒤를 이어 지휘관이 되었어. 스튜어트는 마치 태어나면서부터 말을 타고 긴 칼을 휘두른 듯이 아주 용맹한 사람이었고, 전쟁의 무차별적 폭력성과 우매함만 빼고 전쟁에 대해서도 알아야 할 것은 이미 다 알고 있었어. 그런데 어땠는지 알아? 리가 미드***라는 적장에 대해 제대로 알지 못해, 세미터리 언덕**** 어딘가에 매복하고 있던 핸콕*****에게 당하

* 토머스 조너선 "스톤월" 잭슨(1824~1863). 남북전쟁 당시 남부연합의 장군으로서 챈슬러스빌 전투에서 로버트 리의 휘하에서 싸웠으나, 아군 초계병의 총에 맞는 사고를 당한다. 챈슬러스빌 전투에서 북부연합군을 측면에서 감싸 공격한 그의 대담한 전략은 후세에도 높은 평가를 받았다.
** 조셉 후커(1814~1879). 남북전쟁 당시 북부연합의 유능한 장교였으나 챈슬러스빌 전투에서 남군의 로버트 리 장군에게 대패했다.
*** 조지 고든 미드(1815~1872). 남북전쟁 당시 북부연합군 장군으로서 1863년 게티스버그 전투에서 남부연합군의 로버트 리를 대패시킨 전적으로 유명하다.
**** 펜실베이니아 주 게티스버그 남쪽의 지형을 뜻하는 말로서 주변 지대보다 솟아오른 지형으로 인해 게티스버그 전투에서 북부연합군에게 유리한 방어막이 되었다.
***** 윈필드 스콧 핸콕(1824~1886). 남북전쟁 당시 북부연합군의 장군이었고 1863년 게티스버그 전투에서 공훈을 세운 전략가로 유명하다.

고 있을 때, 바로 그 스튜어트는 펜실베이니아에서 엉뚱한 곳을 습격하고 다니고 있었다 이거야. 그리고 게티스버그에 있던 롱스트리트*도 마찬가지야. 그도 잭슨처럼 어둠 속에서 부하가 실수로 쏜 총에 맞아 말안장에서 떨어지지 않았니? 이런데도 하느님이 우리를 돌아보셨다고? 우리를 말이냐?"

"안 그랬다면 어떻게 그 사람들을 싸우게 할 수 있었을까요? 잭슨이나 스튜어트, 애시비나 모건, 포레스트 같은 사람들이 아니었다면 누가 그럴 수 있었을까요? 중부나 중서부 농부들을 보세요. 수 제곱킬로미터에 달하는 땅을 소유한 지주들 말고, 가로세로 겨우 100미터나 될까 말까 한 땅에다 노예를 부리지 않고 제 손으로 농사짓던 농부들 말이에요. 목화나 담배나 사탕수수 등은 일절 재배하지 않던 그 사람들은 더 필요한 것도, 더 원하는 것도 없이 살면서 언제라도 태평양 해안 쪽으로 옮겨갈 생각을 하던 사람들입니다. 두 세대 이상 그곳에 머무른 사람들이 많지도 않았어요. 서쪽으로 이동해 가는 도중 짐 끄는 황소가 죽어버렸다거나 수레의 차축이 부서졌다거나 하는 돌발적인 불운이 생겼을 때 그냥 그 자리에 멈춰 정착한 사람들이지요. 그리고 소유한 땅도 없고 모든 것을 물의 무게와 공장의 기계 돌리는 비용으로 측정하는 뉴잉글랜드 지역의 기계공들과, 동부 해안에 들러붙어 아직도 대서양 건너편을 뒤돌아보면서 이 대륙과는 회계사무소를 통해서만 연결된 무역업자들이나 선주들도 있었지요. 그뿐입니까? 신중한 안목이 부족한 사람들, 그래서 허허벌판에 도시개발을 하겠다고

---

* 제임스 롱스트리트(1821~1904). 남북전쟁 당시 남부연합군의 장군. 로버트 리의 최측근 부관으로서 여러 전투에서 공훈을 세웠다.

무모한 개발을 일삼는 사람들도 있었습니다. 그리고 합리적인 판단을 할 예리한 통찰력이 없는 은행가들이 이런저런 자산을 닥치는 대로 저당잡고 있었어요. 무모한 개발업자들이 이젠 내버릴 기회만 노리고 있는 땅은 물론이고, 그들이 새로운 기회를 찾아 서쪽으로 이동할 때 타는 기차나 증기선은 말할 것도 없거니와, 공장이나 기계장치, 그것들을 운영하는 사람들이 사는 공동주택 셋집까지 죄다 그 사람들의 손아귀에 잡혀 있었잖아요. 그리고 제때 이해하고 두려워하며 더 나아가 예견까지 할 수 있는 여유와 시야를 갖지 못했던 사람들도 포함됩니다. 보스턴이 고향이든 아니든 그곳에서 자란 노처녀들, 그 위로도 대대로 이모, 고모, 삼촌 들 할 것 없이 마찬가지로 혼자 몸으로 살면서, 남을 비판하고 고발하는 글을 쓰느라 펜을 들 때 말고는 손에 못이 박일 노동을 해본 적도 없고, 황야란 그저 밀물에 휩쓸려 생긴 거라 생각하며, 천당 말고 우러러보는 곳은 오직 비콘힐*밖엔 없는 사람들 말입니다. 그리고 물론 서부 개척자들을 오합지졸처럼 따르던 야단스런 무리들도 빼놓을 수는 없겠지요. 정치가들의 고함 소리와 하느님의 사람이라 자칭하는 이들의 달콤한 합창 소리도, 그리고—"

"저기, 저기, 잠깐만 기다려봐."

"제 말 좀더 들어보세요. 저는 지금 우리 집의 가장에게, 저 자신도 잘 이해가 안 되지만 어쨌든 제가 해야 할 일에 대해 될 수 있는 데까지 설명을 해보려는 거지 정당화를 하려는 게 아니에요. 제가 왜 그 일을 해야 하는지는 잘 모르겠다고 할 수도 있지만 해야 한다는 것만

---

* 보스턴의 유서 깊은 지역으로서 중심부 언덕에 위치한 등불 신호탑에서 이름이 유래했다. 매사추세츠 주 정부와 입법부를 지칭하기도 한다.

큼은 잘 알고 있어요. 남은 일생 동안 제 자신에게 떳떳하게 살아가기 위해 저는 이 일을 해야만 해요. 그래서 제가 오직 원하는 건 그 일을 평화롭게 해내는 것뿐입니다. 하지만 형님은 이 가족의 가장입니다. 아니 그보다 더한 분이지요. 오래전부터 저는 아버지를 그리워하지 않아도 될 거라는 걸 알고 있었어요. 비록 형님은 지금 새삼 형님 아들이 아쉬울 테지만 말이에요. 하던 말로 다시 돌아가면, 어음을 발행하고 할인하는 업자들, 학교 교장들, 그리고 선생을 자처하고 나서서 가르치고 지도하려 드는 사람들, 굳이 여벌도 없는데 흰 셔츠만 고집해 입으면서 한쪽 눈으로는 자신을 쳐다보고 다른 한쪽 눈으로는 서로를 주시하는 얼치기 지식인들까지 다 포함해, 그 사람들을 다른 누가 전쟁에 나서게 할 수 있었을까요? 그들을 공포와 두려움에 몰아넣어 서로 어깨를 맞대고 심지어는 말까지 잠시 멈춘 채 한 곳을 바라보게 만든 사람들, 그들이 아니라면 누가 그런 일을 할 수 있었을까요? 그 일이 있고 2년이 지나고도 북부 사람들은 여전히 공포에 질려 어떤 이는 수도를 외국으로 옮기자고 진지하게 제안할 정도였다고 합니다. 남부의 백인 남자 인구를 다 합쳐봐야 북부의 큰 도시 하나를 겨우 채울 정도밖에 안 되는 숫자인데도, 그런 남부 사람들에게 유린당하고 강탈당할까봐 북부에서는 그렇게 떨고 있었다는 거 아닙니까? 누가 그렇게까지 할 수 있었을까요? 계곡전투*에서 잭슨이 어땠는지

---

* 1862년 남북전쟁 중 버지니아 주 셔낸도 계곡에서 남부연합군의 토머스 스톤월 잭슨 소장이 17,000명의 군사를 이끌고 52,000명의 북부연합군을 상대로 승리를 거둔 전투. 48일간 1000킬로미터 이상을 행군하며 대담하고 신속하고 예측 불가한 전략으로 교전을 치른 끝에 북부연합군의 전력을 크게 소진시키고 남부연합군의 방어선을 지켰다.

생각해보세요. 세 부대가 별도로 그를 잡으려고 애를 썼지만 도대체 자신들이 전투에서 퇴각을 하고 있는지 전장으로 진격하고 있는지조차 모른 채 휘둘려 다녔고, 스튜어트는 관할 부대 전체를 거느리고 이 대륙 초유의 규모였던 적군의 후방을 샅샅이 돌며 정찰했으며, 모건* 은 기병대를 이끌고 좌초된 군함을 향해 공격을 감행하기도 했지요. 이 사람들이 아니었다면 그 누가 면적이 열 배가 넘고 병사 수가 백 배가 넘으며 자원이 천 배가 넘는 군사에 대항해 전쟁을 선포할 수 있었을까요? 전쟁에서 성공하기 위해 필요한 것이 통찰력도, 기민한 판단력도, 정치도, 외교도, 재력도 아니고, 심지어 강직한 성품이나 단순한 산술적 계산도 아니며, 단지 땅을 사랑하는 마음과 용기라는 사실을 믿는 사람들이 아니었다면 과연 누가 그런 일을 해낼 수 있었을까요?"

"고결하고 용맹한 혈통과 말을 탈 수 있는 능력도 필요하지. 그걸 빼놓지 말거라." 매캐슬린이 말했다. 어느새 저녁이 되어 있었다. 노을에 물든 10월의 고요한 하늘에는 바람 한 점 없었고, 장작 연기가 하늘에 어지러운 무늬를 그려내고 있었다. 목화는 이미 오래전에 따서 씨 빼는 작업까지 마친 뒤였고, 지금은 수확한 옥수수를 가득 실은 수레들이 온종일 들판과 저장고 사이를 오가며, 묵묵히 견디는 땅 위에 긴 행렬을 그리고 있었다. "그래, 어쩌면 하느님께서 바라신 것이

---

* 존 헌트 모건(1825~1864). 남북전쟁 당시 남부연합군의 장군. 기병대 지휘관으로서 1862년 감행한 "모건의 습격"으로 유명하다. 부대를 이끌고 테네시 주에서 켄터키 주를 거쳐 남부 오하이오 주까지 1600킬로미터가 넘는 구간을 행군하여, 남부연합군 사상 가장 북쪽까지 뚫고 들어가 북부 전선을 교란시켰다.

그것이었는지도 모르지. 어쨌든 그런 상황을 보시게 된 거야." 그의 눈앞에 또하나의 환영이 떠올랐다. 이번에는 아무런 해를 끼칠 수 없는 장부의 누렇게 바랜 책장이 하나둘 넘어가는 모습이 아니라, 어떤 시절에 대한 좀더 가혹한 연대기, 매캐슬린이 열넷, 열다섯, 열여섯의 나이에 목격한 일이었다. 세상이 물에 잠길 때 태어나지도 않았던 노아의 손주들이 홍수를 유산으로 물려받았듯, 그 역시 이 시절의 유산을 물려받았다. 그것은 세 부류의 종족이 서로에게 적응하기 위해, 그리고 그들이 창조했거나 물려받은 새로운 땅에 적응하기 위해 애를 썼던 어둡고 부패한 시절, 피로 물든 시절의 이야기였다. 그곳은 그 땅을 잃은 자들도 얻은 자들과 마찬가지로 그곳을 얼마든지 떠날 자유가 있었다는 이유로 모두가 함께 살아야 했던 땅이었다. 첫번째 종족은 아무런 경고도, 준비할 틈도 없이 하루아침에 자유와 평등을 떠안게 된 사람들이었다. 그들은 어떻게 사용해야 할지, 혹은 어떻게 견뎌내야 할지 훈련도 받지 못한 채 너무나 갑자기 얻게 된 자유를 오용했지만 그것은 그들이 철부지 아이들처럼 무지해서도 아니고 너무나 오랫동안 속박되어 살다가 갑자기 자유를 얻게 된 나머지 어쩔 줄 몰라 그런 것도 아니었다. 그저 그들이 인간이기 때문에, 자유를 오용하는 것이 인간의 습성이기 때문이었다. 그래서 그는 생각했다. '인간이 자율과 방종이 어떻게 다른지 제대로 구분하기 위해서는 고난을 통해서 배우는 지혜조차 뛰어넘는 다른 종류의 어떤 지혜가 필요한가보다.' 두번째 종족은 참정권이 당연한 권리가 아니라 변칙 또는 역설이 되는 상황을 고수하고 변화를 막아내기 위해 4년 동안 싸운 전쟁에서 패한 사람들이었다. 그들이 싸운 이유는 자유 자체에 반대해서가 아

148

니었다. 옛날부터 사람들이 (장군이나 정치가가 아니라 그냥 사람들이) 항상 전쟁에서 싸우고 죽고 해왔던 이유, 다시 말해 현상유지를 위해서라든가, 아니면 자라나는 아이들을 위해 더 나은 미래를 만들겠다든가 등등의 목적을 갖고 싸운 것이었다. 그리고 마지막으로, 두 종족 간의 적대와 미움과 공포만으로는 아직 부족하다는 듯 세번째 종족이 갈등에 한 축을 더했다. 그들은 자기들과 비슷한 피부색에 같은 피가 흐르는 어떤 종족과 어찌나 이질적인지 차라리 피부색도 피도 다른 인종과의 차이가 더 적을 지경이었다. 이들은 세 종족의 특징을 모두 갖고 있으나 자기들끼리는 너무나도 이질적이었다. 그들 사이에 유일한 공통점이 있다면 그것은 약탈과 강탈에 대한 맹렬한 의지였다. 싸우지도 않으면서 전쟁터 뒤꽁무니를 따르고, 조력한 일도 없으면서 승전의 결과물을 물려받은 이들은 중년의 병참 장교나 종군 상인들, 군용 담요나 신발, 운송용 노새 등을 공급하는 업자들의 아들들로 구성되어 있었고 축복받지는 않았을지언정 허가와 보호를 받으며 이 땅에 그들의 뼈를 남겼다. 그리고 다음 세대에 가서는 자기들이 싸워 해방시켰다 주장하는 흑인들을 대상으로 영세농장 간 사업 경쟁을 격렬하게 벌였다. 이들은 노예 상속을 거부한 사람들로 비춰지지만 사실 상속을 거부할 노예도 없었던 백인 아비들의 자손들로서, 삼대째에 이르면 다시 이름 없는 조그만 카운티 시트에 자리를 잡고 이발사나 자동차 정비공, 보안관 대리, 방앗간이나 목화 가공공장 일꾼, 발전소의 화부 등으로 일하며 폭도들을 이끌게 된다. 그들은 처음에는 평복을 입고 다녔으나 나중에는 머리까지 흰 천을 뒤집어쓴 정식 복장에 암호를 사용하고 불타는 기독교 상징물을 지닌 채, 그들의 조상이 이곳으로 와 구원해주려 했던 종족에게 린치를 가했다. 이들 외에도, 인간의 고난을 놓고 투기하는 자들, 돈과 정치와 땅을 교묘히 조작하는 자들로 이루어진 이름 없는 무리들도 있었다. 재앙이 일어나는 곳마다 쫓아다니는 이들은 베짱이가 제 몸을 보호하듯 스스로를 보호하기에 하늘의 축복도 필요 없었으며, 쟁기나 도끼자루를 들고 땀 흘려 일해본 일이 없으면서도 배불리 잘살다가 뼈조차도 남기지 않고 사라졌다. 인간의 육신에서 비롯된 것 같지도 않고, 열정이나, 하다못해 정욕의 행위에 의해 태어난 것도 아니며, 조상도 없이 저절로 생긴 것처럼 보이는 사람들이었다. 그리고 아무런 보호도 없이 나타난 유대인들이 있었다. 2000년 동안 그들은 스스로를 보호하거나 보호를 구하는 습성에서 벗어나 메뚜기 떼만큼의 결속력도 없는 고독한 존재가 되었다. 하지만 이들이 일말의 용기나마 지녔다고도 할 수 있는 이유는 그들이 단순히 약탈을 위해 이곳에 온 것이 아니라, 영원히 이방인으로 살지언정 자손들이 정착하고 견뎌내며 살 만한 곳을 찾아주기 위해 온 것이라는 사실 때문이었다. 그들은 축복받지 못한 사람들이었다. 2000년 전, 동화 같은 이야기로 서양 세계를 정복한 이래 지금까지 복수를 당하며 서양 세계를 이리저리 떠돌고 있는, 따돌림 받는 민족이었다. 매캐슬린 형은 그 시절 일을 직접 목격했으나, 그는 거의 여든 살이 된 후에도 그것을 자신이 직접 보았는지, 아니면 사람들에게 들어 안다고 생각하는 것인지 확신할 수 없었다. 불빛 하나 없는 황폐하고 텅 빈 땅에서 여자들은 문을 잠그고 아이들을 감싸 안은 채 웅크리고 있었고, 흰옷에 얼굴엔 가면을 쓴 남자들이 고요한 길 위를 말을 타고 달렸다. 흑인 백인 할 것 없이, 인적이 드문 곳에서 나뭇가지에 시체로 매달려 있었다. 그들을 희생시킨 것은 증오라기보다는 자포자기와 절망이었다. 투표소에서는 한 손에는 잉크를 묻힌 펜을 들고 다른 한 손에는 아직 잉크가 마르지도 않은 투표용지를 든 남자들이 총에 맞아 죽었다. 그리고 제퍼슨 시의 미합중국 법원 집행관 중 시키모라는 자는 해방된 노예로서 제 이름도 쓰지 못해 공문서에 서투른 십자가 표시로 서명을 했다. 시키모가 아직 노예 신분이었을 적에 사람들에게 술을 팔고 다닌 경력이 있었는데, 그것은 의사이자 약재상이었던 예전 주인을 위해 한 일이 아니었다. 그는 주인이 곡물에서 추출해놓은 알코올을 훔쳐 물에 희석한 다음 500밀리리터 정도 되는 병에 담아 약방 뒤편 커다란 플라타너스 나무뿌리 아래 은닉처에 숨겨두고 몰래 팔아 돈을 벌었다. 그는 백인과의 혼혈로 태어난 여동생이 연방 헌병대 부사령관의 첩이었던 덕에 그런 고위 공직을 얻었다. 매캐슬린이 이번에는 어딜 보라는 말도 없이 그저 막연히 한 손을 들었다. 그런 다음, 딱히 무언가를 가리키지도 않은 채, 장부가 있는 선반 쪽이 아니라 책상 쪽으로 손을 뻗었다. 배급소 한구석에 놓여 있는 책상 옆 바닥에는 백인 주인이 책상에 앉아 더하기, 곱하기, 빼기를 하며 계산을 하는 동안 그 옆에 서서 기다리던 사람들의 무거운 신발에 20여 년 동안 조금씩 마모되어 움푹 들어간 자리가 있었다. 그 역시도 직접 본 자국이었고, 남북전쟁에서 항복한 후 23년, 노예해방 선언이 있은 후 24년이 지난 지금도 여전히 보고 있는 자국이기에 그는 굳이 그쪽으로 눈을 돌릴 필요가 없었다. 그리고 지금 새로운 장부들은 캐로더스 할아버지나 아버지, 그리고 버디 삼촌은 꿈도 꾸지 못했을 정도로 많은 새로운 이름들이 빠른 속도로 공백을 채워나가면서 한 권 한 권 계속 늘어나고 있었다. 새로운 이름들, 그리고 그 이름 들과 짝을 이룬 새로운 얼굴들 속에서 아버지나 삼촌도 알아볼 만한 옛사람들은 죽거나 없어졌다. 토미의 아들 터럴이 죽었고, 장부도 쓸 줄 모르는데다 농사도 지을 줄 몰라, 불쌍하리만큼 이 농장에 어울리 지 않았던 퍼시벌 브라운리도 마침내 그에게 딱 맞는 자리를 찾았다. 그는 소년의 아버지가 농장을 떠나 있던 1862년에 다시 나타나 적어 도 한 달 이상을 농장에서 살았다. 그는 검둥이들을 모아 즉석 부흥회 를 열었고 설교도 하고 그 높고 달콤한 소프라노 목소리로 찬송가도 부르며 지내다가 연방 기병대의 추격을 피해 전속력으로 도주하면서 다시 농장에서 사라졌다. 그가 세번째이자 마지막으로 다시 출현했을 때는 이동중인 육군 경리관 수행단 속에 섞여 있었는데, 경리관과 브 라운리는 공교롭게도 소년의 아버지가 그 광장을 가로질러가던 바로 그 순간(1866년의 일이었다) 마차를 타고 제퍼슨을 지나는 중이었다. 소년의 아버지 일행은 조용한 시골 풍경을 배경으로 쏜살같이 지나가 는 마차에 앉은 두 사람의 모습을 언뜻 보고, 아내가 집을 비운 사이 여행을 떠나는 남편과 아내의 몸종을 보는 듯한, 도피 또는 불륜의 휴 일 같은 인상을 받았다. 그때 일행을 얼핏 쳐다본 브라운리가 예전 주 인 하나를 알아보고는 반항하는 여자 같은 눈길을 던지더니 마차에서 뛰어내려 다시 도망쳤고 그 뒤로 다시는 나타나지 않았다. 그리고 20 년이 지나 매캐슬린이 우연히 그에 대한 소문을 들었는데, 살집 두둑 한 노인이 된 브라운리는 뉴올리언스에서 고급 매음굴을 운영하며 부 유하게 살고 있다고 했다. 그 외에, 테니 아들 짐도 사라진 후 아무도 소식을 몰랐고, 폰시바는 아칸소에서 다달이 3달러를 받으면서 렌즈

없는 안경에 예복 코트를 입고 봄이 오면 할 일을 계획만 하는 학자 남편과 살고 있었으며, 남은 것은 막내 루카스뿐이었다. 캐로더스 영감의 불운하고 치명적인 피를 받은 아들과 손자들은 모두 사라지고 그 자신마저도 그 피를 거부, 회피하려 하는 지금, 그를 제외하면 남은 혈육은 루카스뿐이었다. 열네 살 소년 루카스는 매캐슬린이 날마다 선반에서 꺼내 일지를 기록하는, 티끌 하나 없이 깨끗한 새 장부에 6년 후에나 등장하게 될 예정이었다. 그 장부는 200년 동안 기록했지만 완성하지 못했을뿐더러 앞으로 100년이 지나도 청산하지 못할 기록의 연장이었다. 어느 땅 전체의 역사가 축소판으로 그 연대기에 담겨 있어, 이를 곱하고 조합하면 전쟁에서 항복한 이후 23년, 노예해방 이후 24년에 걸친 남부 전체의 역사가 될 것이다. 당밀과 옥수숫가루와 고기, 신발과 밀짚모자와 작업복, 밭 가는 말의 고삐와 목테와 나사못과 쟁기용 부속품 등등이 조금씩 천천히 지출되고 나면 매년 가을 목화의 형태로 소득이 되어 돌아왔다. 소득과 지출이라는 두 가닥의 실은 마치 진실처럼 끊어질 듯 연약하고 적도처럼 만질 수 없지만, 목화를 딴 사람들을 그들이 흘린 땀으로 얼룩진 바로 그 땅에 평생 묶어둘 수 있을 만큼 굳건한 밧줄과도 같았다. 그가 다시 말을 이어갔다.

"그래요. 잠시만 더, 아주 잠시만 더 그들을 예속시켜두신 겁니다. 한 세대 동안만, 아니면 자식 세대까지만, 그도 아니면 자식의 자식 세대까지만 그 사람들을 예속된 상태로 놔두시려는 거예요. 하지만 언제까지나 그 상태로 남아 있진 않을 겁니다. 그들이 견뎌낼 테니까요. 그들은 우리보다 더 오래 존속할 거예요. 왜냐하면—" 잠시 말문이 막힌 듯했으나 그것은 스스로에게나 겨우 감지될 만한 머뭇거림이었다. 아무리 상속 거부 의사를 표명하기 위해서라지만, 다음에 이어질 말은 도피를 원하는 그 자신에게조차 이단처럼 느껴졌고 심지어 매캐슬린 형님에게도 할 수 없는 말 같았다. (아마도 그것이 도피를 원하는 그의 현실이자 진실일 것이었다.) 그런 말이 이단처럼 느껴진다는 것은 그가 아무리 도피를 원한다 해도 결국은 자신이 할아버지와 별반 다르지 않은 인간이라는 뜻이기도 했다. 한 인간이 자신의 소유물인데다 나이가 찬 여자라는 이유로 그녀를 남자 혼자 사는 집으로 불러 자기 아이를 갖게 해놓고, 열등한 인종이라는 이유로 그 여자를 버린 노인, 그리고 아이에게 1000달러를 유산으로 남겼으나 자신이 죽은 후 직접 관여할 필요가 없을 때 지불하게 한, 회개를 모르는 사악한 그 노인과 자신이 스스로 두려워했던 것 이상으로 닮아 있다는 뜻이었다. "그래요. 하느님께서 원해서 그렇게 하신 것이 아니라, 그렇게 하셔야만 했던 겁니다. 왜냐하면 그들은 견딜 테니까요. 그들은 우리보다 더 나은 사람들이에요. 우리보다 더 강한 사람들이라고요. 그들의 악덕은 백인에게서 본받았거나 배운 악덕이며, 예속된 처지에서 어쩔 수 없이 터득한 악덕입니다. 대책 없고, 무절제하고, 회피하는 성향 말이에요. 하지만 그것은 그들에게 힘을 키워주려는 목적도 편안한 삶을 주려는 의도도 없었던 백인들이 그들에게 부과한 의무에 대한 회피였을 뿐, 게으름이 아닙니다. 그들의 악덕—" 이때 매캐슬린이 끼어들었다.

"좋아. 계속 해봐. 성적 문란, 폭력, 불안정, 자제력 부족. 내 것과 남의 것을 구분하지 못하는 우둔함은—"

"구분을 어떻게 하겠어요? 200여 년간 그들에게 내 것이란 존재하지도 않았는데요?"

"좋아. 계속해봐. 그 사람들의 미덕은—"

"네. 그들의 인내심—"

"그건 노새에게도 있지."

"연민과 아량과 관용과 신의와 아이들을 사랑하는—"

"그건 개에게도 있지."

"자기 자식이든 아니든, 흑인이든 아니든 사랑해주는 마음. 그리고 더 있어요. 그들이 가진 미덕은 백인에게서 배운 것도 백인들에 대한 반동으로 생긴 것도 아닙니다. 아주 오래전, 우리보다 더 오래 자유를 누리고 살던 그들의 조상으로부터 받은 것이니까요. 사실 우리는 제대로 자유로워본 적도 없으니까." 그리고 그는 매캐슬린의 눈을 들여다보았다. 7년 전 어느 여름 황혼녘의 그날이 그의 눈에 담겨 있었다. 야영지에서 돌아온 지 일주일이 거의 다 되어가는 날이었다. 소년은 매캐슬린이 야영지에서 있었던 일을 샘 파더스에게 들었다는 사실을 모르고 있었다. 그것은 늙은 곰의 이야기였다. 살아남기 위해서 맹렬하고 무자비했을 뿐만 아니라 자율과 자유에 대한 맹렬한 긍지로 인해 또한 무자비했던 곰이었다. 자율과 자유를 지키려는 투철한 의지와 긍지를 지닌 그 곰은 그것이 위협받는 모습을 공포나 경계심이 아니라 희열을 느끼며 지켜보았고, 그것을 더 잘 음미하기 위해 일부러 위험에 빠뜨렸으며, 그것을 지키고 보존하기 위해 늙고 단단한 제 뼈와 육신을 유연하고 날렵하게 유지했다. 그리고 노인의 이야기이기도 했다. 그는 검둥이 노예와 인디언 추장의 아들로서, 고난을 통해 겸손을 배우고 고난을 견디는 인내를 통해 긍지를 배운 종족의 연대기를 한 손에 물려받았고, 다른 한 손에는 그 종족보다 더 오래 이 땅에서 살아온 다른 종족의 연대기를 물려받았다. 그러나 지금은 늙고 자식도 없는 검둥이 인디언과 불굴의 야생 정신을 지닌 늙은 곰이 나누는 고독한 형제애 속에서만 존재하는 늙은이였다. 그것은 또한 소년의 이야기였다. 솜씨 좋고 쓸모 있는 사냥꾼이 되기 위해 겸손과 긍지를 배우고자 했던 소년이었다. 하지만 노력만 했을 뿐 아직 겸손과 긍지가 무엇인지 제대로 배우기도 전에 너무 빨리 솜씨를 터득하는 바람에 소년은 쓸모 있는 숲 사람이 되지 못할까봐 두려워했다. 어느 날, 겸손이 무엇이고 긍지가 무엇인지 설명할 줄도 모르는 한 노인의 손에 이끌려 간 곳에서 소년은 늙은 곰과 조그만 잡종개를 보고, 겸손이든 긍지든, 둘 중 하나만 얻으면 둘 다 가질 수 있다는 것을 깨달았다. 그 개는 이름도 없고 여러 씨가 뒤섞인 잡종인데다가 다 컸는데도 어찌나 작은지 몸무게가 3킬로그램도 채 되지 않았다. 저보다 월등히 작은 짐승은 어디에서도 찾아보기 힘들겠기에 위험하다 할 수도 없고, 아무리 짖어댄들 소음으로밖에 들리지 않으므로 사나울 수도 없으며, 무릎을 꿇으려 해도 이미 너무 바닥 가까이 붙어 있어서 겸손할 수도 없고, 드리운 그림자를 보고 궁금해하며 가까이 다가와 유심히 살펴본 사람이 없기에 긍지를 가질 수도 없는 개였다. 개에게는 영원히 죽지 않는 영혼이란 없다고들 하니 천당에 갈 수도 없겠지만 정작 저 자신은 그것조차 모르니, 할 수 있는 일이라고는 용감해지는 것밖에 없었다. 사람들은 그마저도 소음이라 하겠지만. "그런데 넌 쏘지 않았잖아." 매캐슬린이 말했다. "얼마나 가까이 있었니?"

"잘 모르겠어요." 그가 말했다. "오른쪽 뒷다리 안쪽에 커다란 진드기 한 마리가 붙어 있는 걸 봤어요. 하지만 그땐 총이 없어서."

"총이 있을 때도 넌 쏘지 않았어." 매캐슬린이 말했다. "왜 그랬니?" 하지만 매캐슬린은 대답을 기다리지 않고 자리에서 일어나, 소년이 2년 전에 사냥한 곰의 털가죽과 소년이 태어나기도 전에 자신이 잡은 좀더 큰 곰의 털가죽을 밟고 걸어갔다. 그리고 소년이 처음으로 잡아 박제한 수사슴의 머리 아래로 가 책장에서 책 한 권을 꺼낸 후 다시 자리로 돌아와 앉아 책을 펼쳤다. "잘 들어봐." 그는 시 한 편을 5연까지 소리내어 읽은 후 손가락을 책장 사이에 끼운 채로 책을 덮고 나서 위를 쳐다보았다. 매캐슬린은 "좋아. 다시 들어봐" 하고 말한 후 이번에는 한 연만 다시 읽고 책을 완전히 덮어 탁자 위에 올려놓았다. 그리고는 시구를 읊었다. "너 비록 지극한 희열은 얻지 못할지라도 그녀는 빛바래는 일 없을 테니. 너는 영원히 사랑할 것이고, 그녀는 영원히 아름다우리라."*

"여자에 대해 말하고 있네요." 그가 말했다.

"분명 무엇인가에 대해 말하고 있겠지" 하고 응대한 매캐슬린이 다시 말을 이었다. "진리에 대해 말하고 있는 거다. 진리는 하나야. 변하지 않지. 진실은 마음에 와 닿는 모든 것을 아우른다. 명예, 긍지, 연민, 정의, 용기, 사랑, 이 모든 것을. 이제 알겠니?" 그는 알 수가 없었다. 어쩐지 진리란 그보다 더 단순할 것만 같았다. 연인에게 더이상 다가갈 수는 없지만 더이상 멀어지지도 않을 테니 슬퍼할 필요가 없는 젊은이에 대한 이야기보다는 좀더 단순할 것 같은 생각이 들었다. 그는 늙은 곰에 대해 늘 들어왔고 마침내 그 곰

* 영국의 낭만주의 시인 존 키이츠의 「그리스 옛 항아리에 부치는 노래*Ode to a Grecian Urn*」의 2연.

을 사냥할 수 있을 만큼 자랐다. 4년 동안 곰을 쫓아다닌 끝에 드디어 총을 지닌 채 곰과 대면했으나 쏘지 않았다. 그 이유는 조그만 개가 달려나가, 아니 사실은 그 개가 곰이 서 있는 곳까지 20미터를 달려가기 훨씬 전부터 그에게는 곰을 쏠 수 있는 기회가 있었다. 그리고 올드벤이 뒷발로 서서 그들의 머리 위로 솟아오르던, 그 영원히 지속될 것 같던 순간에 샘 파더스 역시 언제든 곰을 쏠 수 있었다…… 그는 생각을 멈췄다. 계속 말을 하고 있던 매캐슬린이 그를 쳐다보았다. 그의 말과 목소리가 주위의 황혼처럼 고요했다. "용기와 명예와 긍지와 연민. 그리고 정의와 자율에 대한 사랑. 이 모든 것이 마음을 움직인다. 그리고 마음을 움직이는 것이 바로 우리가 알고 있는 진리가 된단다. 이제는 알겠니?" 그리고 황혼이 내린 농장 배급소에 앉아 있는 지금 이 순간에도 7년 전 황혼녘에 들은 그 말이 여전히 귓전에 울리는 것 같았다. 그때보다 크지도 않은 소리였다. 앞으로도 영원히 귓가에 맴돌 말이므로 사실 더 클 필요도 없었다. 살짝 추켜올린 입가에 보일 듯 말 듯 서린 희미하고 쓸쓸한 미소 너머로 매캐슬린의 눈을 들여다보기만 하면 될 터였다. 그의 혈속이자 아버지 같은 존재인 매캐슬린은 구시대에 속하기엔 너무 늦게 태어났고 새로운 시대에 속하기엔 너무 빨리 태어난 사람이었다. 이제 두 사람은 그들의 황폐한 유산, 마취제도 없이 수술을 받은 동물처럼 엎드려 숨을 몰아쉬고 있는 어둡고 피폐한 고향 땅을 배경으로 서로에게 이방인이 되어 나란히 서 있었다.

"그래. 내가 졌다. 그러니까 이 땅은 자연히, 의심할 나위 없이, 저주를 받은 거야."

"저주를 받았지요." 다시 매캐슬린이 아무 말도 없이 한 손을 들어올렸다. 딱히 장부 쪽을 가리킨 것도 아니었다. 마치 환등기가 렌즈의 시야에 포착된 자질구레하고 세세한 것들을 한순간의 화면에 모두 압축시켜 보여주듯이, 매캐슬린의 재빠르고 미세한 손짓 하나가 비단 장부뿐만 아니라 농장을, 그 뒤얽히고 복잡한 실체 전부를, 황혼에 물든 이 작고 비좁고 어수선한 공간에 환영처럼 불러들인 것 같은 느낌이 들었다. 저 땅, 저 밭과 그것이 내포하는 모든 것, 다시 말해, 밭에서 재배하여 가공하고 판매하는 목화, 남녀 일꾼들이 그 목화를 심고 기르고 따고 씨를 빼는 노동, 그 노동의 대가로 부담하게 되는 일꾼들의 숙식비뿐만 아니라 크리스마스 같은 명절에 그들에게 지불하는 약간의 현금, 그리고 목화 재배를 위해 쓰는 기계, 노새, 장비, 그리고 그것들을 사고 유지하고 교체하는 비용까지 밭이 내포하는 모든 것이 그 손짓에 담겨 있었다. 아울러, 그 손짓은 부당한 제도를 기초로 삼아 가혹한 약탈을 통해 세운 조직, 때로는 인간뿐만 아니라 유익한 동물에게까지 엄청난 만행을 가함으로써 유지해온 복잡하게 뒤얽힌 조직, 그러면서도 수익성 있고 효율적인데다 지속적으로 규모를 확장해온 조직을 가리키고 있었다. 그것은 20년 전, 자신도 어린애에 지나지 않았던 매캐슬린이 열 명 중 한 명 정도만 겨우 살아남았던 절망적인 실상과 혼란을 극복하면서 지키고 키워낸 농장이었다. 그리고 매캐슬린과 그의 후계자들이 남아 있는 한, 비록 그 후계자들의 성이 에드먼즈조차 아닌 영 다른 사람들일지도 모르지만, 이 농장은 계속 수익성과 효율성을 갖추고 규모를 확장해나갈 것이었다. 그가 다시 말했다. "저도 졌습니다. 왜냐하면 이걸로 끝이니까요. 이 땅 말고 우리 말이에요. 혈통뿐만 아니라 이름까지, 피부색뿐만 아니라 명칭까지 이젠 끝이니까요. 이 가문에서 성이 에드먼즈인 사람들은 백인이긴 하지만 모계 혈통이어서 아버지 성을 따를 수밖에 없고, 성이 비첨인 사람들은 부계 혈통에다 항렬도 높지만 흑인이잖아요. 게다가 그 사람들은 아버지라 부를 수 없는 자기 아버지의 성만 아니면 어떤 이름을 갖다 붙여도 아무도 상관하지 않았을 것이고—"

"지금 내가 무슨 말을 하려는지 네가 안다는 걸 나도 안다. 그렇지만 다시 한번 내 말 좀 들어봐. 또 한 명이 있지 않니. 삼대째에 말이다. 남자인데다 항렬도 가장 높고, 하나뿐인 직계 자손에 백인일 뿐 아니라 성이 매캐슬린이기까지 하고, 아버지에서 아들로 또 그 아들로 이어온—"

"저는 자유의 몸이에요." 매캐슬린은 이번에는 손짓마저도 하지 않았다. 누렇게 변해가는 장부를 암시하지도 않았고 환등기의 영상처럼 눈앞에 펼쳐지는 농장 전체를 떠올리게 하지도 않았다. 다만, 진실처럼 강하고 악처럼 꺾이지 않고 인생보다 긴, 연약하고도 질긴 끈을 떠오르게 했다. 그 끈은 기록이나 유산을 모두 뛰어넘어 아득한 옛날로 뻗어나가 캐로더스 영감의 할아버지조차 이름을 들어본 적이 없는, 지금은 뼈로 묻힌 이들의 정욕과 열정, 희망, 꿈, 슬픔에 그를 동여매는 것 같았다. 그가 말했다. "그것으로부터도 전 자유로워요."

"선택받은 거지. 넌 아마, 그래 내가 인정할게, 네 시대로부터 하느님의 선택을 받은 걸 거야. 벅과 버디 아저씨도 어쩌면 네 말처럼 그분들의 시대로부터 하느님의 선택을 받은 건지도 모르지. 어쨌든 하느님께서는 곰 한 마리와 노인 한 명, 그리고 4년이라는 시간을 단지 너 하나를 위해 쓰셨어. 그리고 너희 셋이 그 순간을 함께하기까지 너는 14년이 걸렸고 올드벤도 그 정도의 시간, 아니 어쩌면 더 많은 시간이 걸렸을 거고 샘 파더스에게는 70년이 넘는 세월이 필요했던 거지. 그런데 너는 단 한 명에 불과하잖아. 그러면 얼마나 더 오랜 세월을 기다려야 모든 준비가 될까? 얼마나 더 오래?"

"오래 걸리겠지요. 그런 날이 금방 올 거라고 말한 적 없어요. 하지만 그래도 괜찮아요. 그들은 견딜 것이기 때문에—"

"그리고 어찌 되었든 너는 자유로울 거라는 거지. 하지만 그렇지 않아. 지금도, 앞으로도 우리는 그들로부터, 그들은 우리로부터 자유로울 수 없어. 그래서 나 역시 거부할 거다. 네 말이 사실이라는 것을 안다 해도 부인할 거야. 그럴 수밖에 없을 거야. 너도 내가 달리 어쩔 수 없다는 걸 알 거다. 나는 그냥 나야. 난 언제나 타고난 본성 그대로, 여태 살아온 모습 그대로야. 그리고 나 같은 사람들은 더 있어. 나 말고도 더 있단 말이야. 네가 하느님의 실패한 첫번째 계획이라 이름 붙였던 그 과정에서 벅과 버디 아저씨 같은 사람들이 여럿 있었던 것처럼 말이다."

"그리고 저 같은 사람들도 많아요."

"그렇진 않아. 너 같은 사람은 많지 않아. 자, 내 말 잘 들어봐. 네가 그랬지? 이케모튜베가 할아버지에게 이 땅을 팔 수 있음을 깨달은 순간 이 땅은 사실 그 사람의 땅이 아니게 되었다고 했지? 좋아. 계속해보자. 그러면 그 땅은 이케모튜베의 아들 샘 파더스의 것이었겠지. 그러면 샘 파더스는 너 아니면 누구에게 이 땅을 물려주었겠어? 너는, 어쩌면 분까지 포함해, 그 사람의 상속자 아니냐. 삶의 유산은 아닐지언정 죽음의 유산을 물려받은 것이 바로 너희들이니까."

"그래요. 샘 파더스가 저를 자유롭게 해줬어요." 아직 아이크 아저씨로 불리기 전의 아이작 매캐슬린이었다. 세월이 흐른 후, 그는 그 지역 아이들 절반을 조카로 두었으나 정작 본인의 자식은 하나도 없이, 제퍼슨에 있는 하숙집의 조그맣고 어수선하고 난방도 안 되는 방에서 살았다. 재판 기간에는 소배심원들이 와서 머무르기도 하지만 대개는 떠돌이 말 장수, 노새 장수들이 묵는 그 하숙집에서 그의 살림은 새로 산 목공 연장세트와 그의 이름을 은 상감으로 새겨 매캐슬린이 선물한 산탄총, 콤슨 장군의 나침반(그리고 장군이 죽고 난 후에는 그의 은장식 뿔나팔), 철제 침대와 매트리스, 60년이 넘는 세월 동안 매년 가을 숲으로 갈 때마다 가지고 다녔던 담요, 그리고 반짝이는 양철 커피 주전자가 다였다.

그가 외삼촌이자 대부였던 휴버트 비첨으로부터 받은 유물이 있었다. 휴버트 삼촌은 허세가 심하고 고함을 잘 지르며, 건장한 체격에 애처럼 단순한 사람이었다. 1859년, 버디 삼촌은 포커에서 휴버트 삼촌을 이겨("스트래이트가 돼어 트리플을 이길수 잇을것 가탓음. 3점짜리가 나올것 가탓음. 콜을 않햇음.") 테니를 따낸 후 토미 아들 터럴에게 시집보냈다. 휴버트 삼촌의 유물은 죽음의 공포로 움츠러든 사람이 최후의 심판을 목전에 두고, 이승에 마지막 간절한 뇌물을 남기려는 마음에 떨리고 힘없는 손으로 휘갈겨쓴 흐릿한 글 따위가 아니었다. 그것은 손에 들면 묵직하고 눈으로 봐도 상당한 크기에다 소리로도 확인할 수 있는 유물, 바로 은컵에 가득 채운 금화였다. 대부는 금화가 담긴 은컵을 삼베자루에 담은 후 밀랍을 녹여 그 위에 자신의 반지로 인장을 찍어 봉인해두었다. 휴버트 삼촌이 돌아가시기 전부터, 그리고 그가 그 물건의 주인이 될 성년이 되기 훨씬 전부터, 그 유물은 봉인도 뜯기지 않은 채 가문의 전설이자 수호신이 되어 있었다. 그의 아버지와 휴버트 비첨의 여동생이 결혼을 한 후 부부는 농장 저택으로 거처를 옮겼다. 캐로더스 영감이 짓기 시작했으나 완공하지 못했던 거대한 동굴 같은 그 저택에서 아직 떠나지 않고 남아 있던 검둥이들을 내보낸 후, 부부는 새 신부의 지참금을 이용해 만들다 만 창문과 문 정도만 최소한으로 정비했고, 이후 저택으로 이사해 들어갔다. 하지만 버디 삼촌만은 그의 아버지와 같이 손수 지은 통나무집을 떠나지 않겠다고 했다. 이사는 새 신부의 착상, 아니 단순한 착상 이상의 주장이었고, 그녀가 정말로 저택에서 살기를 희망했었는지, 또는 버디 삼촌이 이사를 거부할 줄 미리 짐작했는지에 대해서는 아무도 알지 못했다. 1867년 그가 태어나고 두 주가 지난 후, 아기와 산모가 처음으로 아래층에 내려온 어느 날 밤, 주방 식탁 위를 깨끗이 치우고 등불로 밝게 밝힌 후 그 위에 은컵을 올려놓은 휴버트 삼촌은 그의 어머니와 아버지, 매캐슬린, 그리고 그를 안고 있던 유모 테니까지, 버디 삼촌만 빼고 모두 모여 지켜보는 가운데 반짝반짝 빛나는 금화를 쨍그랑 소리와 함께 하나씩 은컵에 떨어뜨린 후 삼베자루에 컵을 담고 밀랍을 녹여 봉인한 다음 집으로 가지고 돌아갔다. 그때부터 삼촌은 그 집에서, 매캐슬린의 표현대로라면 자기 오빠를 '밟아 누르는' 그리고 버디 삼촌의 표현대로라면 오빠를 '치켜세우려고 용을 쓰는' 여동생 없이 혼자서 살게 되었다. 버디 삼촌이 전하기를, 이제 그 집에는 검둥이 노예들도 다 떠나고(그때는 미시시피의 암흑기였다) 제아무리 휴버트 비첨이라도 결코 원하지 않을 노예들만 남아 있다고 했다. 하지만 개들은 떠나지 않고 그의 곁을 지켰다. 사냥개 네로가 여우 뒤를 쫓는 모습을 보며 비첨은 바이올린을 연주했다나. 마치 그 옛날의 네로 황제처럼.

가끔 그들은 그 은컵을 보러 삼촌 집으로 갔다. 그의 어머니가 주로 주장을 했고 마침내 아버지가 동의하면 모두들 마차를 타고 출발했다. 하지만 버디 삼촌은 역시 같이 가지 않았고 매캐슬린도 그 곁을 지키기 위해 남는 경우가 많았다. 하지만 어느 겨울 버디 삼촌의 건강이 나빠지기 시작하자 그때부터는 그와 어머니와 테니가 토미 아들 터럴이 모는 마차를 타고 단출하게 다녔으며, 이즈음부터의 일은 그의 기억에도 남아 있었다. 이웃한 카운티에 위치한 삼촌 집까지는 35킬로미터쯤 되는 거리였다. 매캐슬린이 기억하는 바로는, 예전에는 그곳에 문기둥 한 쌍이 있었고 아직 덜 자란 소년 하나가 기둥에 올라 여우 사냥용 나팔을 불면서 아침, 점심, 저녁 식사 시간을 알렸는데, 누구라도 지나가다 우연히 그 소리를 듣고 들어오려 하면 기둥에서 뛰어내려와 문을 열어주었다고 했다. 하지만 지금은 문도 없는 초라한 입구에 나무들이 무성하게 웃자라 있었다. 그래도 그의 어머니는 여전히, 진실이 승리하고 정의가 살아 있다면 자기 오빠는 정당한 워릭 백작이었을 것이라며 사람들에게 그 집을 워릭이라 부르라고 강요했다. 칠이 벗겨진 그 집은 겉보기에는 별로 변한 데가 없는 듯했지만 내부는 갈 때마다 매번 넓어지는 것처럼 보였다. 자단목과 마호가니와 호두나무로 만든 멋진 가구들의 수가 점점 줄어들고 있었기 때문이었다는 사실을 깨닫기에 그는 너무 어렸다. 하지만 그 가구들은 어머니의 눈물 어린 한탄 속에만 등장했을 뿐 그의 기억 속에는 어디에도, 어떤 모습으로도 존재한 적이 없었고, 예외가 있다면 가끔씩 집으로 돌아올 때 마차 뒤나 지붕에 매달아 가져왔던 소품들 정도였다. (그리고 기억에 번쩍 떠오르는 한 장면이 있었다. 그 집의 먼지 쌓인 황량한 현관에서 그의 어머니가 분노에 찬 소프라노 음성으로 "내 드레스까지! 내 드레스까지!" 하고 외치던 모습이었다. 순간, 닫히는 문 뒤로 토미 아들 터럴보다 피부색이 조금 더 밝은 젊은 여자의 얼굴이 보였다. 휙 돌아서는 여자의 실크드레스 자락이 언뜻 보였고 귀걸이가 찰랑거리며 번쩍 빛났다. 불륜의 분위기를 풍기며 야한 모습으로 번쩍 사라진 환영 같은 그녀의 모습이 당시 어린애나 다름없었던 소년에게까지 숨 막힐 듯한 흥분과 상상을 불러일으켰다. 얼핏 본 낯선 여자의 부정한 혼혈의 육체를 통해, 마치 수정같이 맑고 투명한 강물 두 줄기가 만나 합쳐진 것처럼, 그때 아이였던 그가 삼촌 안에 거의 60년 동안 존재해온 침범할 수 없는 영원불멸의 사춘기 소년을 만나 고요하고 절대적이며 완벽한 공명을 이룬 것 같은 느낌이었다. 그 드레스와 얼굴, 귀걸이는 충격으로 멍해진 바로 그 순간 사라졌고 이내 삼촌의 목소리가 들렸다. "내 식모야! 새로 온 식모라고! 식사를 챙겨주는 사람이 있어야 할 거 아냐, 안 그래?" 삼촌 역시 놀라서 얼이 빠진 듯했지만, 순진하고 어쩐지 대담하기까지 한, 영락없는 소년의 얼굴이었다. 그들은 모두 되돌아서 앞쪽 회랑으로 나갔다. 삼촌은 놀라움이 가시지 않은 얼굴에 괴로워하는 표정이 역력한 채, 마치 기를 쓰고 용기를 내보려는 것처럼, 아니면 적어도 자기주장이라도 해보려는 듯 이렇게 말했다. "저들도 이젠 자유의 몸이야! 저들도 우리처럼 인간이라고!" 그러자 그의 어머니가 외쳤다. "그래서 그런 거로군! 그래서 그런 거야! 내 어머니의 집이야. 불결해! 불결하다고!" 그러자 삼촌이 그의 어머니에게 말했다. "그만 좀 해, 시비! 저 여자에게 최소한 가방을 챙길 시간 정도는 줘야지!" 그것으로 끝이었다. 요란한 고함 소리와 소동 모두 끝이 났다. 소년은 예전에 응접실로 쓰였던 텅 빈 방으로 가 테니와 단둘이 있었다. 그때, 유리가 깨지고 덧문도 없는 창가에 서서 헤아리기 어려운 표정으로 집 앞 오솔길을 내려다보던 테니의 모습을 그는 아직도 기억하고 있었다. 그와 테니는 삼촌 곁에 아내처럼 머무르던 여자가 이제는 패잔병처럼 비틀거리며 집 앞 길을 허겁지겁 걸어내려가는 모습을 바라보고 있었다. 그저 잠깐 보았을 뿐인 낯선 여자의 얼굴과 뒷모습이 보였다. 덧입은 남자 외투 아래에서 예전에는 심을 넣은 속치마로 부풀려 입었을 드레스 자락이 힘없이 부풀었다 펄럭거리기를 반복했고, 낡고 커다란 짐가방이 연신 덜커덕거리며 여자의 무릎을 치고 있었다. 퇴각하는 패잔병의 모습 그대로였다. 인적 없는 오솔길을 홀로 걷는 여자의 앳된 모습은 처량해 보이기는 했으나 그럼에도 여전히 자극적이었고 상상을 불러일으키는 힘이 있었다. 문제의 실크드레스를 품위와 체면의 총본산으로부터 탈취한 깃발처럼 휘날리며 떠나던 그 여자의 모습은 그에게 잊을 수 없는 기억으로 남았다.)

은컵은 속이 안 보이는 자루에 담겨 봉인된 채 자물쇠를 채운 벽장 선반에 놓여 있었다. 휴버트 삼촌은 벽장문을 열고 자루를 꺼내 모인 사람 모두에게 차례로 전달했다. 그의 어머니, 아버지, 매캐슬린, 심지어 테니에게도 모두 자루를 들어보고 무게를 가늠해보고 흔들어서 소리를 들어보라고 한사코 권했다. 휴버트 삼촌 본인은 여전히 호령

하는 목소리와 순진하고도 대담한 표정으로 다리를 벌리고 서 있었는데, 등 뒤에 있는 먼지 쌓인 차가운 벽난로에서는 허물어진 벽돌이 그을음과 먼지, 깨진 회반죽, 굴뚝 청소할 때 떨어진 잿더미 따위와 어지럽게 섞여 있었다. 그 후로 오랜 세월, 그는 언젠가부터 삼촌이 은컵을 조카의 손에만 올려놓고 다른 사람들에게는 건네지 않는다는 사실을 자신 말고는 아무도 알아차리지 못하고 있다고 믿었다. 삼촌은 벽장문을 열고 선반에서 자루를 내려 그의 손에 올려놓은 후, 그가 삼촌이 시킨 대로 자루를 흔들어 소리를 들어볼 때까지 바로 옆에 서 있다가 다른 사람이 만져보겠다고 나서기 전에 얼른 벽장에 도로 넣고 문을 잠갔다. 좀더 시간이 흘러 그가 주변에서 일어나는 일을 기억할 뿐 아니라 합리적인 사고를 할 수 있는 나이가 된 후에도, 그 꾸러미는 여전히 무겁고 달그락거리는 소리를 냈기 때문에 그는 그 안에 든 것이 실제로 무엇인지, 심지어 예전에도 정말 대단한 것이기는 했는지조차 알 수가 없었다. 더 세월이 흘러 버디 삼촌도 세상을 떠나고, 75년 가까운 세월 동안 해가 뜬 후에는 자리에 누워 있어본 적이 없었던 아버지마저 마침내 자리보전을 하게 되었을 때, 아버지가 "어서 가서 그 우라질 컵을 가져와. 달리 안 되겠으면 비첨 그 자식도 데려와" 하고 말했을 때도 마찬가지로 그는 그 안에 든 것의 정체를 몰랐다. 왜냐하면 어쨌든 아직도 흔들면 달그락거리는 소리는 났기 때문이었다. 달라진 게 있다면 삼촌이 이제는 꾸러미를 그의 손에도 올려놓지 않았고, 대신 자기가 직접 들고 흔들어 보이면서 "들려? 들리지?" 하고 그의 어머니와 매캐슬린과 테니 앞으로 차례로 지나다녔다는 점이었다. 그럴 때 삼촌의 얼굴은 여전히 순진했으며, 아주 조금 놀란 듯

했지만 당황하지는 않고 여전히 대담한 기색을 띠고 있었다. 그리고 그의 아버지까지 세상을 떠난 후 어느 날, 휴버트 삼촌과 테니의 증조부(걸핏하면 화를 내는 그 노인네는 라파예트*를 본 적이 있다고 주장했고, 매캐슬린은 그가 10년 후에는 하느님을 만난 기억이 났다고도 할 사람이라고 했다)가 한 방에 살며 음식도 만들고 잠도 자며 지내고 있는 거의 빈 집에서 아무런 이유도 징후도 없이 조용히 불이 났다. 고요하고 순간적이고 원인도 알 수 없는 불이 벽이며 바닥이며 지붕까지 동시에 연소시키는 바람에, 그날 동틀 무렵에는 60년 전 그의 외할아버지가 지은 모습 그대로 서 있던 집이 해 질 무렵에는 연기를 뿜지 않는 네 개의 시커먼 굴뚝으로 변해 하얀 잿더미 위로 솟아 있었다. 근처에는 완전히 연소하지 않은 것 같은, 타다 남은 판자의 잔해들이 흩어져 있었다. 그래서 두 노인은 매캐슬린이 기억하기로 그 집에 남은 마지막 말인 하얀 암말에 앞뒤로 나란히 앉아 그 집에서 보낸 마지막 저녁을 뒤로하고 양가에서 빈번히 오가던 35킬로미터 길을 마지막으로 밟아 누이의 집 대문에 당도했다. 한 사람은 사슴가죽 끈목에 매단 여우 사냥용 나팔을 목에 걸고 나머지 한 사람은 셔츠로 둘둘 감싼 삼베자루 꾸러미를 들고 있었다. 밀랍을 덧발라 봉한 볼품없는 황갈색 꾸러미가 이전과 거의 흡사한 선반 위에 다시 놓이게 되었을 때 그의 삼촌은 반쯤 열린 문을 잡고 있었는데, 한 손으로 벽장 문고리를 잡기만 한 것이 아니라 한 발로 문을 지탱까지 하고 나머지 한 손에는 열쇠를 들고 있었다. 어딘가 좀 다급한 기색이 있었을 뿐, 여

---

* 마리 장 폴 라파예트 후작(1757~1834). 프랑스 군인으로 미국의 남북전쟁에 참전해 공훈을 세우고 많은 외교적 지원에 힘써 미국인들에게 존경을 받았다.

전히 당황하지 않는 대담한 태도에 별로 놀라울 것 없다는 표정을 하고 있었다. 그때 그는 반쯤 열린 문 안쪽에 서서 원래보다 키가 세 배는 커지고 폭이 족히 반은 줄어든 자루를 조용히 올려다보고 있었는데 그러다가 돌아서면서 본 표정 하나가 기억에 남았다. 그것은 어머니의 얼굴도, 헤아릴 수 없는 테니의 표정도 아닌 매캐슬린의 얼굴이었다. 매부리코가 도드라진 그의 얼굴이 어둡고 심각했으며, 뭔가 참을 수 없다는 표정으로 생각에 잠겨 있었다. 그 후 어느 날, 한밤중에 그를 깨운 사람들이 잠에 취해 있는 그를 데리고 등불이 켜진 방으로 데려갔다. 그즈음엔 익숙해진 약냄새와 함께 무언가 다른 냄새가 났다. 생전 처음 맡는 그 냄새를 접하자마자 그는 그게 무엇인지 알았고 앞으로 절대 잊을 수 없을 거라 생각했다. 베개 위에 놓인 지치고 초췌한 얼굴 저편에 영원히 사라지지 않을 순진무구한 소년의 모습이 있어, 그를 바라보며 놀란 듯 다급한 표정으로 무언가 말하려 했다. 그때 매캐슬린이 다가가 침대 위로 몸을 숙이고 환자의 잠옷 위쪽에서 기름기에 찌든 끈에 매달린 커다란 열쇠를 꺼내자 환자는 그래, 그래, 그래, 하고 눈으로 말하는 것 같았다. 매캐슬린이 끈을 자르고 벽장문을 연 다음 꾸러미를 침대로 가져온 후에도 환자는 여전히 그에게 무언가를 말하려는 것 같았다. 그리고 그가 꾸러미를 받아들었는데도 환자는 그게 다가 아니라는 듯, 꾸러미를 내주면서도 거기에서 손을 떼지 못했다. 외삼촌은 어느 때보다 다급한 눈빛으로 그에게 무슨 말인가를 하려 했으나 결국 하지 못하고 말았다. 그리고 그가 열살이 되고 어머니마저 돌아가신 후 매캐슬린이 말했다. "너도 이제 많이 컸으니 지금 열어봐도 될 것 같다." 그러자 그가 대답했다. "아니에요. 외삼촌께서 스물한 살에 열라고 하셨어요." 그리고 스물한 살이 되었다. 매캐슬린은 식탁을 치우고 밝은 등불을 식탁 한가운데로 옮겨놓은 후, 꾸러미를 등불 옆에 놓고 날을 펼친 칼을 꾸러미 옆에 놓았다. 그런 다음 예의 심각하고 못마땅한, 무언가 부정하는 듯한 표정으로 뒤로 물러서 있었다. 그는 15년 전 하룻밤 사이에 완전히 다른 모양으로 바뀌어버렸고, 흔들면 뭔가 얇고 가벼운 소리, 그다지 경쾌하지 않고 좀 묘하게 탁한 소리가 나는 삼베자루를 들어올렸다. 이리저리 뒤얽혀 복잡하게 묶인 줄에 빛나는 칼날을 찔러넣자, 삼촌의 비첨가 인장이 찍힌 채 혹처럼 덩어리진 봉인 밀랍이 윤나게 닦아놓은 식탁의 표면으로 데구루루 떨어져내렸다. 겹겹이 주름져 흘러내린 자루 한가운데 한 번도 사용하지 않은 깨끗한 양철 커피 주전자가 서 있었다. 그 안에 구리 동전 한 줌 정도와 함께 들어 있는 물건들이 꾸러미를 흔들면 들리던 탁한 소리의 정체를 알려주었다. 그것은 쥐 한 마리가 충분히 집을 지을 수 있을 정도로 많은, 조그맣게 접은 종잇조각들이었다. 고급 서류용지들이 있는가 하면 검둥이들이 쓰는 줄이 쳐있는 거친 종이, 너덜너덜하게 찢은 장부 종이도 있었고, 신문 가장자리 여백을 찢어낸 조각들이 있는가 하면 새 멜빵바지에 달려 있었을 꼬리표도 하나 있었다. 모든 메모에는 날짜와 서명이 포함되어 있었다. 가장 이른 날짜는 거의 21년 전, 바로 이 방, 바로 이 식탁에서, 심지어 등불까지 똑같은 것을 켜놓고 삼베자루에 은컵을 담아 봉인하던 그날로부터 6개월도 채 지나지 않은 날이었다.

나의 조카 아이작 비첨 매캐슬린에게 금화 다섯(5) 닢을 빚짐. 본 차용중이 5퍼센트의 이자를 지급하기로 하는 약속어음으로 유효.

휴버트 피츠휴버트 비첨

워릭에서 1867년 11월 27일

이에 그가 말했다. "어쨌든 삼촌도 그 집을 워릭이라고 불렀네요." 두 번은 아닐지 모르지만 최소한 한 번은 그렇게 불렀음을 확인한 셈이었다. 차용증은 더 있었다.

아이작. 1867년 12월 24일. 차용증. 금화 두 닢. 휴버트 비첨.
차용증. 아이작. 금화 한 닢. 1868년 1월 1일. 휴버트 비첨.

그 후 다섯 닢, 다시 세 닢, 또 한 닢, 또 한 닢. 그리고 한참 시간이 흐른 뒤에는 근사한 변상에 대한 꿈같은 약속이 등장했다. 그건 피해나 신뢰 배반에 대한 변상은 아니었을 것이다. 왜냐하면 이 모두가 단지 대출, 아니 동업일 뿐이었으니까.

차용증. 비첨 매캐슬린이나 그의 상속자에게 금화 스물다섯(25) 닢을 빚짐. 본 차용증과 이전의 모든 차용증이 연 복리 20퍼센트를 지급하기로 하는 약속어음으로 유효함. 금일 1873년 1월 19일.
비첨.

날짜는 있으나 장소에 대한 언급은 없었고, 서명은 성 하나로 대신해 마치 그것이 이름이 아니라 낱말이라도 되는 것 같았다. 어쩌면 옛

날의 위풍당당한 워릭 백작도 서명을 하면서 '네빌'*이라고 성만 휘갈겨썼을지도 모를 일이었다. 여기까지 마흔세 닢이었다. 물론 그 자신은 기억하지 못하지만 사람들 말로는 전부 쉰 닢이었다고 했는데, 그러면 계산이 맞았다. 그 뒤로 한 닢, 또 한 닢, 또 한 닢, 또 한 닢 그리고 마지막 세 닢에 대한 차용증이 있었기 때문이다. 그리고 마지막으로, 삼촌이 꾸러미를 가지고 그 집에 살러 오던 날 이후의 날짜가 적힌 상환 각서가 하나 있었다. 상환 각서에 떨리는 손으로 쓰인 글씨는 기가 꺾인 노인의 필체라기보다는(외삼촌은 한 번도 기가 꺾인 적이 없었기 때문에) 피로에 지친 노인의 필체 같았다. 하지만 겉보기에 피로에 지친 듯해도 성격은 여전히 대담한 사람의 글씨였다. 또한, 마지막 상환 각서의 간결함은 체념 어린 간결함이 아니라, 그저 조금, 많이는 아니고 조금 놀랍다는 감정을 살짝 내비친 간략한 논평이나 언급 같은 느낌을 주었다.

은컵 한 개. 휴버트 비첨.

매캐슬린이 말했다. "어쨌든 구리 동전은 꽤 받았구나. 하지만 그게 희소가치 있는 물건이나 가보가 되려면 긴 세월을 기다려야 할 테니 그냥 그 돈은 쓰는 게 낫겠지." 하지만 탁자 옆에 조용히 서서 커피 주전자를 평온하게 바라보고 있던 그의 귀에는 매캐슬린의 말이 들리지 않았다. 그 후 어느 날 밤, 매캐슬린이 제퍼슨에 있는 비좁고 얼음

---

* 리처드 네빌(1428~1471). 15세기 영국에서 막강한 권세를 누리던 귀족으로서 행정가이자 군 지휘관이었다.

장 같은 방에 모자도 외투도 벗지 않고 선 채로(침대 위 말고는 앉을 곳도 없었지만) 접어서 동그랗게 만 지폐 뭉치를 침대 위에 던져줄 때, 그 커피 주전자는 불을 피울 수도 없는 벽난로 선반에 놓여 있었다. 그가 말했다.

"형님께 빌릴게요. 이 돈 말이에요." 그러자 매캐슬린이 대답했다.

"그럴 수 없다. 나는 네게 돈을 빌려주고 말고 할 수 있는 사람이 아니다. 그리고 다음 달부터는 내가 직접 가지고 오지 않을 테니 네가 은행에 가서 돈을 찾도록 해라." 평온한 눈길로 매캐슬린을 바라보는 그의 귀에는 이번에도 그 말이 들리지 않았다. 그의 혈속이자 거의 아버지 같은 사람이었지만, 이제 진정한 혈연은 끊어졌다. 사실 아버지와 아들을 이어주는 것도 결국 혈연은 아니기 때문이었다.

"이 추위에 30킬로미터 가까이 되는 거리를 말을 타고 가시려고요? 여기서 우리 둘 다 잘 수 있어요."

"네가 저기 있는 네 집에서 자지 않겠다는데 난들 왜 여기 내 집에서 자야 한단 말이냐?" 매캐슬린은 그렇게 말하고는 가버렸다. 그는 녹슨 자국도 없고 손때도 묻지 않아 반짝반짝 빛나는 양철 커피 주전자를 바라보면서 이전부터 가끔 했던 생각을 다시 한번 되새겼다. 그는 한 사람이(예를 들면 아이작 매캐슬린이) 만들어지기 위해 얼마나 많은 것들이 필요한지 생각했고, 한 사람의(예를 들면 아이작 매캐슬린의) 정신이 많은 사람들 사이에 복잡하게 얽힌 길을 따라, 우회하더라도 실수 없이 여러 선택을 하며 나아가, 그를 만들어냈다고 믿는 사람들(그의 아버지와 버디 삼촌과 그들의 여동생을 낳은 매캐슬린가 사람들, 그리고 휴버트 삼촌과 그 여동생을 낳은 비첨가 사람들)뿐만 아니라 아이작 매캐슬린 본인도 탄복하도록 자기의 참모습을 찾아갈 때까지 그가 밟게 되는 여정에 대해 생각했다.

그는 받은 돈을 빌린 거라 생각하고 썼지만 사실 그 돈은 쓰지 않았어도 되는 돈이었다. 왜냐하면 드 스페인 소령이 자기 집 남는 방에서 원하는 만큼 머무르라고 청했기 때문이다. 소령은 그의 상황에 관해 어떤 질문도 하지 않았거니와 앞으로도 하지 않을 사람이었다. 콤슨 장군은 한술 더 떠 자기 방 침대 한쪽을 내줄 테니 같이 지내자는 말까지 했다. 하지만 드 스페인 소령과는 달리 단도직입적으로 왜냐고 캐물었다. "나랑 내 방에서 지내려무나. 그리고 이번 겨울이 가기 전에 넌 내게 이유를 말해야 한다. 말하게 될 거야. 네가 그렇게 손 놓고 물러나버렸다는 걸 믿을 수가 없어. 하지만 겉보기에 어떤 꼬락서니로 보이더라도 난 숲속에서 너를 오래 지켜봤기 때문에 그렇게 믿지 않아." 하지만 그는 빌린 돈으로 한 달 치 하숙비와 월세를 지불하고 목수 연장을 구입했다. 목수 일을 하기로 한 것은 단순히 그의 손재주가 좋아서만은 아니었다. 손을 놀려 밥을 벌겠다는 의지가 있었기 때문이지만 그뿐이라면 말을 돌보는 일을 했어도 됐다. 그렇다고 해서, 어제 얼룩무늬 셔츠를 입고 돈을 딴 늙은 노름꾼을 보고 자기도 얼룩무늬 셔츠를 사는 젊은 노름꾼처럼, 나사렛의 예수를 겉보기로만 흉내내려는 희망이 있어서도 아니었다. 단지 그는 나사렛 예수가 그분이 선택한 삶과 목적을 위해 목수 일이 좋다고 생각하셨다면 아이작 매캐슬린에게도 괜찮을 거라 생각했기 때문에(거짓 겸손의 오만함 없이, 그리고 거짓으로 자기를 낮추는 자만도 없이, 밥벌이를 하고자 했으나 딱히 원해서가 아니라 해야만 했기 때문에, 그리고 단순한 생계 유지 이상의 필요를 느꼈기 때문에) 목수 일을 하기로 한 것이다. 하지만, 아이작 매캐슬린의 목적이 무엇인지는, 비록 겉으로 드러난 동기로 보면 단순하지만, 지금도 앞으로도 알 수 없을 것 같았다. 그리고 그의 삶은 나날의 필요를 해결해가며 왕성하게 흘러가고 있었으나, 달리 도리가 있었다면, 나사렛 예수가 아닌 그로서는 그 삶을 선택하지는 않았을 것이다. 어쨌거나 그는 그렇게 일해 매캐슬린에게 빌린 돈을 갚았다. 사실 그는 맨 처음 매캐슬린이 직접 와서 침대 위에 돈뭉치를 던져놓고 간 뒤로 매달 30달러가 그의 명의 계좌에 쌓이고 있다는 것을 잊고 있었다. 매캐슬린이 처음 한 번 이후로는 다시 직접 가져오지 않았기 때문이다. 그러던 중 그는 동업자를 들였다. 아니 사실은 그가 어느 불경하고 세속적이고 영리하고 알코올중독이 있는 노인네의 동업자로 들어간 것이었다. 노인은 1862년부터 63년까지 찰스턴에서 밀항선을 만들었고 그 이후로 배 목수로 일하다가 2년 전에 제퍼슨에 나타났는데 그가 어디에서, 왜 왔는지는 아무도 몰랐다. 제퍼슨에 온 직후 노인은 알코올중독으로 인한 섬망증 때문에 상당한 시간을 감옥에서 보냈다. 두 동업자가 은행장의 마구간에 새 지붕을 지어준 후 (노인은 또다시 감옥에 들어가 혼자서 아직도 지붕 작업 성공을 축하하고 있는 가운데) 그가 품삯을 받으러 은행에 갔다. 은행장은 "자네에게 품삯을 줄 것이 아니라 오히려 내가 자네에게 돈을 빌려야겠구먼" 하고 말했다. 그때서야 처음으로 그는 지난 7개월 동안 은행에 쌓인 돈을 기억했고 본인 명의로 210달러가 예금되어 있음을 알게 되었다. 규모를 막론하고 그의 첫번째 작업이었던 이번 목수 일을 모두 정산한 후 은행 문을 나설 때 예금은 220달러가 되어 있었고, 매캐슬린에게 갚을 돈이 총 240달러였으므로 이제 20달러만 더 모으면 되는 것이었다. 이후 결국 잔액이 다 채워졌을 때는 총 잔고가 330달러가 되어 있었다. 그가 은행장에게 "이제 이 돈을 송금하겠습니다" 하고 말하니 은행장은 "그럴 수 없네. 매캐슬린이 그러지 말라고 했어. 혹시 다르게 쓰는 이니셜 없나? 그걸로 다른 계좌를 열면 될 텐데" 하고 물었다. 하지만 그럴 필요는 없었다. 그는 동전이며 은화며 지폐들이 모이면 손수건에 싸서 묶은 다음 커피 주전자에 넣어 18년 전 테니의 증조할아버지가 워릭에서 올 때 그 주전자를 감싸 가지고 온 낡은 셔츠로 둘둘 말아두었다. 그런 다음 쇠로 테를 두른 트렁크 속에 넣어두었다. 그 트렁크는 캐로더스 영감이 캐롤라이나에서 이주해올 때 가져온 것이었다. 집주인 여자는 "잠금장치도 없어요? 그리고 밖에 나갈 때도 방문을 잠가야지 그대로 두면 어떡해요!" 하고 외쳤지만 그는 이 방에 온 첫날 매캐슬린을 바라보던 때와 똑같은 평온한 눈길로 집주인 여자를 바라보았다. 혈연관계는 전혀 없지만 혈육보다 더한 사람이었다. 돈을 받고서라도 시중을 들어주는 사람은 혈육과 같고, 상처를 주는 사람마저도 형제나 아내보다 나을 수 있기 때문이었다.

이제 그에게도 아내가 있었다. 그는 노인을 감옥에서 빼내와 하숙집 방으로 데려온 다음 완력을 써가며 술을 깨게 했다. 꼬박 하루 동안 신발도 벗지 못한 채 노인을 일으켜세우고 음식을 먹였다. 그 후, 둘이서 기초공사부터 시작해 헛간을 지었고 그는 노인의 외동딸과 결혼을 했다. 처음 봤을 때는 조그만 소녀처럼 보였지만 탄탄한 몸집 때문인지 사실은 보이는 것보다 커서 묘한 느낌을 주었다. 눈은 검은색이었고 열정적으로 보이는 얼굴은 턱이 뾰족해서 하트 모양이었다. 여자는 그가 일하고 있는 농장에 따라와서, 노인이 치수를 재놓은 나무에 톱질을 하고 있는 그의 모습을 거의 온종일 지켜봤다. 여자가 말했다. "아빠가 당신 얘기를 해주었어요. 저 농장, 정말로 당신 거예요?" 그가 "매캐슬린 형님의 농장이기도 해요" 하고 말하자 여자는 "그에게 농장 반을 남긴다는 유서라도 있었나요?" 하고 물었다. 그는 "유서 같은 건 필요 없었어요. 매캐슬린 형님의 할머니가 우리 아버지의 누이였거든요. 우리는 형제나 다름없었죠" 하고 답했고 여자는 "기껏해야 오촌지간일 뿐이네요. 앞으로도 형제가 될 수는 없는 일이고. 그렇지만 그게 무슨 대수겠어요?" 하고 말했다. 그리고 두 사람은 결혼을 했다. 결혼을 하자 새로운 세상이 열렸다. 그것은 모든 인간에게 남겨진 유산, 대지에서 나와 대지를 초월하고 그럼에도 대지에 속해 있는 유산이기에 그의 유산이기도 했다. 그의 유산 역시 대지의 기나긴 연대기에서 나온 것이기 때문이었다. 또한 그것은, 물려받기 위해서는 누구나 다른 사람과 나누어야 하고 그 나눔을 통해 하나가 되는 유산이기에 그의 유산이기도 했다. 비록 잠시라 해도, 최소한 그 짧은 동안이라도 타인과 하나가 되기에. 그렇게 그들은 분리될 수 없는 하나, 적어도 어느 한동안만은 바꿀 수도, 돌이킬 수도 없는 하나가 되었다. 두 사람은 그의 하숙집에서 신혼을 맞이했지만 그곳에서 오래 살 생각은 아니었다. 그는 충만함으로 들뜬 마음에 마치 벽도 없고 지붕도 없고 바닥도 없는 듯 느껴지던 그 방을 아침마다 떠났다가 저녁마다 돌아오는 생활을 했다. 여자의 아버지가 이미 시내에 땅을 마련하여 자재를 구해놓았고 노인과 그의 동업자가 그곳에 집을 지을 계획이었다. 그것은 여자에게 한 사람이 주는 결혼지참금이자 세 사람이 주는 결혼선물이었다. 방갈로를 완공하여 그곳으로 이사 들어갈 수 있게 될 때까지 비밀로 하려 했으나 도대체 누가 이야기를 한 것인지 여자는 이미 뭔가 알고 있는 눈치였다. 여자의 아버지도 아니고 그의 동업자도 아니었다. 한동안 둘 중 누군가가 술기운에 말해버린 거라고 생각했지만 사실은 그것도 아니었다. 어느 날이었다. 그는 일터에서 돌아왔다. 씻고 잠시 쉬고 나면 곧 하숙집에서 주는 저녁을 먹으러 내려가야 할 시간이 될 것 같았다. 방에 들어서는데 여자의 얼굴이 보였다. 그 방은 그와 여자가 늙고 감정이 시들해지더라도 여전히 충만함으로 기억될 곳이니, 그에게는 세를 주고 빌린 네모난 단칸방 이상의 장소였다. 여자가 말했다. "앉아요." 둘은 아직 서로의 몸에 손도 대지 않은 채 침대 가장자리에 앉아 있었다. 여자의 얼굴이 긴장으로 일그러졌다. 여자는 열정적인 목소리로 "사랑해요. 얼마나 사랑하는지 알죠?" 하며 한없는 약속을 속삭였다. 그리고 물었다. "우리 이사 언제 가는 거예요?" 그러자 그가 말했다.

"난 당신이— 당신이 아는 줄은— 누가 말해줬어요?" 여자의 뜨겁고 열렬한 손바닥이 그의 입을 막더니 그의 입술을 이 쪽으로 짓눌렀다. 여자는 손가락을 맹렬하게 구부리며 그의 뺨을 짓누르더니 손바닥만 약간 느슨하게 떼어내 말이나 겨우 할 수 있을 정도의 여유를 주었다.

"농장 말이에요, 우리 농장. 당신 농장."

"난—" 하고 그가 말을 하려는데 다시 여자의 손바닥과 손가락이 가로막았다. 그냥 손만 얼굴에 닿아 있을 뿐인데 여자의 모든 무게가 그를 덮쳐오는 것 같았다. 여자는 "아니! 아니!" 하고 말한 다음, 그의 입속에서 말을 하려던 충동이 잦아들고 있는 느낌을 그의 뺨에 대고 있는 손가락을 통해 감지하고 있었다. 여자는 다시 부드러운 숨결로 믿어지지 않는 약속과 사랑을 속삭이다가 손바닥을 조금 떼면서 그에게 대답할 틈을 주었다.

"언제예요?"

"난—" 그가 머뭇거리는 동안 여자는 손을 떼고 물러나더니 그에게 등을 돌리고 머리를 숙인 채 서 있었다. 목소리가 너무나 고요해서, 한순간 그가 기억하는 여자의 목소리가 아닌 것 같았다. "일어서서 돌아선 다음 눈을 감아요." 그가 어리둥절해하자 여자는 같은 말을 되풀이했고 그는 그제야 일어서서 눈을 감았다. 계단 아래쪽에서 저녁식사를 알리는 종소리가 났다. 여자가 다시 고요한 목소리로 말했다. "문을 잠가요." 그는 문을 잠근 뒤 눈을 감은 채 차가운 목재 문에 이마를 대고 기대어 서서 심장이 고동치는 소리를 듣고 있었다. 문을 잠그려고 발걸음을 옮길 때 들리기 시작했던 소리가 멈췄다. 계단 아래쪽에서 다시 종소리가 울렸다. 두 사람을 겨냥한 신호임이 분명했다. 그는 침대 쪽에서 나는 소리를 듣고 몸을 돌렸다. 그 여자의 벗은 몸을 본 것은 그때가 처음이었다. 보여달라고 말한 적은 한 번 있었다. 여자를 사랑하기 때문에 그녀의 벗은 몸을 보고 싶었고 자신의 벗은 몸도 여자가 봐주기를 원했다. 여자를 사랑하기 때문이었다. 하지만 그 후로 다시는 같은 부탁을 하지 않았다. 밤이 되면 여자는 입고 있던 옷 위에 잠옷을 덧입은 후 잠옷 아래 있는 옷을 벗었고, 아침이 되면 잠옷 위에 옷을 덧입은 후에야 그 아래 있는 잠옷을 벗었다. 그럴 때 그는 여자 쪽으로 고개를 돌리지 않았다. 게다가 여자는 등불을 끄기 전에는 그가 침대 위에 같이 눕지도 못하게 했고, 무더운 여름에도 이불로 두 사람 몸을 모두 가린 후가 아니면 그가 자기 쪽으로 돌아눕지도 못하게 했다. 마침내 집주인이 계단을 올라와 문을 두드리고 두 사람의 이름을 불렀다. 여자는 침대 위에 누워 꼼짝도 하지 않았다. 베개 위에 머리를 누이고 고개를 돌린 채 아무것도 듣지 않고, 아무것도 생각하지 않는 것 같았다. 아니, 뭔가 생각한다 해도 그를 생각하고 있는 것 같지는 않았다. 집주인이 돌아가자 여자가 말했다. "옷을 벗어요." 여전히 고개는 돌린 채, 아무것도 보지 않고 아무것도 생각하지 않고 아무것도 기다리지 않는 듯, 심지어는 그를 기다리지도 않는 듯했다. 그가 침대 가에서 잠깐 멈춰 서려던 바로 그 순간, 마치 손으로도 앞을 볼 수 있는 것처럼, 그리고 손 자체에 자유의지가 있기라도 한 것처럼 여자의 손이 스르르 다가와 그의 손목을 잡았다. 그리하여 잠깐 멈춰 서려 했던 그는 멈춤 없이 계속 움직이며 몸만 아래로 숙인 모양새가 되었다. 여자는 손으로 그를 잡아끌더니 마침내 몸을 움직였다. 단번에 몸을 돌리는 그 완전한 동작은 연습해 익힌 것이라기보다는 타고난 것 같았고 남자보다 나이가 두 배는 많은 여자의 몸놀림 같은 느낌을 주었다. 여자는 그를 바라보면서 한 손으로 그를 점점 아래로 끌어당겼다. 손의 위치를 바꾸는 것을 보지도 느끼지도 못했는데 여자는 어느새 손바닥을 그의 가슴팍에 대고, 겉보기에는 별로 애쓰는 것 같지도 않고 힘을 주는 것 같지도 않은 가벼운 손놀림으로 그가 더이상 다가오지 못하게 막고 있었다. 이제는 그를 바라보지도 않았다. 그럴 필요도 없었다. 한 남자의 아내인 이 정숙한 여인은 발정난 남자들을 이미 수도 없이 봐왔기 때문이었다. 이제, 여자의 몸 전체가 달라져 있었다. 비록 한 번밖에 본 적이 없는 몸이었지만 지금은 바로 전에 보았던 그 몸도 아닌 것 같았다. 그 몸은 남자가 생긴 이래 자기 의지로 드러누워 몸을 연 모든 여자들의 육체의 합성 같았다. 이때 어딘가에서, 입술의 움직임조차 없이, 잦아들면서도 기세가 꺾이지 않는 속삭임이 들려왔다.

"약속해줘요."

"약속?"

"농장 말이에요." 그가 몸을 움직였다. 아니, 이미 움직이고 난 후였다. 여자의 손이 그의 가슴팍에서 다시 한번 이동해 그의 손목을 잡았다. 여자는 자신의 팔과 손이 한쪽 끝에 둥근 고리가 달린 한 가닥 쇠줄이라도 되는 것처럼, 팔은 여전히 느슨하게 늘어뜨린 채 손가락으로만 지그시 그의 손목을 눌렀다. 하지만 그가 손목을 빼려 하자 여자는 손에 바짝 힘을 주었다. "안 돼." 그가 말했다. "안 돼." 아직도 여자는 고개를 돌리고 있었지만 뭔가 변화가 느껴졌다. 하지만 잡고 있는 손은 그대로였다. "안 돼. 명심해요. 난 약속하지 않을 거요. 절대로." 그래도 손은 그대로였다. 그가 마지막으로 말했다. 명확하게 말하려 했지만 그는 자신의 목소리가 여전히 다정하다는 것을 알고 있었다. '이 여자는 내가 읽을거리가 없는 야영지에서 사내들의 잡담을 듣고 알게 된 모든 것보다도 이미 더 많은 것을 알고 있구나. 여자들은 소년이 열넷이나 열다섯쯤 되어서야 어리석은 실수 속에 충격받고 전율하면서 알게 되는 것들에 대해 이미 싫증이 난 채로 태어나는 것은 아닐까?' "난 그럴 수 없어요. 절대로. 기억해둬요." 여자의 손은 아직도 움직이지 않고 그의 손목을 꽉 쥐고 있었다. 그러자 그가 말했다. "그래, 약속할게요." 그리고 그는 생각했다. '길을 잃은 여자다. 태어날 때부터 길을 잃은 여자야. 어쩌면 우리 모두 태어날 때부터 길을 잃은 건지도 모르지.' 그리고 그는 모든 생각을 멈췄다. 약속하겠다는 말조차 멈췄다. 그것은 그가 남자들의 잡담에서 들었던 것과도 달랐지만 그가 꿈꿔왔던 것과도 완전히 달랐다. 그것은 눈 깜짝할 사이에 끝났고, 그는 채울 수 없는 갈증을 느끼며 탈진한 몸으로 태고의 해변에 누워 있었다. 또다시 여자가 남자보다 나이가 두 배나 많은 여자 같은 몸짓으로 그에게서 떨어져나갔다. 처음에 그는 여자가 신혼 첫날밤 그랬던 것처럼 지금도 울고 있다고 생각했다. 그런데 아무렇게나 던져놓은 베개 뭉치에 얼굴을 묻은 여자가 발작적으로 웃으며 말했다. "이제 이걸로 끝이에요. 이게 마지막이 될 거라구요. 이걸로 당신이 말하던 아들을 얻지 못한다면 당신은 영원히, 결코 내게서 아들을 보지 못할 거예요." 텅 빈 셋방을 등지고 모로 누운 여자는 웃고 또 웃었다.

5장

제재회사가 숲으로 들어와 벌목을 시작하기 전에 그는 한 번 더 야
영지에 들어갔다. 드 스페인 소령은 다시는 야영지에 되돌아가지 않
았지만 사냥 일행에게는 언제든 야영지 숙소를 이용하고 주변 숲에서
맘껏 사냥을 해도 좋다고 허락했고, 샘 파더스와 라이언이 죽은 마지
막 사냥에 이어진 겨울, 콤슨 장군과 월터 유얼은 사업 계획을 세웠
다. 옛 사냥 일행과 함께 사냥 클럽을 결성하여 야영지와 숲에서의 수
렵권을 임대하자는 것이 골자였다. 분 호갠벡이나 할 법한 생각이었
지만, 보나마나 어린애 같은 성향이 좀 있는 콤슨 장군의 머리에서 나
온 아이디어임에 틀림없었다. 소년조차도 그 계획을 듣고 교묘한 술
책이라고 생각했다. 마치 표범을 바꿀 수 없으니 얼룩무늬라도 바꿔
보자는 것과 같았다. 하지만 그들은 드 스페인 소령을 설득해서 다시

한번 야영지로 데려가면 소령이 생각을 바꿀지도 모른다는 기대를 품고 있었다. 한동안은 매캐슬린마저도 그 근거 없고 허황된 희망에 동조하는 듯했으나 소령이 그러지 않을 거라는 사실은 소년조차도 알수 있었다. 그리고 실제로도 소령은 마음을 바꾸지 않았다. 드 스페인 소령이 제안을 거절한 자리에서 어떤 일이 벌어졌는지 소년은 알지 못했다. 어른들이 그 일로 만난 자리에 소년은 가지 못했고 매캐슬린도 그에 대해 말해주지 않았다. 하지만 6월이 되어 드 스페인 소령과 콤슨 장군의 합동 생일잔치를 할 때가 다가오는데도 그에 대해 언급하는 사람이 아무도 없었고 11월이 되었는데도 누구 하나 드 스페인 소령의 야영지를 쓰자는 말을 꺼내지 않았다. 그래서 그들의 사냥 계획에 대해서, 분명 애시 영감이 말은 했을 거라고 생각은 하면서도, 드 스페인 소령도 알고 있는지 소년은 확신이 없었다. 소년과 매캐슬린, 콤슨 장군(결국 이때가 콤슨 장군의 마지막 사냥이 되었다), 월터, 분, 테니 아들 짐, 그리고 애시 영감은 수레 두 대에 짐을 싣고 이틀 동안 이동해, 소년이 그때까지 가본 곳을 훨씬 넘어 거의 65킬로미터나 떨어진 곳까지 가서 텐트를 치고 두 주를 지냈다. 그리고 그들은 이듬해 봄에 드 스페인 소령이 멤피스의 제재회사에 숲 벌목권을 팔았다는 소식을 (본인이 아닌 다른 사람들에게서) 들었다. 6월의 어느 토요일에 소년은 매캐슬린과 함께 시내에 나갔다가 드 스페인 소령의 사무실에 갔다. 건물 이층에 위치한 사무실은 넓고 통풍이 잘되는 곳이었고, 사방 벽이 책장으로 채워져 있었다. 사무실 한쪽 끝에는 창문이 나 있어 허름한 뒷골목의 가게들이 보였으며 다른 쪽 끝에 있는 문은 광장이 내려다보이는 난간이 있는 발코니로 이어졌다. 벽 한쪽에

우묵하게 들어간 반침에는 커튼이 달려 있었으며 그 안쪽에는 삼나무 물통과 설탕 그릇, 숟가락, 컵, 그리고 잔가지로 엮은 바구니로 몸통을 감싼 호리병 모양의 위스키 병 등이 있었다. 입구 옆 의자에 비스듬히 기대 앉은 애시 영감이 부채에 연결된 줄을 당기니, 대나무와 종이로 만든 커다란 부채가 책상 위 천장에서 앞뒤로 흔들렸다.

"물론이지." 드 스페인 소령이 말했다. "애시도 숲에 가서 잠시 쉬다 오고 싶을 거야. 데이지가 해주는 음식을 먹지 않아도 되니 좋아하겠지. 마누라 음식에 불만이 많으니까. 또 같이 가고 싶은 사람 있니?"

"아닙니다." 그가 말했다. "그런데 제 생각엔 분도 어쩌면 ―" 분은 6개월째 호크스에서 마을 보안관으로 일하고 있었다. 드 스페인 소령이 제재회사와 협의해서 분에게 그 일을 맡긴 것이다. 어쩌면 협의보다는 타협을 했다는 편이 더 정확할 수도 있을 것이다. 분이 불법 벌목꾼들의 두목이 되게 내버려두느니 차라리 마을 보안관을 시키는 편이 낫겠다고 판단한 것이 다름아닌 그 제재회사였기 때문이다.

"그렇군." 드 스페인 소령이 말했다. "내가 오늘 분에게 전보를 치도록 하마. 호크스에 가면 분을 만날 수 있을 거야. 애시는 기차로 보낼게. 음식도 좀 가져가게 할 테니 넌 그냥 말을 타고 호크스까지 가기만 하면 돼."

"네, 소령님. 감사합니다." 그가 말했다. 그런데 생각지도 않던 말이 입 밖으로 흘러나왔다. 그런 말을 하게 될 줄 내내 알고 있었던 듯한 느낌과 함께. "혹시 소령님도……" 목소리가 잦아들었다. 무엇인가가 그의 말을 막았으나 그게 무엇인지는 그도 알 수 없었다. 드 스페인 소령이 뭐라 말을 시작한 것도 아니었기 때문이다. 소령이 몸을 움직인 것도 그의 목소리가 멈추고 난 후였다. 드 스페인 소령은 서류가 펼쳐진 책상으로 다시 고개를 숙였다. 사실 그것조차도 움직임이라 하기는 힘들었다. 소년이 사무실에 들어왔을 때 이미 소령은 서류한 장을 손에 들고 책상에 앉아 있었기 때문이다. 소년은 그곳에 서서수수하지만 질 좋은 양복에 깔끔하고 광택이 나는 셔츠를 입고 있는, 작달막하고 통통하고 머리가 희끗희끗한 남자를 내려다보고 있었다. 소년이 늘 봐왔던 소령은 면도도 안 한 얼굴에 진흙이 묻은 코듀로이바지를 입고 장화를 신은 모습이었다. 털이 텁수룩하고 정강이가 긴튼튼한 암말을 타고 안장 머리에 낡은 윈체스터 카빈총을 걸친 채, 발치에는 동상처럼 꼼짝도 않고 서 있는 거대하고 푸르스름한 개를 거느리고 있는 모습이었다. 마지막 사냥이 있던 해에 소년은 그 둘을 보면서 진정 사랑이 뭔지 잘 아는 두 연인이, 아니면 사업 수완이 좋은두 동업자가 오랜 세월을 함께했을 때 그렇듯이 그들도 서로 닮아가고 있다고 생각했다. 드 스페인 소령은 다시 고개를 들지 않았다.

"아니다. 난 너무 바쁠 것 같구나. 어쨌든 사냥 잘 다녀오너라. 다람쥐 새끼라도 잡으면 한 마리 가져다줘도 좋고."

"네, 소령님." 그가 말했다. "그렇게 하겠습니다."

소년은 암말에 탔다. 그가 좋은 말들을 교배시켜 얻은 후 직접 키우고 길들이기까지 한 세 살짜리 암망아지였다. 자정이 조금 지난 시각에 집을 나선 그는 말이 땀도 흘리지 않을 만큼 여유로운 속도로 달려여섯 시간 후에는 호크스에 도착했다. 호크스는 벌목 화물 운반 철도의 조그만 분기점이었다. 드 스페인 소령이 오래전에 철로의 지선과하적 플랫폼과 물자배급소가 있는 그 땅을 회사에 팔았는데도 소년은 항상 호크스가 드 스페인 소령 소유라고 생각하고 있었다. 미리 경고를 듣고 왔고 마음의 준비가 되어 있다고 생각했는데 막상 주변을 둘러보고 나니 충격과 함께 안타까운 마음을 억누를 수가 없었다. 8000에서 12000제곱미터에 달하는 부지에 새로 들어설 목공소가 벌써 반쯤 완성되어 있었고, 새 철 특유의 연한 녹이 덮여 붉은빛을 띠는 철로와 크레오소트 방부제 냄새가 코를 찌르는 침목이 아직 조립이 안된 상태로 첩첩이 쌓인 채 끝을 모르고 늘어서 있었다. 게다가 철사줄로 엮은 울타리와 노새 이백 마리쯤은 동시에 먹일 수 있을 구유, 그리고 그 노새들을 모는 사람들이 잘 텐트까지 끝없이 펼쳐져 있었다. 소년은 최대한 빨리 말을 돌본 후 마구간에 매어놓고 총을 챙겼다. 그리고 더이상 그 광경을 보지 않으려고 애쓰면서 벌목 화물 운반 기차의 카부즈에 올라탔다. 그는 카부즈의 쿠폴라*에 올라앉아 전방에 벽처럼 버티고 선 황야에 시선을 고정한 채 다른 곳으로는 시선을 돌리지 않았다. 일단 황야 안에 들어서면 그런 광경으로부터 다시 한 번 몸을 숨길 수 있으리라 생각하니 안도감이 들었다.

그때 기관차가 기적 소리를 내며 움직이기 시작했다. 연기가 빠른 속도로 휘돌아 뿜어져나오고, 늘어져 있던 차간 연결기들이 당겨지며 둔중하게 부딪치는 소리가 뒤편까지 전달되었다. 연기가 점차 잦아들면서 깊고 느린 굉음과 함께 동력이 전달되자 카부즈가 움직이기 시작했다. 그는 쿠폴라에 앉아, 열차의 맨 앞부분이 선로 전체에서 유일

---

* 카부즈에는 전 차량을 한눈에 볼 수 있도록 여러 가지 전망대를 설치해놓았는데, 그중 쿠폴라는 차량 꼭대기에 다락처럼 솟은 구조로 되어 있어 승무원이 의자에 앉아 전후방을 살필 수 있었다.

한 곡선 철로를 돌아 황야 안으로 사라지는 모습을 지켜보았다. 이미 황야로 들어간 앞부분 뒤로 길게 연결된 열차들을 보며 그는 조그맣고 거무죽죽하고 독 없는 뱀이 잡초 속으로 머리를 디밀고 사라지는 모습을 떠올렸다. 그를 태운 열차는 또 한번 최고 속도로 덜컹거리며 달려갔다. 선로 양옆으로 옛날과 다름없이 빽빽한 숲이 벽처럼 솟아 있었다. 열차가 해롭지 않았던 시절이 있었다. 5년 전쯤, 이것과 똑같은 기차를 타고 가던 월터 유얼이 움직이는 열차의 카부즈에서 총을 쏴 뿔이 여섯 개 난 사슴을 맞힌 적도 있었다. 또, 아직 덜 자란 곰에 대한 이야기도 있었다. 열차가 약 50킬로미터 떨어진 곳에 있는 벌목지로 처음 들어가던 날이었는데, 장난치는 강아지처럼 엉덩이를 추켜올린 곰이 철로 사이에 엎드려 그 안에 무슨 개미나 벌레가 있는지 보려는 듯 땅을 파고 있었다. 어쩌면 하룻밤 사이에 어디에서 나타났는지 모르지만 네모난 대칭 모양에 껍질도 없는 이상한 통나무들이 정확한 선을 그리며 끝없이 이어진 철로를 살펴보고 있었는지도 모르는 일이었다. 어쨌든 브레이크를 건 열차가 겨우 15미터를 남기고 곰 앞에 멈춰 선 후 기관사가 기적을 울려댈 때까지 여전히 철로 위에서 무언가를 파고 있던 곰은 열차를 본 순간 미친 듯이 뛰어가다가 제일 먼저 맞닥뜨린 나무에 올랐다. 굵기가 어른 허벅지 정도에 지나지 않은 어린 물푸레나무였다. 곰은 나무를 타고 오를 수 있는 최고 높이까지 올라간 후, 제동수가 철로에서 자갈을 집어던지는데도 마치 사람처럼 (아마도 여자처럼) 양팔 사이에 머리를 묻고 가만히 나무에 매달려 있었다. 열차가 세 시간 뒤 첫 목재 화물을 싣고 숲에서 돌아 나올 때 곰은 나무를 반쯤 내려오고 있었는데 열차가 지나가는 것을 보고 다시 허겁지겁 위로 올라갔고, 그 후 열차가 오후에 다시 들어올 때도, 해 질 무렵에 다시 돌아 나갈 때도 곰은 여전히 나무 꼭대기에 매달려 내려오지 않았다. 그날 정오에 밀가루 한 통을 사러 짐마차를 가지고 호크스에 와 있던 분에게 열차 인부들이 곰의 이야기를 전했고 이를 들은 분과 애시는, 둘 다 지금보다 20년은 젊었을 때 얘기지만, 그 나무 아래 밤새 앉아서 아무도 곰을 쏘지 못하도록 지키고 있었다. 다음 날 아침에는 드 스페인 소령이 벌목 화물 운반 열차가 호크스에서 출발하지 못하도록 조치를 했다. 두번째 날, 분과 애시와 드 스페인 소령뿐만 아니라 콤슨 장군과 월터, 그때 열두 살이던 매캐슬린까지 모두 모인 가운데, 물도 못 마신 채 거의 하루 반나절이나 버틴 곰은 해가 지기 직전에 나무에서 내려왔다. 매캐슬린이 소년에게 해준 이야기로는, 나무에서 내려온 후 근처 배수구 구덩이에서 잠깐 멈추고 물을 마실 거라던 사람들의 예상과는 달리, 곰은 물을 보고 잠깐 망설였을 뿐 근처에 서 있는 사람들을 한 번 보고 다시 물을 한 번 본 다음 멈추지 않고 가버렸다고 했다. 특유의 동작으로 내달려, 앞뒤 네 다리로 땅바닥에 평행한 두 줄 발자국을 남기고.

그때는 열차가 해롭지 않았다. 야영지에 있으면 지나가는 벌목 화물 운반 열차 소리가 가끔 들리기도 했지만 열차 소리를 인식하는 것은 아주 드문 일이었다. 아무도 소리가 나는지 안 나는지 신경쓰고 듣지 않았기 때문이었다. 열차가 황야로 들어갈 때는 조그만 기관차가 연기를 내뿜고 땅콩 볶는 기계 같은 날카로운 기적 소리를 아주 잠깐 내지른 뒤, 경쾌하게 덜컥거리는 무개화차들을 끌고 가볍고 빠르게 달려 생각에 잠긴 듯 무심한 황야로 메아리도 없이 빨려들었다. 황야에서 짐을 가득 싣고 다시 나올 때는 들어갈 때보다 확실히 속도가 느려져 있었다. 힘에 부친 듯 안간힘을 쓰며 기어가는 모습이 마치 장난감 열차처럼 보였다. 열차는 증기를 아끼기 위해 기적도 울리지 않으면서 태고의 숲 면전에 조그만 연기를 뻐끔뻐끔, 힘겹게 내뿜으며 지나갔다. 공허하고 소란스러우며 유치하고도 무익한 자만으로 가득 찬 열차는 목적도, 목적지도 없이 왔다갔다하며 나무토막들을 실어날랐지만 황야에는 아무런 상처도 흔적도 남기지 못했다. 벌목 화물 운반 열차는 모래를 실어 운반하고 땅에 부린 다음 다시 모래를 실으러 바삐 오가는 아이의 장난감 차처럼 지치지도 멈추지도 않았으며, 신속하게 움직이기는 했으나, 그것을 장난감 놀이하듯 이리저리 옮기며 짐을 채우고 부리는 절대자의 손보다는 빠르지 않았다. 하지만 이제는 상황이 달라졌다. 물론 기관차와 카부즈를 포함해, 열차는 모든 부분이 예전과 똑같았다. 심지어는 기관사, 제동수, 차장까지도 같은 사람들이었다. 2년 전 어느 날, 분이 열네 시간 동안 술에 취했다가 깼다가 다시 취했다가 또 깨기를 반복한 후, 다음날 올드벤을 어떻게 사냥할 것인지 떠벌리고 있을 때 옆에서 듣고 있던 바로 그 사람들이었던 것이다. 지금도 그때와 똑같이, 열차가 지나가는 철로 양옆에는 아무것도 들이지 않고 무엇에도 영향 받지 않는 숲이 벽처럼 버티고 서 있었고, 그 사이로 열차는 옛 지형지물들과 동물들이 철길을 건너기 위해 오가는 통행로들을 지나며 허겁지겁 달려가고 있었다. 그는 이 부근에서 여러 번 수사슴을 뒤쫓았다. 그중에는 열차에 부딪혀 다친 놈도 있었고 멀쩡한 놈도 있었다. 그는 또한 이곳에서, 한쪽 숲에서 뛰어나온 사슴이 레일과 침목이 깔려 있는 철길 둑을 훌쩍 뛰어넘어

털끝 하나 다치지 않고 맞은편 숲으로 다시 뛰어들어가는 모습을 적어도 두 번 이상 본 적이 있었다. 사슴은 땅 위에서 사는 생물이므로 결국은 땅으로 내려오겠지만 철길 둑을 뛰어넘을 때는 원래 몸길이의 세 배쯤 되도록 몸을 길게 늘인 채 땅을 딛지도 않고 마치 화살처럼 날아갔다. 그럴 때는 사슴의 털색이 연해져서 다른 색깔로 변한 느낌마저 주었다. 마치 부동의 상태와 절대의 동적 순간 사이에 어떤 점이 있어서, 몸이 그 점에 다다르면 고통 없는 화학적 변화를 통해 규모나 모양뿐 아니라 색깔까지 변하면서 마침내 바람의 빛깔을 띠게 되는 것 같았다. 하지만 지금은 상황이 달라졌다. 이제는 열차의 존재가 (그리고 열차뿐만 아니라 그 자신도, 그리고 열차를 본 그의 시각과 그것을 기억하는 그의 기억도, 뿐만 아니라 그가 입고 있는 옷까지도, 마치 한없이 청정한 공기에 죽음의 냄새를 확 퍼뜨린 환자복처럼) 이 불우한 황야에, 실제로 도끼질이 시작되기도 전부터, 아직 완공되지도 않은 목공소와 아직 놓이지도 않은 철로의 그림자 내지는 전조를 끌어들인 것 같다는 생각이 들었다. 그리고 아침에 호크스를 보자마자 머리에 떠올랐지만 아직 의식 저편에 접어두고 있던 생각의 실체를 알 것 같았다. 그것은 드 스페인 소령이 숲에 돌아오지 않았던 이유가 무엇이었는지에 대한 깨달음, 그리고 그 자신은 다시 한번 와보지 않을 수 없었지만 이제 다시는 되돌아오지 않으리라는 예감이었다.

이제 열차가 그의 목적지에 다가가고 있었다. 기관사가 기적을 울려 그에게 신호를 보내기 전부터 그는 이미 알고 있었다. 그때 철로 옆으로 애시가 짐마차를 타고 지나가는 모습이 보였다. 보나마나 지금도 고삐를 브레이크 손잡이에 감아놓고 있을 것이었다. 드 스페인 소령은 애시의 그런 습관을 고치기 위해 8년 동안 한결같이 주의를 주었었다. 열차가 속도를 늦추면서 느슨해진 차간 연결기들이 다시 덜컥거리며 부딪히는 소리가 화차 뒤로 차례로 전달되었고, 카부즈가 애시의 짐마차 옆을 천천히 지나가는 순간 그는 총을 들고 아래로 뛰어내렸다. 뛰어내린 그의 머리 위로 창밖으로 몸을 내밀어 기관사에게 신호를 보내는 차장의 모습이 보였다. 카부즈는 아직도 속도를 늦추며 기어가고 있었지만 기관차가 연기를 내뿜는 소리는 이미 점점 박자를 빨리하여 메아리 없는 황야로 퍼져나갔고 차간 연결기가 철커덕 당겨지는 소리가 또 한번 뒤쪽으로 전달되면서 카부즈도 마침내 속도를 내 달려갔다. 잠시 후 열차는 사라졌다. 마치 처음부터 없었던 것처럼 열차 소리도 들리지 않았다. 초록으로 물든 황야가 솟아올랐다. 생각에 잠긴 듯 무심하고 무궁무진하며 영원한 황야, 그 어떤 제재소보다 오래되었고 그 어떤 철로의 지맥보다도 긴 황야였다. 소년이 물었다. "분은 아직 안 왔어요?"

"왔어, 나보다 먼저 들어왔어." 애시가 말했다. "어제 호크스에 갔더니만 마차에 짐을 다 실어놓고 내가 와서 끌고 갈 수 있게 해놨더라니까. 그리고 어젯밤 야영지에 들어와서 보니까 입구 계단에 앉아 있더라고. 오늘 아침 날이 밝고서부터 계속 숲에서 싸돌아다니고 있을걸? 풍나무까지 갈 거라며 그쪽으로 사냥을 나오라고 너한테 전하라고 했고. 거기서 만나자데." 그는 그곳이 어딘지 알고 있었다. 숲을 막 벗어나면 나오는 오래된 빈터에 커다란 풍나무가 홀로 서 있는 곳이었다. 일 년 중 이맘때, 조용히 기어서 다가간 후 갑작스럽게 달려들어가면 많을 때는 열 마리도 넘게 다람쥐를 잡을 수 있었다. 근처에 기어오를 다른 나무들이 없어서 독 안에 든 쥐나 다름없었기 때문이다. 그는 짐마차에 아예 타지 않기로 했다.

"갈게요." 그가 말했다.

"그럴 줄 알았어." 애시가 말했다. "너 주려고 탄환을 한 상자 가져왔는데." 그는 탄환 상자를 아래로 건네고는 고삐를 브레이크 손잡이에서 풀고 있었다.

"드 스페인 소령님이 그렇게 하지 말라고 지금까지 도대체 몇 번이나 말씀하셨어요!"

"그렇게가 뭔데?" 애시가 말했다. "그리고 분 호갠벡한테 한 시간 후면 식사 준비가 다 끝난다고 말해. 먹고 싶으면 와서 먹으라고."

"한 시간 후요? 아직 아홉시도 안 됐어요." 그는 시계를 꺼내 애시 쪽으로 내밀어 보였다. "보세요." 애시는 시계를 쳐다보지도 않았다.

"그건 도시의 시간이고. 여기는 도시가 아니고 숲이잖아."

"그럼 해를 좀 봐요."

"해도 신경쓸 거 없어." 애시가 말했다. "너도 분 호갠벡도 밥을 먹고 싶으면 내가 말할 때 와서 먹는 게 좋을 거다. 장작을 패야 하니까 부엌일을 빨리 해치우려고 그래. 그리고 발 조심해. 뱀이 우글거려."

"그럴게요." 그가 말했다.

그리고 숲으로 들어갔다. 혼자는 아니었으나 고독했다. 고독이 여름의 짙은 초록으로 그를 에워쌌다. 숲은 변하지 않았다. 여름의 초록, 가을의 단풍과 비처럼, 그리고 강철 같은 겨울 추위와 눈처럼, 영원한 숲은 시간이 흘러도 변하지 않을 것이었다.

그날 아침, 그가 수사슴을 죽이고 샘이 사슴의 더운 피로 그의 얼굴에 표시를 해주었던 날, 야영지로 돌아오니 애시 영감이 불만에 가득 차 눈을 깜빡이고 있었고, 심지어 믿을 수 없다고 분노를 터뜨리며 따지기까지 하고 있었다. 결국 매캐슬린이 나서서 소년이 사슴을 사냥한 게 맞다고 확인까지 해주어야 했다. 그날 밤, 애시는 화덕 뒤에 버티고 앉아 아무도 가까이 오지 못하게 호통을 치고 있었고, 그 때문에 테니 아들 짐이 대신 저녁식사를 차려야 했다. 그러더니 다음날에는 새벽 한시 반에 식탁을 차려놓고 사람들을 깨웠다. 참다못한 드 스페인 소령이 화를 내자 애시는 뚱한 목소리로 소리치며 응수를 했고 그때서야 영감의 속마음이 드러났다. 자기도 숲에 나가 사슴을 쏘고 싶고 곧 그렇게 할 거라는 것이었다. 드 스페인 소령이 말했다. "아이고. 사냥 나가도록 놔두지 않으면 이제부터 우리가 직접 요리를 해야 할 판이군." 그러자 월터 유얼이 "아니면 자정에 일어나 애시가 차려놓은 음식을 먹든가" 하고 말했다. 소년은 이번 사냥에서 이미 사슴을 죽였기 때문에 고기가 필요한 상황이 아니면 다시 사슴을 쏘아서는 안 되었다. 그래서 그는 애시에게 자기 총을 내주었다. 그러자 드 스페인 소령이 조정에 나서서 그날만 소년의 총을 분에게 주기로 하고 분의 예측 불가능한 펌프식 연발총을 산탄 두 개와 함께 애시에게 주었다. 하지만 애시는 "탄환은 나도 있우" 하면서 보여주었다. 네 개였는데 큰 동물을 사냥할 때 쓰는 산탄 하나와 토끼 사냥용 3호 탄환 하나, 새 사냥용 탄환이 두 개였다. 그것들을 하나하나 보여주면서 어디서 어떻게 생긴 물건인지 내력을 설명하는 애시의 표정뿐만 아니라 그 말을 듣고 있던 드 스페인 소령과 월터와 콤슨 장군의 표정까지도 그는 모두 기억하고 있었다. 애시가 말했다. "발사가 되냐고? 때가 되면 될 거요." 그는 산탄을 보여주며 "이건 콤슨 장군께서 주신 거요. 8년 전에 커다란 사슴을 쏘신 직후에 바로 그 총에서 꺼내주셨소" 했고, 토끼 사냥용 탄환을 의기양양하게 내밀며 "그리고 이것은 여기 이 꼬마보다 더 오래된 거라오!" 했다. 그 날 아침, 애시는 총을 직접 장전했다. 순서를 거꾸로 해서 새잡이용 탄환, 토끼잡이용 탄환, 그리고 산탄의 순서로 장전해 산탄이 가장 먼저 약실로 이동하도록 했다. 소년 자신은 총을 지니지 않았다. 두 사람은 말을 탄 드 스페인 소령과 테니 아들 짐 옆에서 개들과 나란히 걸었다. (눈이 온 날이었다.) 한참 후, 넓게 흩어져 냄새를 추적하던 개들이 듣기 좋은 힘찬 소리로 짖어대자, 내리는 눈에 감싸인 듯한 그 소리는 대기중에 둔탁하게 울리다가 눈 깜짝할 사이에 사라졌다. 고요하게 끊임없이 내리는 눈 속에서 수없이 많은 가벼운 눈송이들이 미처 생기지도 않은 메아리를 파묻어버린 것 같았다. 드 스페인 소령과 테니 아들 짐도 함성을 지르며 숲속으로 사라졌다. 그로써 문제는 해결되었다. 애시가 직접 말을 하지는 않았지만 이제 자기도 사슴 사냥을 해본 거라고 생각하고 있음을 소년은 알 수 있었다. 따라서 소년이 그 어린 나이에 사슴을 잡은 것도 용서받을 수 있게 되었으므로 문제는 해결된 셈이었다. 이제 그들은 뒤돌아서서 내리는 눈을 뚫고 숙소를 향해 걸어갔다. 좀더 자세히 말하자면, 애시가 "이제 어디로 가?" 하고 묻자 그가 "이쪽으로요" 하면서 길을 이끈 것이었다. 비록 그들이 서 있는 곳이 야영지에서 1.5킬로미터 정도밖에 떨어지지 않은 곳이었지만, 애시는 지난 20년간 매년 두 주를 야영지에서 보냈음에도 어디가 어딘지 전혀 모르리라는 것을 알기에 소년이 앞장을 섰다. 하지만 얼마 가지 않아, 애시가 분의 총을 들고 있는 모습에 소년은 안절부절못하게 되었고, 그래서 애시를 앞세우고 소년은 뒤에서 걸어갔다. 앞서 걷던 애시 영감이 말을 하기 시작했다. 영감의 수다스러운 독백은 지금 여기가 어디쯤이냐는 물음으로 시작해서 숲에 대한 얘기로, 그리고 숲에서 하는 야영에 대한 얘기로 이어졌고, 그 뒤로도 야영하면서 먹는 음식에 대해, 그리고 전반적인 음식에 대해, 요리에 대해, 또 자기 마누라의 요리에 대해 끊임없이 주절거렸다. 그러고는 자신의 늙은 마누라에 대해 잠깐 얘기하고 나서 드 스페인 소령의 이웃집에 새로 유모로 온 살색이 옅은 여자에 대해 장황설을 풀기 시작했다. 그 여자가 자기에게 자꾸 꼬리를 치는데 조심하지 않으면 늙은 영감이 얼마나 늙었는지 아닌지 알게 해줄 테지만, 마누라가 시도 때도 없이 자기를 감시하니 힘들 수 있다고도 했다. 두 사람은 동물들이 지나다녀 생긴 길을 따라 빽빽한 대숲과 찔레 숲을 가로지르고 있었고 좀 있으면 야영지에서 800미터쯤 떨어진 지점에서 숲을 빠져나가게 될 참이었다. 두 사람은 오솔길을 가로질러 쓰러져 있는 커다란 나무 기둥에 다가가고 있었다. 계속 수다를 떨고 있던 애시가 나무에 걸려 넘어질 뻔한 순간 한 살쯤 되어 보이는 어린 곰이 갑자기 통나무 너머에서 고개를 들더니 일어나 앉았다. 곰은 기도를 하려고 손을 모아 얼굴 앞에 대려다가 깜짝 놀란 것처럼, 앞다리를 팔처럼 앞으로 모아 가슴에 대고 손목을 힘없이 늘어뜨린 자세로 멈춰 있었다. 어느 정도의 시간이 지나, 애시가 총을 위쪽으로 벌떡 세웠다. 소년이 말했다. "아직 탄환이 총신으로 들어가지도 않았어요. 슬라이드를 당겨야죠." 하지만 그때는 이미 애시가 약실이 비어 있는 총의 방아쇠를 당긴 후였다. 소년이 다시 말했다. "슬라이드를 당겨요. 총신에 아직 탄환이 안 들어갔다니까요." 그래서 애시는 슬라이드를 당겼고 조금 기다린 후 총을 다시 겨누었다. 총이 발사되자 소년은 "다시 당겨요" 하고 말한 뒤 앞서 발사된 산탄이 무겁게 빙글빙글 돌면서 대숲으로 들어가는 모습을 지켜봤다. 소년이 이번엔 토끼잡이용 탄환이겠지, 생각하고 있을 때 총이 다시 발사되었다. 다시 슬라이드를 당기라는 말을 하지 않고, 이젠 새잡이용 탄환 차례야, 생각하던 소년이 갑자기 "쏘지 말아요! 쏘지 말라고!" 하고 외쳤으나 때는 이미 늦었다. 슬라이드도 당기지 않은 채 방아쇠를 당긴 총에서 메마르고 사악한 짤깍 소리가 났다. 그러자 곰은 뒤돌아서 앞발을 바닥에 털썩 떨어뜨리고는 네 발로 걸어서 사라져버렸다. 쓰러진 나무와 대숲, 쉴 새 없이 내려 벨벳처럼 쌓이는 눈만 남았다. 애시가 "이제 어디로?" 하고 묻자 소년은 "이쪽이요. 어서 와요" 하면서 이미 오솔길을 따라 뒷걸음질치고 있었다. 그때 애시가 말했다. "내 탄환들을 찾아야 돼." 소년이 소리쳤다. "아, 정말 미치겠네. 집어치워요! 어서 가자구요." 하지만 애시는 쓰러진 나무에 총을 비스듬히 세워두고 탄환이 발사된 자리로 되돌아가 웅크린 채 대나무 뿌리 사이를 헤치며 더듬거렸다. 마침내 소년도 다가가 허리를 굽혀 땅바닥을 수색하다가 결국 발사된 탄환들을 찾아냈다. 그런데 두 사람이 일어선 순간, 2미터쯤 떨어진 나무에 세워두고 잠시 잊어버리고 있던 총에서 천둥 치는 소리가 났다. 사람 손이 닿지도 않았는데 갑자기 요란스럽게 화염을 내뿜고는 이내 잠잠해진 것이다. 소년은 총을 가져와 화염에 말라붙은 마지막 탄환을 밀어내 빼낸 다음 그것도 애시에게 건넸다. 그리고 슬라이드를 밀어놓은 상태 그대로 직접 총을 들고 숙소로 돌아온 소년은 분의 침대 뒤 구석에 총을 세워두었다.

그리고 여름과 가을, 눈 덮인 겨울, 그리고 촉촉하게 물오른 나무들의 봄이 질서 있게, 영원히 변치 않을 순서로 펼쳐질 것이다. 그것은 자연이 태고로부터 반복해온, 죽음을 초월한 과정이었다. 자연은 어른이 되어가는 그를 지금까지 키워주고 어머니가 되어주었다. 또한 그가 숭배하고 경청하고 사랑했던 노인, 죽음으로 그를 슬프게 했던 노인, 그의 정신의 아버지이자, 검둥이 노예와 치카소족 추장의 아들로 태어난 그 노인에게도 자연은 어머니와 아버지가 되어주었다. 언젠가 그도 결혼을 하게 될 것이었다. 그리고 그들 부부 또한 잠시나마 그 짧고 실체 없는 영광, 그러나 본질적으로 지속이 불가능하므로 영광이라 할 수도 없는 그 순간을 누리게 될 것이었다. 그러나 영광이 사라져도 기억은 남아 있을 것이니, 살과 살을 맞대고 함께할 수 없는 시간이 오더라도 그 순간의 추억만은 간직할 것이었다. 하지만 무엇보다도 그에게는 숲이 정부요, 아내일 것이었다.

그는 풍나무 쪽으로 가지 않았다. 사실은 오히려 반대편으로 가고 있었다. 한때는, 그리 오래된 일도 아니지만, 다른 사람을 동반하지 않고 이곳에 혼자 오는 것을 어른들이 허락하지 않았을 때도 있었다. 좀더 시간이 흘러 자신이 모르는 것이 얼마나 많은지 알게 되면서는 다른 사람을 동반하지 않고는 이곳에 올 엄두를 내지 못했다. 그러나 시간이 더욱 흐른 후, 그가 아는 것과 모르는 것의 경계를 희미하게나마 인식하고 나서는 나침반에 의지해 혼자 올 시도를 해볼 수도 있게 됐다. 스스로에 대한 신뢰가 아니라 나침반에 대한 신뢰가 커졌기 때문이었다. 매캐슬린과 드 스페인 소령과 월터와 콤슨 장군이 나침반이 알려주는 정보가 아무리 미심쩍어도 안심하고 믿어도 된다는 사실을 소년의 머릿속에 심어주었던 것이다. 하지만 이제는 나침반도 없이 해를 보며 길을 찾았다. 가끔씩, 거의 무의식적으로 해를 올려다보긴 했지만, 그는 축척 지도에서 자신이 서 있는 곳을 사방 30미터 이내의 오차로 짚어낼 수 있었다. 과연 어김없이, 그가 예상했던 바로 그 순간에 지대가 어렴풋이 높아지더니, 드 스페인 소령이 팔지 않고 남겨둔 땅의 네 귀퉁이에 제재회사의 측량기사가 박아놓은 콘크리트 지표 중 하나를 지나쳤다. 그러고 나서 둔덕의 꼭대기에 오르니 네 귀퉁이의 지표가 모두 눈에 들어왔다. 해체 그 자체마저 사정과 발기와 수태와 출산을 포함한 펄펄 끓어오르는 활동의 일부이며 죽음조차 존재하지 않는 그곳에서, 생명 없는 콘크리트 지표들이 겨울의 풍화작용에도 아무 변화 없이 허옇게 박혀 있는 모습은 섬뜩할 정도로 이질적이었다. 두 번의 겨울 동안 나뭇잎으로 뒤덮이고 두 번의 봄을 거치며 빗물에 휩쓸린 후, 두 개의 무덤은 흔적도 없이 사라졌다. 하지만 그 무덤들을 찾아보려고 이렇게 멀리 올 사람이라면 묘비가 없더라도, 샘 파더스가 그에게 가르쳐준 대로, 나무들의 배치만 보고도 찾을 수 있을 것이었다. 그렇게 해서 추정되는 위치로 간 그는 땅에 사냥용 칼을 단 몇 번 찔러본 끝에 둥그런 마차 바퀴용 윤활유 깡통을 찾아냈다(그게 아직도 있는지 칼끝으로 확인만 해본 것이다). 발가락이 잘린 올드벤의 발을 말린 후 담아놓은 그 깡통 아래에는 라이언의 유골이 놓여 있었다.

그는 라이언의 무덤을 건드리지 않았다. 또한, 2년 전 일요일 아침에 매캐슬린과 드 스페인 소령과 분과 함께 샘의 시신을 내려놓은 다음, 고인의 사냥용 뿔나팔과 칼, 담배 파이프를 함께 놔두었던 나머지 무덤 하나도 찾아보지 않았다. 그럴 필요가 없었다. 방금 전 그 무덤을 밟고 지나왔을 수도 있고, 지금 밟고 서 있는 땅이 그 무덤인지도 모를 일이었다. 하지만 그런 건 아무래도 괜찮았다. '샘은 내가 여기 도착하기 한참 전부터 오늘 아침 내가 숲에 들어와 있다는 걸 이미 알고 있었을 거야.' 이런 생각을 하며 그는 어떤 나무 쪽으로 걸어갔다. 매캐슬린과 드 스페인 소령이 이곳에서 그와 분을 발견했던 날, 샘을 눕혀놓았던 단의 한쪽을 받쳐주던 나무였다. 나무 기둥에 못으로 박아둔 또하나의 윤활유 통이 비바람에 녹슬어 있었다. 그것 역시 이질적인 물건이었지만 그 이질성은 만물을 조화롭게 보편화시키는 황야의 힘으로 치유되었다. 텅 빈 깡통은 아무런 소음도 내지 않았다. 그날 그가 넣어둔 음식과 담배도 사라진 지 오래였고 그가 지금 넣으려하는 물건들도 머지않아 그렇게 사라질 것이었다. 그는 주머니에서 꼬아놓은 담뱃잎 한 타래와 무늬가 화사한 새 손수건, 샘이 좋아하던 박하사탕이 든 종이봉지를 꺼냈다. 이것들도, 어쩌면 그가 등을 돌리기도 전에, 사라질 것이다. 그냥 없어지는 것이 아니라, 여기 이 비밀스럽고 햇빛이 들지 않는 무덤의 짙은 흙에 섬세한 요정 발자국을 찍어놓은 무수히 많은 생명들로 바뀌어갈 것이다. 그 생명들은 가만히 멈춰 숨을 쉬고 기다리며, 그가 다시 발걸음을 옮겨 걸어나갈 때까지 도처의 나뭇가지와 나뭇잎 너머에서 그를 지켜보았다. 그는 잠깐 발걸음을 멈췄을 뿐 머무르지 않고 둔덕을 떠났다. 라이언에게도 샘에게도 죽음이란 없었으므로 그 둔덕은 죽은 자들의 거처가 아니었다. 라이언과 샘은 땅속에 갇힌 것이 아니라 땅속에서 자유를 찾았으며, 땅속에 누운 것이 아니라 땅의 일부가 되었다. 무수한 부분으로 분해되었지만 그 무수한 부분 하나하나가 흩어져 사라지지 않고, 나뭇잎과 잔가지에서 티끌로, 공기와 태양과 비에서 이슬과 밤으로, 도토리에서 참나무와 나뭇잎으로 그리고 다시 도토리로, 어둠에서 새벽으로, 다시 어둠으로, 또다시 새벽으로, 계속 바뀌지만 본질은 변하지 않은 채, 무수한 부분들이 모여 하나가 되고 있었다. 그리고 올드벤. 올드벤도 마찬가지였다. 그들은 올드벤에게 발을 돌려줄 것이었다. 틀림없이 돌려줄 것이었다. 그러면 그 기나긴 도전과 기나긴 추적도 끝나, 쫓기고 분노하는 마음도, 찢기고 피 흘릴 살도 없어질 것이었다. 그때, 얼어붙듯 걸음을 멈추는 그 순간, 그의 귀에 애시가 헤어질 때 했던 경고가 다시 들리는 것 같았다. 한 발을 내밀어 체중을 싣고 등 뒤에 있는 발을 땅에서 막 떼려다가 꼼짝하지 않고 멈춰 선 그 순간, 애시의 목소리가 실제로 들리는 것만 같았다. 그 순간 그는, 숨도 멈춘 채, 아이작 매캐슬린이 아직 세상에 있기 전부터 존재했을 그 예리한 통증 같은 섬뜩함을 다시 한번 느꼈다. 땅바닥을 내려다보며 그가 느낀 것은 원초적 공포였을 뿐, 그는 깜짝 놀라 겁에 질린 것은 아니었다. 그것은 아직 똬리를 틀지는 않았고 소리도 내지 않았으며, 그저 재빨리, 크게 수축하면서 옆으로 한 번 몸을 말아 동그란 고리 모양으로 만들었다. 그런 다음 말아놓은 몸에 지탱해 치켜든 머리를 뒤로 살짝 젖혔지만 깜짝 놀라서도, 위협하기 위해서도 아닌 것 같았다. 몸길이가 180센티미터는 넘을 것 같은 그것은 그의 정강이 길이만큼도 떨어지지 않은 곳에서 머리를 그의 무릎보다 높이 세운 채 도사리고 있었다. 이제는 늙어, 젊었을 때는 선명했을 무늬들이 흐릿하게 변해 있었다. 그것이 기어다니고 몸을 숨기는 황야와 어울리는 단조로운 색이었다. 지구상에서 저주받은 고대의 동물, 치명적이고 고독한 늙은 동물. 그 동물에게서 썩은 오이 냄새, 혹은 이름 모를 다른 생물의 엷고 메스꺼운 냄새가 났다. 모든 지식과 오랜 권태와 이방인의 외로움과 죽음을 환기하는 냄새였다. 마침내 그것이 움직였다. 하지만 머리는 그대로였다. 미끄러지듯 그에게서 멀어지고 있는 동안에도 머리의 높이는 변하지 않았다. 이젠 수직은 아니지만 머리를 여전히 꼿꼿이 세운 채 움직이는 모습을 보니, 땅 위로 세우고 있는 머리와 삼분의 일쯤 되는 몸통이 그 자체로 완전한 개체이자 전부인 것 같은 느낌, 질량과 균형에 관한 모든 법칙에서 자유로운 두발짐승 같은 느낌을 주었다. 그런 인상은 어쩌면 당연한 것이었다. 마치 걸어다니는 듯 보이던 머리와 몸통 일부분 뒤로 물 흐르듯 움직이던 그림자 같은 것이 모두 한 마리 뱀의 몸이었다는 것을 그는 뱀이 사라지고 난 후에도 믿을 수 없었기 때문이다. 뱀이 사라지고 그는 마침내 다른 쪽 발을 땅에 내려놓았다. 그리고 자기도 모르는 사이에 똑바로 서서 한 손을 올렸다. 6년 전 어느 날 오후, 그를 황야로 데려와 유년기를 벗어나는 의식을 치러주었던 날 본 샘의 모습 그대로였다. 생각지도 않았던 말이 그의 입에서 튀어나왔다. "추장님." 그날 샘이 썼던 그 옛 언어로 그가 말했다. "할아버지."

그 소리가 처음 나기 시작한 것이 언제였는지는 알 수 없었다. 그가 그 소리를 의식한 순간에는 이미 그 전 몇 초 동안 소리가 나고 있었다는 생각이 들었기 때문이다. 누군가 총의 몸통 부분을 철로에 내리치고 있는 것 같은 요란하고 육중한 소리였다. 빠르지는 않았지만 어딘가 격분한 사람의 행동 같았다. 소리를 내는 사람은 튼튼한 남자일 것 같았으며 어딘가 절박하고 히스테리에 사로잡힌 듯한 느낌도 들었다. 하지만 벌목 화물 운반 열차의 철로일 리는 없었다. 철로가 있는 곳과 소리가 들려오는 방향이 같기는 했지만 철로는 그가 서 있는 곳에서 적어도 3킬로미터는 떨어져 있는 반면, 소리는 약 300미터 이내에서 들려왔기 때문이다. 그런 생각을 하는 동안 그는 소리가 어디에서 들려오는지 깨달았다. 그 남자가 누구건, 그가 무엇을 하고 있건, 그는 분과 만나기로 한 풍나무가 있는 오래된 빈터 가장자리 어딘가에 있었다. 그때껏 그는 걸어가면서 사냥을 하기 위해 땅과 나무 모두를 살펴보면서 천천히, 조용히 움직이고 있었다. 하지만 이제는 총에서 탄환을 빼낸 다음 찔레 넝쿨과 덤불을 헤치고 지날 때 걸리적거리지 않도록 총신을 어깨 너머로 비스듬히 기울여 세우고 걸어갔다. 쇠로 쇠를 내리치는 것 같은 그 소리는 한결같고 야만적인데다 어딘가 기묘하게 히스테리 발작 같은 느낌을 주었고, 가까이 다가갈수록 더 요란해졌다. 그는 숲을 나와 오래된 빈터로 들어가 홀로 서 있는 풍나무를 마주하고 섰다. 얼핏 보니, 정신없이 달아나는 다람쥐들 때문에 나무가 꿈틀꿈틀 살아 움직이는 것처럼 보였다. 이 가지에서 저 가지로 뛰어넘고 달려가는 다람쥐들의 수가 마흔에서 쉰 마리는 족히 되는 것 같았고, 그로 인해 나뭇잎이 미친 듯 흔들리면서 나무 전체가 거대한 초록색 소용돌이를 일으키고 있었다. 때때로 다람쥐 한 마리, 또는 두셋이 함께, 쏜살같이 나무를 타고 내려왔으나 친구들이 일으키는 광란의 소용돌이에 거칠게 빨려든 듯 멈추지도 않고 바로 되올라갔다. 그때 분이 보였다. 나무에 등을 기대고 앉아 머리를 숙인 채 무릎 위에 놓인 무언가를 미친 듯이 두드리고 있었다. 그의 총이 조각조각 분해되어 주변에 흩어져 있었다. 분이 손에 들고 내리치는 것은 총신 부분이었고 무릎 위에서 타격을 받고 있는 것은 총의 약실이었다. 분은 시뻘겋게 달아오르고 땀으로 범벅이 된 호두 모양 얼굴을 그의 무릎에 놓인 쇳조각 위로 기울인 채, 정신을 놓아버린 미치광이처럼, 해체된 총신을 약실에 두들겨대고 있었다. 분은 누가 왔는지 올려다보지도 않았다. 두들기는 동작을 멈추지 않은 채 소년을 향해 숨넘어갈 듯 거친 목소리로 외쳤다.

"여기서 꺼져! 만지지 마! 아무것도 만지지 마! 다 내 거야!"

겸손과 긍지라는 가치

　윌리엄 포크너의『곰』은 19세기 말 남북전쟁 이후의 미국을 배경으로, 당시의 시대상을 잘 표현해낸 미국 현대문학의 걸작으로 평가받는 작품이다. 이 작품의 원형은 1935년 〈하퍼스〉지에 발표된 '라이언'이라는 제목의 단편소설이며, 이후 1942년에 〈새터데이 이브닝 포스트〉지에 '곰'이라는 제목으로 수정본이 실리기도 했다. 가장 완성된 형태는 같은 해에 발표된 포크너의 소설『모세여 내려가라와 다른 이야기들』에 포함된 작품으로서 본 번역도 이를 토대로 하였다.『모세여, 내려가라』는 그 안에 내용적 연관성을 지닌 개별 작품 일곱 편이 함께 실려 있기 때문에 단편집으로 간주되기도 하고 장편소설로 읽히기도 한다. 책의 제목은 흑인영가에서 따왔는데, 미국에서 노예로 사는 흑인들의 처지를 이집트에서 박해받은 유대인의 처지에 빗댄 제목이다. 전편에 걸친 중심인물은 아이작 매캐슬린인데, 『곰』은 주로 그의 청소년기를 그리고 있다.

『곰』에서 아이작은 매년 늦가을 어른 사냥꾼들과 함께 사냥여행을 떠난다. 그리고 숲에서의 경험을 통해 자연이 주는 겸허한 긍지를 체득한 소년은 자연의 지배자가 아니라 자연에 속한 일원으로서 인간 사회의 진실과 대면하게 된다. 이야기는 크게 두 개의 기둥줄기로 이루어져 있다. 소년 아이작이 스승이자 동료인 샘 파더스와 함께 전설적인 늙은 곰 올드벤의 뒤를 쫓다 마침내 그 최후를 목격하는 이야기가 하나이고, 아이작의 할아버지 캐로더스 매캐슬린으로부터 내려오는 한 가문의 어두운 과거와 이를 감당하는 자손들의 개인사가 노예제도와 남북전쟁이라는 사회사를 배경으로 펼쳐지는 이야기가 다른 하나이다. 『곰』은 이 두 가지 이야기를 아우르면서, 인간의 탐욕으로 자연이 훼손되는 현실을 개탄하고 소유에 대한 집착이 인간 서로에게 그리고 자연에게 끼치는 해악을 그리고 있다.

1·2·3·5장 그리고 4장

『곰』은 전체 다섯 개의 장으로 구성되어 있는데, 아이작이 열여섯에 사냥을 떠나는 1장을 시작으로, 엄격한 시간적 순서에 따르지 않고 아이작의 회상, 그가 태어나기 전의 과거사, 그가 노인이 된 후의 장면 등을 오가며 진행된다. 첫 세 장은 소년을 포함한 사냥꾼 일행이 무적의 곰 올드벤을 추격하는 이야기다. 사람에게나 붙일 법한 올드벤이라는 이름으로 불리는 이 곰은 오랜 세월 동안 광활한 황야를 자기 집 마당처럼 휩쓸고 다니며 사람들 사이에 수많은 전설을 만들어 낸 영물이다. 아이작에게 사냥을 가르치고 자연에 대한 감수성을 심어준 샘 파더스는 인디언 추장과 흑인 노예 사이에서 태어난 혼혈 노예로서 올드벤을 겁내지 않고 추격할 수 있는 유일한 개 라이언을 알아본 인물이기도 하다. 3장에서 곰은 라이언과 사투를 벌이다 결국 인디언의 피가 섞인 백인 사냥꾼 분 호갠벡의 칼에 쓰러지고 만다. 곰이 죽는 모습을 보며 샘도 그 자리에서 쓰러지고 심한 부상을 입은 라이언도 결국은 죽음을 맞이하기에 이른다.

그리고 사냥 이야기는 잠시 사라지고 완전히 다른 이야기가 4장에서 펼쳐진다. 4장에서는 스물한 살이 된 아이작과 그를 어려서부터 키워준 친척 형 매캐슬린 에드먼즈 사이의 깊고도 진지한 대화가 길고 심오하게 서술된다. 할아버지 때부터 시작된 어지러운 가족사를 인식한 후 아이작이 가문의 유산을 거부하고 나오기 때문에 벌어진 둘 사이의 논쟁이다.

마지막 장은 다시 사냥 이야기로 돌아간다. 곰을 쓰러뜨린 마지막 사냥 이후 거의 2년 만에 아이작은 샘과 라이언이 묻혀 있는 땅을 다시 찾는다. 그리고 그곳에서 생명의 영속성에 대한 영적 체험을 하게 된다. 그리고 이야기의 후미를 장식하는 것은 무언가에 홀린 듯 미치광이 같은 모습으로 등장하는, 곰을 죽인 분 호갠벡이다.

아이작, 샘 파더스, 분 호갠벡 그리고 올드벤
이 작품에서 가장 흥미로운 점은 아이작과 샘 파더스와 분 호갠벡이 곰 올드벤과 맺는 관계이다. 표면상으로는 세 사람 모두 올드벤을 사냥하겠다는 공통의 목적을 추구하는 것처럼 보이지만 사실 그들 각자에게 곰은 상이한 의미를 지닌다.

어릴 적부터 어른들이 올드벤에 대해 하는 이야기를 듣고 자란 아이작의 마음속에 곰은 범접할 수 없는 불사의 존재로서 그가 감히 총을 쏠 수 있는 대상이 아니었다. 또한 인간사회의 탐욕으로부터 자유로우면서 공평무사한 자연의 법칙을 대변하는 올드벤을 뒤쫓는 동안, 아이작의 가치관도 어느덧 곰이 속한 세계의 그것을 닮아간다. 그리하여 아무것도 소유하지 않고 자신을 철저히 자연에 내맡김으로써 온전한 자유를 누리는 올드벤처럼, 청년 아이작도 재산 상속을 거부함으로써 소유에 대한 집착이 자연이나 다른 인간에게 가하게 되는 폭력으로부터 스스로를 해방시킨다. 올드벤이 죽은 후 연례행사처럼 벌어지던 사냥 모임도 해체되고 무자비한 개발로 숲이 파괴되기 시작했듯이 아이작에게 올드벤의 죽음은 숲의 죽음, 곧 자연의 해체를 의미한다.

샘과 올드벤의 관계는, 곰의 최후를 목격한 샘 파더스가 그 자리에서 쓰러져 결국 일어나지 못하게 된 사건에서 그 의미를 찾아볼 수 있다. 샘 파더스에게 올드벤은 투사의 대상이었다. 그에게 올드벤은 야생의 순수한 자유, 그리고 그것을 지키려는 결연한 의지의 표상이었으며, 단순한 사냥감을 넘어선 바로 그 자신이었다. 얼마 전까지도 노예 신분이었고 평생을 인간의 탐욕에 휘둘리며 살았던 노인은 곰과의 동일시를 통해 자신의 불운한 과거를 보상받고 싶었던 것이다. 번번이 실패하면서도 매년 곰을 잡기 위해 숲으로 들어가는 사냥꾼들과 동행하여 사냥에 나섰던 샘의 진정한 목적은 곰을 죽이는 것이 아니라 곰이 생존해 있고 생존해나가는 모습을 확인하는 것이었다. 그러므로 곰의 죽음을 목격한 샘 파더스에게는 더이상 살 이유가 없었던 것이다.

반면 분 호갠벡에게 올드벤은 그저 정복의 대상이었다. 결국 곰을 죽인 사람이 총도 제대로 다루지 못하고 무모하기만 했던 분 호갠벡이라는 사실이 꼭 아이러니만은 아닌 것도 바로 그런 이유에서다. 아이작과 분이 올드벤을, 더 확대해 자연을 보는 시각의 차이는 이야기의 결말 부분에서 극명하게 드러난다. 마지막으로 야영지가 있는 숲으로 가 홀로 걷다가 커다란 뱀과 맞닥뜨린 아이작은 온몸이 얼어붙는 원초적 공포를 경험한 후 어떤 알 수 없는 힘에 이끌려, 멀어져가는 뱀을 향해 "할아버지"라고 부른다. 탐욕의 삶을 살았던 자신의 친할아버지를 부정하고 뱀이 상징하는 자연에서 자신의 뿌리를 찾은 것이다. 반면 분 호갠벡이 다람쥐를 쏘기 위해 총을 고치려고 안달을 하면서 다람쥐가 다 자기 것이니 손대지 말라고 소리치는 광적인 행동은 소유에 대한 파멸적 집착을 드러낸다고 볼 수 있다.

한 소년의 성장담, 한 가문의 일대기, 한 나라의 역사

『곰』은 한 소년의 성장담이자, 한 가문의 일대기, 그리고 남북전쟁을 전후한 미국의 역사에 대한 기록이라고 할 수 있다. 이 작품에서 작가는 땅을 소유하는 행위, 자연을 훼손하는 개발, 흑인에 대한 인종차별 등에 관해 의문을 제기한다. 하지만 개략적인 뼈대만 놓고 보면

이 작품은 모험심 강한 십대 소년이 두려움과 동경의 대상이 된 늙은 곰의 뒤를 쫓으며 숲에서 성장하는 모험담이며, 그 자체로도 충분히 흥미진진한 이야기다. 실제로, 다섯 개 장으로 구성된 이 작품에서 대화의 형식을 통해 매캐슬린 가문의 역사와 당시 사회상을 길게 써내려간 4장만 제외하면 나머지 장은 모두 곰 사냥에 관한 이야기다. 사냥을 주제로 한 소설집 『거대한 숲Big Woods』(1955)에는 4장이 빠진 형태의 『곰』이 실리기도 했다. 때문에 일부 독자와 비평가들은 4장의 내용이 작품 전체의 완결성을 위해 꼭 필요한 부분인지 의문을 피력하기도 했으며, 4장이 있음으로써 오히려 작품의 균형이 깨진다고 보는 견해가 있기도 하다. 그러나 소년이 속한 공동체의 역사뿐만 아니라 사회제도, 인간성 등 다양한 주제를 세밀하게 탐구한 4장이 있기에 이 작품은 좀더 심층적인 맥락을 얻게 되며 한층 심오한 의미를 갖추게 되는 것도 사실이다. 실제로 『곰』은 이 4장의 존재로 인해 생태주의, 인종주의, 여성주의 등등 각 분야에서 여러 해석을 낳는 연구의 보고가 되기도 했다.

그런 심층적 작품을 번역하면서 가장 어려웠던 부분은 저자의 독특하고도 난해한 문체를 어떻게 살려낼 것인가 하는 문제였다. 사냥 이야기로 이루어진 1·2·3·5장의 경우는 묘사가 치밀하고 문장이 길다는 점이 걸리긴 해도 최소한 문장의 시작과 종결만은 분명하다. 그러나 4장의 경우는 첫 문장부터 소문자로 시작할 뿐만 아니라 마침표를 찾기가 힘들 정도로 긴 호흡을 유지하고 있다. 그러나 유심히 읽어보면 그 어떤 단어도 의도한 효과 없이 게으르게 나열되지 않았으며 심지어 그 순서까지도 치밀하게 계산된 것임을 알 수 있었다. 해서 우리말에 적합하게 재배열하면서도 의미와 이미지가 손상되지 않게 되살려내는 일은 참으로 지난한 과제였다. 원문의 긴 호흡을 재현하지 못하고 의미 전달에 중점을 두기 위해 문장을 잘라내는 것이 마치 원문을 모독하는 일처럼 느껴지기도 했지만, 번역된 언어 자체로 독자와 소통하지 못하면서 원문의 외형적인 구조만을 따르는 번역이 과연 존재의 이유가 있을까 하는 의문 끝에 결국 의미 전달을 중시한 번역을 택하게 되었다.

『곰』에 대한 해석과 비평은 참으로 다양하다. 하지만 이 작품이 미국 문학의 정수를 구현한 대가의 걸작이라는 점을 부인하는 사람은 흔치 않다. 가볍게 읽고 지나갈 수 있는 작품은 아니나, 읽을 때마다 작품 속 인물들과 더욱 공감하게 되고 의미를 한층 더 깊이 이해하게 되는 작품이다. 단어 하나하나를 새겨가며 읽다보면 이 작품은 반드시 가슴에 남는 울림을 줄 것이다. 마음을 다해 이해하려는 이에게 제가 가진 모든 것을 열어 보이는 것은 사람이나 예술작품이나 매한가지 아니겠는가.

민은영

1897년	9월 25일 미시시피 주 뉴올버니에서, 머리 포크너와 모드 버틀러 포크너 사이에 장남으로 태어남.
1902년	미시시피 주 옥스퍼드로 이사.
1914년	문학에 조예가 깊었던 변호사 필 스톤과 친교를 맺으며 고전과 현대문학을 탐독함. 옥스퍼드 고등학교 마지막 학년 때 자퇴.
1915년	축구를 하고 싶어 복학했다가 가을 무렵 완전히 자퇴. 제임스 스톤 '장군'의 야영지에서 곰 사냥을 함.
1916년	미시시피 대학을 드나들며 시를 씀. 스윈번과 하우스먼의 영향을 받음.
1918년	어린 시절 단짝이었던 에스텔 올덤이 코넬 프랭클린과 약혼. 1차세계대전에 참전하기 위해 육군에 지원하지만 키 문제로 입대하지 못함. 코네티컷 주의 뉴헤이븐에 있던 필 스톤에게 의탁하며 소형 무기 제조업체의 부기계원으로 일함. 4월 에스텔 올덤이 코넬 프랭클린과 결혼하자 6월에 영국 공군에 입대. 9월에 훈련을 받기 위해 군사비행학교가 있는 토론토로 이동. 11월 11일에 종전이 선언되자 12월 초에 옥스퍼드로 귀향.
1919년	참전 용사의 특혜를 입어 미시시피 대학에 입학. 8월, 〈더 뉴 리퍼블릭 *The New Republic*〉에 첫 시 「목신의 오후 *L'Après-midi d'un Faune*」가 실림(제목은 스테판 말라르메의 시 제목에서 차용했다). 대학 신문 〈더 미시시피언 *The*

Mississippian〉과 옥스퍼드 일간지 〈디 옥스퍼드 이글*The Oxford Eagle*〉에 시 작품들을 싣기 시작.

1920년 9월에 연극 동아리에 가입했으나 11월에 대학 자퇴. 희곡 「마리오네트*Marionettes*」를 씀. 첫 시집 『대리석 파우누스 *The marble Faun*』 완성.

1921년 훗날 셔우드 앤더슨의 아내가 된 엘리자베스 프롤이 운영하는 뉴욕의 서점에서 일함. 옥스퍼드로 돌아와 대학 구내의 우체국장으로 일함.

1922년 시 「초상*Portrait*」이 뉴올리언스의 문학잡지 〈더블 딜러*The Double Dealer*〉에 게재됨.

1924년 10월에 우체국장 직에서 사면. 엘리자베스 프롤과 그녀의 남편 셔우드 앤더슨을 만남. 필 스톤의 주선으로 12월에 『대리석 파우누스』 출간.

1925년 뉴올리언스에 있는 셔우드 앤더슨의 아파트에 머물며 〈더블 딜러〉 문인들과 교류를 시작함. 소설에 관심을 가지게 됨. 첫 소설 『병사의 보수*Soldier's Pay*』 완성. 앤더슨의 출판업자 호러스 리베라이트가 출간을 수락함.

1926년 2월, '보니 앤드 리베라이트'에서 『병사의 보수』 출간.

1927년 4월, 두번째 소설 『모기들*Mosquitoes*』 출간.

1928년 리베라이트가 세번째 소설 『흙먼지 속의 깃발*Flags in the Dust*』 출간을 거절. 소설의 분량을 줄인다는 조건으로 '하커트, 브레이스'에서 출간하기로 함. 봄에 『소리와 분노*The Sound and the Fury*』를 쓰기 시작해 초가을에 완성.

1929년 1월, 내용이 줄어든 『흙먼지 속의 깃발』이 『사토리스*Sartoris*』라는 제목으로 출간됨. 『성역*Sanctuary*』 집필 시작. 『소리와 분노』는 '하커트, 브레이스'에서 출간을 거절당하고, '케이프 앤드 스미스'에서 출간하기로 함. 4월에 에스텔 올덤과 프랭클린이 이혼하자 6월에 그녀와 결혼. 10월, 『소리와 분노』 출간. 그해 가을, 야간에는 대학 내 발전소에서 일하며 『내가 죽어 누워 있을 때*As I Lay Dying*』의 초고 완성.

1930년　10월, '케이프 앤드 스미스'에서 『내가 죽어 누워 있을 때』 출간. 집을 구입해 '로언 오크'라고 명명함. 〈더 포럼*The Forum*〉에 실은 첫번째 단편소설 〈에밀리를 위한 장미*A Rose for Emily*〉를 시작으로, 〈아메리칸 머큐리*American Mercury*〉 〈새터데이 이브닝 포스트*Saturday Evening Post*〉 〈스크리브너스*Scribner's*〉 〈하퍼스*Harper's*〉 등의 잡지에 단편소설들을 발표.

1931년　2월, 『성역』이 대폭 수정되어 출간. 성적 폭력성을 다룬 내용이 센세이션을 불러일으키며 할리우드의 관심을 끌었고, MGM과 워너브라더스의 대본작가로 일하는 계기가 됨. 대본작가 일은 이후 20년간 간헐적으로 지속됨(헤밍웨이의 『소유와 무소유*To Have and Have Not*』, 챈들러의 『빅 슬립*Big Sleep*』을 각색하여 만든 영화에는 포크너식의 대사가 상당 부분 포함되어 있다). 9월, 소설집 『열세 가지 이야기*These Thirteen*』 출간.

1932년　2월, 인종 갈등 문제를 본격적으로 다루기 시작한 『8월의 빛*Light in August*』이 '스미스 앤드 하스'에서 출간.

1933년　4월, 두번째 시집 『어린 가지*A Green Bough*』 출간. 『성역』이 〈템플 드레이크 이야기*The Story of Temple Drake*〉라는 제목으로 영화화됨.

1934년　4월, 탐정소설집 『닥터 마티노와 다른 이야기들*Doctor Martino and Other Stories*』 출간.

1935년　3월, 『철탑*Pylon*』 출간. 『압살롬, 압살롬*Absalom, Absalom!*』 집필에 착수.

1936년	10월, 랜덤하우스에서 『압살롬, 압살롬』 출간. 이후로 그의 작품은 거의 모두 랜덤하우스에서 출간되었다.
1938년	2월, 『정복되지 않은 사람들*The Unvanquished*』 출간. 옥스퍼드 외곽에 있는 농장을 구입해 '그린필드'라고 명명함.
1939년	1월, 『야생 종려나무*The Wild Palms*』 출간. 국립예술원 회원으로 선출. 앙드레 말로, 사르트르 등 프랑스 비평가들의 관심은 있었지만, 포크너는 이즈음에 이르러서야 미국 비평가들의 관심을 받기 시작한다.
1940년	4월, 스놉스 3부작의 시작인 『햄릿*The Hamlet*』 출간.
1942년	5월, 『곰*The Bear*』이 수록되어 있는 『모세여, 내려가라와 다른 이야기들*Go Down, Moses and Other Stories*』 출간.
1946년	문학평론가 맬컴 카울리가 편집한 선집 『포터블 포크너*The Portable Faulkner*』가 '바이킹 프레스'에서 5월에 출간됨. 서문과 해설을 붙인 이 책이 출간되자 지금까지 거의 읽히지 않던 그의 작품들에 대한 독자들의 관심이 높아진다.
1948년	9월, 『어둠 속의 침입자*Intruder in the Dust*』 출간. 국립예술원의 후신인 미국문학예술아카데미의 회원으로 선출됨.
1949년	노벨문학상 수상.
1950년	8월, 『윌리엄 포크너 소설집*Collected Stories of William Faulkner*』 출간. 미국문학예술아카데미로부터 '하우얼스 메달'을 수여받음.
1951년	『윌리엄 포크너 소설집』이 전미도서상 수상. 9월, 『성역』의 템플 드레이크 이야기를 가져온 『어느 수녀를 위한 진혼곡*Requiem for a Nun*』 출간. 10월에는 프랑스로부터 레지옹 도뇌르 수훈. 이 시점부터 윌리엄 포크너의 작품에 비평가들의 관심이 쏟아지고, 재정적 안정기에 접어듦.
1954년	8월, 『우화*A Fable*』 출간.

1955년	『우화』로 풀리처상 수상. 10월, 소설집 『큰 숲Big Woods』 출간.
1956년	알베르 카뮈가 각색한 〈어느 수녀를 위한 진혼곡〉이 파리에서 상연됨. 카뮈는 이 작품의 프랑스어 번역본에 서문을 쓰기도 했다.
1957년	5월, 스놉스 3부작의 2부인 『타운The Town』 출간. 버지니아 대학에서 레지던스 작가로 강의를 하게 되면서 샬로츠빌과 옥스퍼드를 오가며 지냄. 『철탑』이 〈더럽혀진 천사들 The Tarnished Angels〉이란 제목으로 영화화됨.
1958년	『햄릿』이 〈무덥고 긴 여름The Long, Hot Summer〉이란 제목으로 영화화됨.
1959년	1월, 『어느 수녀를 위한 진혼곡』이 뉴욕 브로드웨이에서 상연됨. 3월, 『소리와 분노』 영화화됨. 11월, 스놉스 3부작의 마지막 『저택The Mansion』 출간.
1962년	1월, 샬로츠빌에서 낙상. 5월, 뉴욕으로 건너가 미국문학예술아카데미로부터 골드 메달을 수여받음. 6월, 그의 마지막 소설이 된 『약탈자들The Reivers』 출간. 옥스퍼드에서 낙상. 그로부터 한 달여 후인 7월 5일 바이할리아에 있는 병원에 입원, 6일 심장마비로 사망. 다음날 가족 묘지가 있는 세인트 피터스 공동묘지에 묻힘.
1963년	『약탈자들』로 풀리처상 수상.

세계문학은 국민문학 혹은 지역문학을 떠나 존재하는 문학이 아니지만 그것들의 총합도 아니다. 세계문학이라는 용어에는 그 나름의 언어와 전통을 갖고 있는 국민문학이나 지역문학의 존재를 인정하면서 그것을 넘어서는 문학의 보편적 질서에 대한 관념이 새겨져 있다. 그 용어를 처음 고안한 19세기 유럽인들은 유럽문학을 중심으로 그 질서를 구축했지만 풍부한 국민문학의 전통을 가지고 있는 현대의 문학 강국들은 나름의 방식으로 세계문학을 이해하면서 정전(正典)의 목록을 작성하고 또 수정한다.

한국에서도 세계문학 관념은 우리 사회와 문화의 변화 속에서 거듭 수정돼왔다. 어느 시기에는 제국 일본의 교양주의를 반영한 세계문학 관념이, 어느 시기에는 제3세계 민족주의에 동조한 세계문학 관념이 출현했고, 그러한 관념을 실천한 전집물이 출판됐다. 21세기 한국에 새로운 세계문학전집이 필요하다는 것은 명백하다. 우리의 지성과 감성의 기준에 부합하는 세계문학을 다시 구상할 때가 되었다.

문학동네 세계문학전집은 범세계적으로 통용되는 고전에 대한 상식을 존중하면서도 지난 반세기 동안 해외 주요 언어권에서 창작과 연구의 진전에 따라 일어난 정전의 변동을 고려하여 편성되었다. 그래서 불멸의 명작은 물론 동시대 세계의 중요한 정치·문화적 실천에 영감을 준 새로운 작품들을 두루 포함시켰다.

창립 이후 지금까지 한국문학 및 번역문학 출판에서 가장 전문적이고 생산적인 그룹을 대표해온 문학동네가 그간 축적한 문학 출판 경험을 바탕으로 새로운 세계문학전집을 펴낸다. 인류가 무지와 몽매의 어둠 속을 방황하면서도 끝내 길을 잃지 않은 것은 세계문학사의 하늘에 떠 있는 빛나는 별들이 길잡이가 되어주었기 때문이다. 우리가 자부심과 사명감 속에서 그리게 될 이 새로운 별자리가 독자들의 관심과 애정에 힘입어 우리 모두의 뿌듯한 자산이 되기를 소망한다.

문학동네 세계문학전집 편집위원
민은경, 박유하, 변현태, 송병선, 이재룡, 홍길표, 남진우, 황종연

지은이 **윌리엄 포크너**

1897년 9월 25일 미국 뉴올버니에서 태어났다. 1926년 첫 장편소설 『병사의 보수』를 시작으로 『소리와 분노』『내가 죽어 누워 있을 때』『성역』『8월의 빛』『압살롬, 압살롬』 등의 작품을 발표하며 미국 남부 사회의 변천 과정을 자신만의 독자적이며 강렬한 언어로 그려냈다. 1949년 노벨문학상을 수상했으며, 1951년 『윌리엄 포크너 소설집』으로 전미도서상을, 1955년과 1963년 각각 『우화』와 『약탈자들』로 퓰리처상을 수상했다. 1962년 7월 심장마비로 생을 마감했다.

옮긴이 **민은영**

고려대학교 영어교육과를 졸업하고 이화여자대학교 통번역대학원에서 석사 학위를 취득했다. 이화여자대학교 통번역대학원에서 강의를 하며 전문번역가로 활동하고 있다. 옮긴 책으로 『여우 8』 『사랑의 역사』『아일린』『거지 소녀』 등이 있다.

세계문학전집 104

곰

1판 1쇄 2013년 1월 8일
1판 4쇄 2022년 7월 18일

지은이 윌리엄 포크너 | 옮긴이 민은영

책임편집 김이선 | 편집 김미혜 | 독자 모니터 양은희
디자인 엄혜리 최미영 | 저작권 박지영 형소진 이영은 김하림
마케팅 정민호 이숙재 박치우 한민아 이민경 박지영 안남영 김수현 정경주
브랜딩 함유지 함근아 김희숙 박민재 박진희 정승민
제작 강신은 김동욱 임현식 | 제작처 영신사

펴낸곳 (주)문학동네 | 펴낸이 김소영
출판등록 1993년 10월 22일 제2003-000045호
주소 10881 경기도 파주시 회동길 210
전자우편 editor@munhak.com | 대표전화 031)955-8888 | 팩스 031)955-8855
문의전화 031)955-3578(마케팅), 031)955-1917(편집)
문학동네카페 http://cafe.naver.com/mhdn
인스타그램 @munhakdongne | 트위터 @munhakdongne
북클럽문학동네 http://bookclubmunhak.com

ISBN 978-89-546-2018-5 04840
      978-89-546-0901-2 (세트)

www.munhak.com

● 문학동네 세계문학전집은 계속 출간됩니다